잊혀 지지 않기 위해
그리고 잊지 않기 위해서...

박 재 상

2013년 7월

잊혀지지 않는
하나의 의미

지은이 박민식 **발행인** 김윤태 **발행처** 도서출판 선 **북디자인** 디자인이즈
등록번호 제15-201 **등록일자** 1995년 3월 27일
주소 서울시 종로구 낙원동 58-1 종로오피스텔 1020호 **전화** 02-762-3335 **팩스** 02-762-3371

초판1쇄 발행 2013년 7월 1일
초판2쇄 발행 2013년 7월 5일
ISBN 978-89-6312-470-4 03810
값 20,000원

잊혀지지 않는

하나의 의미

박민식

잊혀지지 않기 위해
그리고 잊지 않기 위해서..

국회의원이 된 지 5년, 벌써 세 번째 책이다. 2년에 한 번꼴로 책을 낸 셈이다. 『피해자를 위하여 울어라』라는 제목의 첫 번째 책은 법원의 문제점과 범죄피해자 인권문제 등 굵직한 주제와 관련해 제법 전문적인 내용을 담아냈다. 두 번째로 펴낸 『북구에서 여의도까지 1318』은 제목에서도 알 수 있듯이 18대 국회를 마치면서 1318일 동안의 지역 활동과 의정 활동 경험담을 골고루 담아낸 결과물이다.

앞선 두 권의 책은 위와 같이 주장하는 바와 기획의도가 분명하다. 그에 비해 『잊혀지지 않는 하나의 의미』라는 이번 책은 제목부터 아리송하다. 내용도 마찬가지다. 일종의 잡설(雜說) 모음집이다.

스스로 잡설이라 표하는 이유는, 우선 책에 전문적인 작가의 손길이 닿지 않은 까닭이다. 그러다 보니 문체가 볼품없다. 내용의 구성도 마찬가지다. 총선과 대선 당시 SNS에 남겼던 글,

언론과의 인터뷰, 대담, 기고문과 국정감사 질의 자료까지 어떤 것들은 가감 없이 그대로 옮겼다. 또한 오랫동안 머릿속에 담아둔 내용도 있지만, 하나의 주제에 몰두하기보다는 여러 가지를 담았다. 『피해자를 위하여 울어라』가 제법 일관된 주제를 가지고 나름대로 주제 하나하나에 깊은 고민을 담았다면, 이 책은 여러 가지를 담다 보니 내용 또한 깊지 않다. 스스로 이 책을 잡설이라고 칭하는 이유다.

그렇다면 왜 군이 잡설을 엮어 책을 내려는 것이냐고 궁금해하시는 분들도 있을 것이다. 이유는 간단하다. 잊혀지지 않기 위해서, 그리고 잊지 않기 위해서이다.

사람에게 인정받고 싶어 하는 마음은 본능이다. 하지만 국회의원에게 있어 인정받는다는 건 본능 이상의 문제다. 인정받아 선택받음으로써 존재할 수 있기 때문이다. 그렇다고 이 책을 쓰는 이유가 단순히 잊혀진다는 것에 대한 두려움 때문만은 아니다. 진짜 목적은 단순한 알림이 아닌 소신과 신념에 대한 공감, 그리고 그것을 통해 잊혀지지 않는 그런 뚜렷한 존재가 되고 싶다는 열망 때문이다.

어떤 생각이나 신념을 지키기 위한 가장 좋은 방법은 글로 남기고, 마음으로 되새기는 것이다. 물론 내가 보고, 생각하고, 느끼는 모든 것을 글로 담아낼 수는 없다. 하지만 최소한 과장되지 않으면서 있는 그대로의 마음은 담을 수는 있다. 이 책을 내는 또 다른 이유는 바로 스스로 지키고자 믿은 신념을 글로 남김으로써 잊지 않기 위함이다. 그리고 그것을 통해 늘 스스로를 경계하고자 함이다.

앞서 말했듯이 이 책에는 많은 내용들을 있는 그대로 담아내고자 했다. 그러다 보니 실명을 거론한 내용들도 많고, 보는 사람 입장에서는 다소 껄끄러울 수 있는 내용도 들어 있다. 하지만 일부러 잘라내고, 이어 붙이지는 않았다. 이미 공식적으로 의견을 밝힌 바 있는 사실에 대해서 굳이 가공을 하는 것이 오히려 또 다른 오해를 불러일으킬 수도 있지 않을까 하는 생각에서다. 그런 부분들이 양해가 되었으면 하는 바람이다.

첫 책을 쓰면서 서문에 책을 쓰는 것에 대해 낯 뜨겁다는 표현을 쓴 바 있다. 그랬던 내가 벌써 세 번째 책을 낸다. 왠지 내 자신이 뻔뻔스러워졌다는 감(感)이다. 한편으로는 속된 말로 책 쓰기에 맛 들인 감이다. 둘 다 맞는 느낌인 것 같다. 국회의원 5년차에 나도 제법 자기자랑에 익숙해졌다. 글로써 흔적을 남기고자 하는 욕구도 생각에서 실천으로 바뀌었다.

"인생의 거친 야영지에서 말 못하며 쫓기는 짐승이 되지 말고 싸움하여 이기는 영웅이 돼라."

롱펠로의 인생예찬에 나오는 시구다. 짧다면 짧고 길다면 긴 5년이다. 정치라는 거친 바다에서 파도를 겁내고, 불어오는 바람을 감히 거스를 용기가 없었던 시절도 있었다. 하지만 이제는 제법 스스로 갈 곳을 정하고 배를 움직일만한 용기와 배짱이 생겼다. 아마도 책을 쓰는 것과 같이 내 자신을 드러내는 일에 적극적일 수 있는 것도 그러한 용기와 배짱의 연장선상에 있지 않을까.

책을 쓰는 데 도움을 준 서울과 부산의 사무실 가족, 그리고 북구 주민들을 비롯한 박민식을 믿어주는 모든 분들에게 감사드린다. 어머니와 하늘에 계신 아버지의 사랑이 없었다면 지금의 박민식이 있었을까? 한 권의 책이 출판되기까지 세심한 배려를 보내주신 선출판사의 대표님과 직원들께 깊은 감사를 드린다. 특히 늘 바쁘다는 핑계로 밖으로만 도는 남편의 곁을 묵묵히 지켜주고, 멋진 작품을 표지 그림으로 제공해 준 사랑하는 아내 배정혜에게도 큰 고마움을 전한다.

이 모든 분들에게 '잊혀지지 않는 하나의 의미'가 되고 싶다.

2013년 7월

잊혀지지 않는 하나의 의미

잊혀지지 않는 하나의 의미

1

두 번째 도전, 19대 총선

1

—

민식이냐?

우리나라의 선거법은 상당히 엄격하다. 홍보 방법 또한 매우 제한적이다. 특히 선거법상에 규정되지 않은 방법을 이용한 선거운동을 불법으로 규정함으로써 선거방식과 홍보물의 내용이나 생김새가 제한적이다. 그러다 보니 선거 기간 중에 뿌려지는 인쇄물들의 구성이나 생김새 등은 부득이하게 천편일률적일 수밖에 없다. 후보자 본인들도 몰개성에 일조하는 측면이 있는데, 선거에서는 주로 당색을 강조하거나 인물을 강조해야 한다는 고정관념에서 벗어나지 못하는 게 이유다.

더불어 지역이나, 능력을 강조하는 문구들로만 대부분 채우려 하다 보니, 어디선가 많이 들어본 듯한 것들이 대부분이다. 괜히 튀기보다는 안전하게 가는 편이 낫다는 판단이 캠프 내에서 대부분 우세하다는 점도 한몫하기 때문이다. 일종의 하향평준화가 정치 홍보시장에서 이뤄지고 있는 셈인데, 나도 처음으로 18대 국회의원직에 도전할 때 솔직히 이 틀에서 벗어나지 못했다. 굳이 사족을 달자면 벗어나지 못했다기보다는 당시에는 그 범위 안에 있는 것이 최선이라고 생각했기 때문이라고나 할까. 첫 출마에 이름을 알리겠다고 너무 튀는 것도 오히려 나이 드신 유권자들의 눈에는 가볍게 비춰지지 않을까 하는 우려 섞인 고민들이 있었기 때문이다.

그럼에도 불구하고 간혹 튀는 문구나 생김새를 갖춘 홍보물들, 그리고 기존에 볼 수 없었던 새로운 홍보 방법이 등장하는데 대부분 도전자, 선두를 추격하는 후발 주자 또는 급박하게 쫓기는 측에서 이런 새로운 것에 도전하곤 한다. 그런 점에서 16대 대선에서 나타난 노사모의 적극적인 온라인 선거운동도 만일 자기 진영이 앞서가는 쪽이라고 생각했으면 나타나지 않았을 일이라고 본다. 새누리당 또한 유례없이 홍보전문가를 영입, 19대 총선을 목전에 둔 지난해 2월에 당명과 로고, 대표 색깔 등을 과감하게 바꾼 바 있는데, 만일 새누리당이 당시에 소위 '잘 나가는 분위기'였다면 이런 과감한 시도가 있었을 리 만무하다.

이러저러한 이유로 파격적이고, 신선한 홍보 전략들이 자리 잡아가고 있는 셈인데, 최근에는 중앙선거관리위원회에서도 이러한 흐름을 반영하는 듯 보다 다양한 선거운동이 가능하도록 선거법 개정에 나서고 있다.

앞서도 언급했지만 18대 총선에 처녀 출전했을 당시, 나도 홍보물에 대해서는 다소 보수적인 생각과 수동적인 태도를 가지고 있었다. 사실상 전략적 차원에서의 홍보물 활용에 대한 중요성을 그다지 느끼지 못했다는 표현이 맞을지 모르겠다. 이유는 바로 세련된 홍보물들을 만들고 활용하는 전략보다도, 참신한 신인답게 이름 '석 자'와 얼굴만 들어간 명함통을 손에 들고 무조건 발바닥에 불이 나도록 현장을 누비며 유권자를 만나는 정공법이 더 어울린다는 판단 때문이었다. 나이가 들고 기력이 쇠하면 나도 노쇠한 정치인들처럼 뛰어난 선거 전략과 전술을 구사하면서 눈치껏 움직일지는 모르겠지만 말이다. 한편으로는 현실적으로도 남들보다 늦게 출마를 결심한 터에 홍보물을 위해 심각하게 시간을 투자할 시간적 여유가 없었기 때문이기도 하다.

물론 그렇다고 신경을 완전히 껐다는 의미도 아니다. 본디 미적 감각이나 센스가 부족한 부산 머스마인지라, 모양새는 신경을 쓸 수도, 쓸 만한 능력이 없다손 치더라도 내용만큼은 신경을 써서 상당히 공을 들였다. 그렇게 탄생한 것이 바로 "북구를 끝까지 책임질 사람 북구의 아들, 박민식"이라는 슬로건이다.

다소 투박하고, 어디서 많이 들어본 말이긴 했지만, 그 이상 진심을 표현할 길이 없었다. 본디 부산 사내들 대부분이 낯간지러운 표현에 익숙하지 않은데 나 또한 그렇다. 매끈하고 세련된 표현보다는 멋은 없지만 딱 부러지는, 그러면서도 마음이 담긴 그런 표현에 더 정이 가는 법이다.

자꾸 의도된 부족함이라고 강변하는 것처럼 설명이 구구절절해지는데, 솔직히 첫 선거를 함께한 승리의 슬로건이다. 무엇보다도 당선이 되었다는 점에서 스스로 이 슬로건에 만족하고, 긍정적인 의미를 자꾸 부여하는 것 같기도 하다.

재선을 준비하면서 첫 선거에 비해 상대적으로 많은 시간과 노력을 홍보에 투자했다. 초선의원으로서 국회에 들어와 많은 것들을 체득했지만, 가장 큰 배움 중 하나가 '일 잘하는 것도 중요하지만, 내가 한 일에 대해서 얼마나 잘 알릴 수 있느냐'는 것이다. 쉽게 말해 '물건을 잘 만드는 것도 중요하지만, 잘 팔리도록 알리는 것도 중요하다'는 것이다.

국회에는 300명의 의원들이 있다. 하루에도 수십 개의 법률안을 만들어 내고, 누구 할 것 없이 열정적으로 국정감사에서 정부의 정책을 분석하고 대안을 제시하지만, 결과물은 오십 보 백보다. 자신의 지역구의원 혹은 제대로 사고(?)를 친 의원이 아니라면 결국 'One of them'이 될 수밖에 없다. 결국 콘텐츠도 중요하지만 대중으로부터 관심을 이끌어 내기 위해서는 포장과 알림의 방법 또한 중요하다. 근래 들어 국회 홈페이지 내 의원실

채용 공고란에 홍보 전문가를 뽑는다는 공고가 심심치 않게 보이는 이유도 다수의 국회의원들이 나와 인식을 공유하고 있기 때문일 것이다.

선거도 마찬가지다. 국회의원이 4년 내내 열심히 여의도와 지역을 오가며 열심히 일해 봤자, 사람들이 그 결과물을 몰라주면 그야말로 '말짱 꽝'이다. 포장과 알림이 중요하다고 말을 하면, '이러니 서심행정, 보여 주기식 사업이 판을 치는 것 아니냐'고 비난할 분도 계시겠지만, 전제는 분명하게 '열심히 일하고 난 후'다.

예비후보를 등록하자마자 재선 도전 사실을 어떻게 알릴 것인가 하는 숙제가 목전에 놓였다. 후보 등록을 앞두고 여러 사람들과 홍보 방안을 놓고 머리를 맞대고 고민했는데, 그다지 마음에 드는 아이디어가 눈에 띄지 않았다. 무난하게 하려면야 늘상 하듯이 파란 점퍼에 기호와 이름이 새겨진 어깨띠 두르고, 명함 인사만 하면 그만이었지만, 왠지 성의가 없어 보인다고 할까. 내 자신이 성에 차지 않았다. 그러던 차에 안사람이 아이디어를 냈다. 굳이 어깨띠를 두를 필요 없이 아예 옷에 이름과 기호를 붙이자는 것인데, 예전 같았으면 장고(長考)만 하다 끝날 일이었지만 이번에는 무조건 만들어 보자고 했다. 점퍼도 따로 구입할 필요 없이 사무실에 걸려 있던 야구 점퍼를 이용하기로 했고, 도안이나 제작은 안사람이 손수 맡아 주었다. 그렇게 태어

난 선거용 점퍼, 아마 모르긴 해도 어지간한 배짱(?)을 갖지 않고
서는 이렇게 눈에 확 튀는 Handmade 점퍼를 입기 힘들지 않을
까. 스스로 '전투복'이라고 표현했던 이 점퍼는 아쉽게도 중간에
당명과 당색 등이 바뀌면서 작별을 고해야만 했다. 하지만 스스
로나 남들이나 평가하기에 모두 히트한 내 선거홍보용품 중 하
나였다.

최대 히트 상품은 단연코 명함이었다. 기본적으로 선거용 명함은 사진·홍보문구·연락처 등을 담으면 끝인데, 9cm x 5cm라는 작은 공간 안에 정보와 나만의 Identity를 함께 담아내면서 유권자들에게 어필하는 일은 쉬운 일이 아니다. 특히 정치에 관심이 없는 20-30대 층에게는 더욱 그렇다. 작품은 아주 우연하게 만들어졌다.

당시 TVN이라는 케이블방송 프로그램 코미디 빅리그의 코너 중에 '김꽃뚜레'라는 주인공이 "민식이냐"라며 가상의 인물과 전화 통화하는 장면이 상당한 인기를 끌고 있었는데, 사무실 젊은 직원들이 요새 이 코너가 인기가 좋으니 홍보에 활용해 보는 것이 어떻겠냐는 의견을 내놨다. 한마디로 "딱, 이거다" 하는 느낌이 왔다. 실제로 지역구 초등학교 졸업식에 참석한 어느 날, 교장선생님이 "박민식 국회의원 오셨습니다."라고 소개하자, 엄숙했던 초등학생들이 갑자기 키득거리며 "민식이냐"라며

김꽃뚜레의 말투를 따라하며 수근거리기 시작했다. 눈치를 알아채고, 기왕에 분위기를 살릴 겸 "민식이냐"라고 말했더니 환호와 박수가 이전과는 다르

게 대단했다. 정책과 됨됨이도 중요하지만 선거라는 게 속된 말로 이름 팔아 표를 얻는 것인데, 정치에 상대적으로 무관심한 젊은층에 이만큼 '박민식'이라는 이름을 알리기 좋은 기회는 없었다. 그렇게 해서 '민식이냐'라는 말을 명함에 가져다 쓰기로 결정했다.

다음 문제는 디자인이었다. 선거용 명함에 연예인의 얼굴을 그대로 가져다 쓸 수 없는 일이었다. 면티에 넥타이 맨 꼴이라고나 할까. 기존의 딱딱한 명함 형태에 '민식이냐'라는 말만을 그대로 얹어 쓰는 것 또한 어울리지 않았다. 트위터 등 SNS를 통해 참신한 슬로건과 이미지 등을 구해 보기도 했는데, 때마침 생각난 게 '카카오톡'이었다. 평상시에도 직원들과 업무에 관해 자주 카카오톡을 이용해 의논을 하곤 했는데, 카카오톡은 젊은 세대들 사이에서 '소통'의 대명사처럼 여겨지고 있었던 터라 카카오톡 이미지에 '민식이냐'라는 말을 얹어보면 어떨까라는 생각이 들었다. 실행에 옮겨졌고, 그렇게 속칭 '2030명함'의 앞면은 완성됐다. 그것만 가지고는 명함을 만들 수는 없는 일이었다. 그 다음 고민은 내 사진과 그 명함을 이해시킬 문구였다. 통상적으로 쓰던 명함사진을 쓰자니 내키지 않았고, 선거를 준비하면서 사진을 찍어둔 게 있었는데 영 신통치 않았다. 한참을 뒤적이다 마침내 '보석'같이 반짝이는 사진을 찾아냈다. 18대 초, 모 시사잡지에 실렸던 인터뷰 기사 중 막중한 책임과 국민들의 요구에 대한 심적 부담을 토로하며 초선 국회의원에게 "슈퍼맨이

되라고 요구하는 것 같다."고 말한 적이 있는데, 사진을 촬영하다가 마침 그 생각이 떠올라 혹시나 쓸 데가 있겠지 하고 슈퍼맨을 콘셉트로 찍어둔 사진이었다. 솔직히 찍으면서는 정말 쓸 데가 있을까 반신반의했는데 안성맞춤의 자리를 찾은 셈이다. 문구는 간단했다. "통하는 정치, 박민식" 소통의 의지를 한마디로 나타낸 셈이다.

그렇게 완성된 일명 슈퍼맨 명함은 확실한 효과를 발휘했다. 반응은 아이들부터 왔다. 길에 떨어진 명함들을 눈여겨봤는지

유권자는 아니지만 명함을 주러 나설 때마다 아이들이 "민식이냐" 하고 재밌어 하는 모습이 눈에 들어왔다. 일종의 「서동요」가 된 셈이었다. 어른들의 경우도 평상시 들고 다니던 일반 명함을 주면 본체만체 버리는 사람이 대부분이었는데, 최소한 얼굴 한 번, 명함 한 번, 번갈아 가며 다시 쳐다봐 주는 것을 확실히 느꼈다. 명함에서 뿐만 아니라 사실상 지난 총선 홍보물들을 살펴보면 슈퍼맨 콘셉트의 사진은 무명의 엑스트라에서 주연으로 올라섰다고 해도 과언이 아닐 정도로 활용되었다.

흔히 딱딱한 분위기를 깰 때 던지는 농담이나 소소한 대화 등을 '아이스 브레이킹(ice-breaking)'이라고 한다. 아무리 4년 동안 열심히 지역을 누볐다고 한들, 오랜만에 후보자격으로 유권자를 대하자면, 서먹함이 들 수밖에 없는데 19대 총선에서는 명함과 점퍼가 최소한 그 '아이스 브레이킹'의 역할을 톡톡히 해 주었다고 생각한다. 4년 동안 자신과 자신의 고장을 위해 일할 사람을 뽑는 중요한 결정에서, 보이는 이미지만을 판단의 기준을 삼을 수 있을까. 내 전투복이나 슈퍼맨 명함이 사람들의 판단을 좌우하거나, 선거의 당락에 큰 영향을 미쳤을 것이라고는 생각하지 않는다. 하지만 똑같은 디자인과 내 할 말만 적어 놓은 명함보다는, 소소한 즐거움이나마 줄 수 있고, 그로 인해 유권자와 웃음이라도 함께 공유할 수 있다면 그 또한 유권자의 마음을 사로잡는 하나의 방법이 아닐까. '선거는 축제'라는 의미를 다시 새겨본다.

2

—

서부산에서 생긴 일

2011년 10월 26일 재보궐선거에서 야권연대에 패배한 여당은 그야말로 '멘붕상태'였다. 급기야 그해 12월 홍준표 대표를 비롯한 모든 지도부가 사퇴하고 박근혜 전 대표를 위원장으로 하는 비상대책위원회가 조직되었다. 비대위는 당의 변모를 꾀하기 위해 당명과 당의 강령, 정책 방향 등을 수정하였으며, 아울러 공천에 있어서도 '하위 25% 컷 오프 룰'의 적용, '서울 강남 지역 현역의원의 전원 교체', '비례대표 의원 강세 지역 출마 배제' 등의 규칙을 도입하는 등 권토중래(捲土重來)하며 총선 승리를 위한 기틀을 다져나갔다.

민주통합당도 2012년 1월 중순, 한명숙 전 총리를 당대표로 선출하고, 공천심사위원회를 구성했다. 지역구 여론조사 경선을 통해 공천을 정하는 제도를 도입하고, 지역구 후보 중 최소 15%는 여성으로 공천하기로 했다. 또한 민주통합당과 통합진보당은 정책 합의와 여론조사 경선을 통한 후보를 단일화하기로 하는 등 한번 잡은 승기를 놓치지 않으려 노력하고 있었다.

한마디로 양당 모두 총선 승리를 위해 최선의 노력을 다해 만반의 준비를 갖추고 있었던 셈인데, 같은 해 말 예정되어 있는 대선에서의 승리를 위해 총선 승리의 밑바탕되는 것이 중요하기 때문이다. 특히 야당은 대선 승리를 위해서는 부산에서 반드시 승리할 필요가 있다는 판단 아래 부산, 특히 서부산을 전략적인 공략지역으로 정했다. 그 결과, 사상에는 민주통합당 대선 후보로 유력한 문재인 후보를 내세웠다. 그리고 인접한 북강서을 지역에는 전 민주통합당 최고위원이자 영화배우로 유명세를 탄 문성근 후보를 전략 공천하는 등 서부산 집중 공략에 나서는 모양새였다.

실제 결과, 19대 총선에서 새누리당은 부산 18개 지역 중 2개 지역을 민주당 쪽에 넘겨줬다. 조경태 의원이 3선에 성공한 사하을과 그리고 문재인 의원이 당선된 사상, 두 곳 모두 낙동강을 따라 놓여 있는 서부산 벨트에 속하는 지역이었다. 아울러 서부산과 맞닿아 있어 범 서부산이라고 부를 수 있는 김해 지역의 경우도 민홍철 의원이 김정권 전 의원을 제치고 당선에 성공했

낙동강벨트 관심지역 최근 여론조사 결과 (단위: %)
새=새누리당 민=민주통합당 무=무소속

부산 사상
손수조(새) 31.3 / 45.3 문재인(민)
4월 1, 2일(문화일보)
27.5 / 43.5
3월 14, 15일(동아일보)

부산 북·강서을
김도읍(새) 36.8 / 35.9 문성근(민)
4월 1, 2일(지상파 방송3사)
28.5 / 36.8
3월 14, 15일(동아일보)

경남 김해을
김태호(새) 44.6 / 30.4 김경수(민)
4월 1, 2일(지상파 방송3사)
42.7 / 35.2
4월 1, 2일(문화일보)

다. 부산 전체를 놓고 보더라도, 부산 비례대표 투표에서 새누리당은 51.6%를 얻는 데 그친 반면, 야권은 40.1%를 얻었다. 한마디로 유례없는 야권의 선전이었다. 2012년 4월 말에 열린 새누리당 당선자 대회에서 "문재인, 문성근 후보에게 엄청나게 스포트라이트를 비추는 바람에 양쪽 '문'에 '찡겨', 한마디로 '투문정션'인데, 엄청 고생을 했다."라고 말한 바 있는데, 가감 없는 사실이었다.

개인적으로나 당시 여러 언론에서 당시 판단하기에 야당이 부산, 특히 서부산권에 집중하게 된 이유는 '반사이익'에 대한 기대 때문이었다. 20여 년 동안 여당에 대한 지지를 보내왔음에도 불구하고, 그다지 개선된 것이 없었다는 불만과 동남권 신공항 건립의 백지화, 부산저축은행 사태까지로 인한 불신이 더해져 여당에 대한 비토의 목소리는 선거를 즈음해 부산 전역에 팽배해 있었다.

또한 해운대, 광안리와 같은 동부산권의 비약적인 발전에 가려진 서부산권 주민들의 상대적 박탈감도 상당한 상태라 여당에 대한 지지세가 많이 둔화되어 있었으므로 야당의 입장에서는 충분히 반사이익을 기대해 볼만도 했다. 당시의 상황을 보다 생생하게 살펴보기 위해 당시 부산 진구에 출마한 민주통합당 김영춘 전 의원과의 인터뷰 대담을 옮겨봤다.

인터뷰 _ 김영춘 전 의원(민주통합당)

총선까지 이제 세 달가량 남았습니다만, 가장 먼저 달아오른 곳이 있습니다. 바로 부산. 원래 경상도는 여당, 전라도는 야당, 이런 지역주의가 단단히 자리 잡아 왔습니다만, 이것을 깨는 당이 총선에서도 대선에서도 승리할 수 있다, 이런 공식이 있죠. 그래서 여당은 지켜야 하고 야당은 확보해야 하는 곳이 바로 부산입니다. 야권의 유력인사들 이미 출마선언을 했는데요. 새로운 흐름이 될 것인가, 일시적인 바람몰이인가, 어떻게 생각하십니까? 양측의 의견 들어보죠. 현재 지역구가 부산 북구갑이죠, 한나라당 박민식 의원 나와 계십니다. 그리고 부산 출마를 선언했습니다. 부산진갑 예비후보 민주통합당 김영춘 전 최고위원도 나와 계시죠?

김현정 지금 두 분 모두 부산에 계신 건가요?

박민식 그렇습니다.

김영춘 그렇습니다.

김현정 먼저 민주통합당의 김영춘 전 최고위원님, 설 동안에 부산 민심 돌아보셨죠? 어떻든가요?

김영춘 한마디로 일반 시민들은 "물가가 너무 비싸서 못살겠다." 다른 분들은 "장사가 안 돼서 또 일자리가 불안해서 힘들다." 이런 고통을 호소하는 분들이 대부분이었습니다. "좀 바꿨으면 좋겠다, 뒤집었으면 좋겠다." 이런 말씀을 특정 정당이나 지지와 상관없이 힘차게 말씀하고 호소하는 분들을 많이 만났습니다.

김현정 한나라당의 박민식 의원님은 설 민심 어떻게 보셨어요?

박민식 가장 중요한 것은 마찬가지로 물가문제, 경제문제, 이런 것이 우리 서민들이 느끼는 가장 열망이고. 다만 이제 우리 김영춘 전 최고위원께서도 말씀하셨습니다만, 부산, 서부산 특히 여기에 출마한 야당의 유력인사들에 대한 이야기도 제 지역구가 부산 북구이기 때문에 특히 인근에 문재인, 문성근 씨 등이 출마를 하기 때문에 저는 이 부분에 대하여 참 많은 것을 들었습니다.

김현정 민주통합당에서 지금 부산·경남 그러니까 PK 지역에 출마 선언한 예비후보들이 부산 24명, 경남 28명 정도인데요. 김영춘 전 최고위원님, 지금까지 다른 곳에서 하시던 분들이 왜 갑자기 부산인가, 왜냐고 묻는다면 뭐라고 답하시겠습니까?

김영춘 그만큼 우리 부산시민들의 변화에 대한 갈망이 목에까지 꽉 차올랐다 하는 반증이겠죠. 부산이 이대로는 안 된다, 좀 바꿔야 된다. 특히 정치를 바꿔야 된다고 하는 그런 요구가 부산에서 야당 출마 바람을 일으킨 것 같습니다. 저만 하더라도 서울 지역구를 떠나서 부산까지 출마선언을 하게 된 데에는 그런 시민들과 변화에 대한 그런 강한 요구가 없으면 불가능한 일이었겠죠.

김현정 원래 고향은 부산이신가요?

김영춘 저는 부산에서 태어나서 초·중·고등학교를 다 부산에서 마쳤습니다.

김현정 박민식 의원님, "이대로는 안 된다. 바꿔야 된다라는 부산 민심이 야권의 후보들을 불러 모은 것이다." 여기에 대해서 어떻게 생각하세요?

박민식 그렇습니다. 뭐 마찬가지로 변화에 대한 열망이 임계점에 다다랐다는 점에 대해서는 저도 동감입니다. 다만 제가 최근에 제 페이스북에 설날 민심을 부산 사투리로 그대로 올려놨는데 제가 한번 옮겨보면 이렇습니다. "쟈들이 누군데 여서 뭐하자는기고, 한나라당 좀 잘해라, 오죽하면 그라겠나." 저는 이렇게 이해를 했습니다.

김현정 "쟈들이 누군데"라는 이야기는?

박민식 지금 문재인, 문성근 이런 분들이죠. 그러니까 뭐냐 하면 부산시민들은 이분들이 전국적인 지명도는 있지만 그동안 어디서 무얼하다가 부산에 불쑥 머리를 들이미느냐, 쉽게 말하면 부산이 그렇게만만해 보이냐, 이런 반감이 있다고 저는 봅니다.

김현정 김영춘 전 최고위원님, 민주통합당에 대한 이런 민심을 지적하셨는데 어떻게 생각하세요?

김영춘 일반적으로 적용될 수 있는 이야기는 아닌 것 같습니다. 문성근 최고위원 같은 경우에는 부산하고 연고가 별로 없죠. 그래도 노무현 전 대통령 과거 지역구에서 출마하겠다. 그걸 통해서 노무현 대통령의 명예를 회복하고 부산발 정치혁명의 기폭제가 되어 보겠다. 이런 의욕을 가지신 것 같고요. 그분을 제외하고는 다 부산에 살던분들이고, 문재인 변호사님 같은 경우도 변호사 활동을 쭉 부산에서하셨죠. 학교도 다 부산에서 마쳤고. 저 같은 경우는 서울에서 국회의원을 두 번 했습니다만, 아까 말씀드린 대로 제 고향인 부산이 이렇게 쇠락해 가는 것을 그대로 두고 볼 수는 없다. 그런 마음에서 부산을 부활시키는 그런 역할을 해 보겠다는 마음으로 또 내려온 그런 사람도 있는 거고요. 여러 가지 다양한 동기나 부산에 대한 애정을 가지고 부산 선거에 변화의 바람을 불러일으키겠다는 거니까 그 자체가 부산 사람들 입장에서 "쟈들이 누군데"라고 말할 건 아닌 것 같습니다. 그게 부산시민들 일반의 정서는 아니라고 봅니다.

김현정 한나라당 박 의원님, 나름대로 다 연고는 있으시다는 말씀인데요?

박민식 연고가 물론 다는 아닙니다. 다만 정치인, 특히 지역구 정치인이라고 하면 지역구라는 것이 어떤 인기정치인의 당선을 위한 어떤 무대나 도구로 전락해서는 안 되는 것이지 않습니까? 왜냐하면 국회의원은 지역 주민의 대변인이기 때문인 것이죠. 예컨대 작년에 신공항문제나 저축은행 사건, 이런 것으로 얼마나 부산 민심이 내려앉았습니까? 그런데 그런 과정에서 우리 문재인 또 문성근, 김정길 씨 이런 분들이 어떤 역할을 했는지 묻고 싶은 거죠. "한나라당 무능력하다." 솔직히 반성을 합니다. 그러나 무능력해도 부산시민들과 함께 피를 토하고 싸웠습니다. 그러나 무능력보다도 더 큰 결격사유가 저는 무관심이라고 봅니다. 예컨대 어제 여기에서 우리 문성근 씨가 인터뷰한 것을 제가 들어보았습니다. "총선에서 당선되면 BBK 확인하겠다. 또 기획입국설 편지조작되었으니 재수사하겠다. MB 내곡동 부동산실명제 위반사건, 선관위 디도스 공격사건, 부재자투표 의혹사건, 하나하나 밝혀내서 MB 임기가 하루 남아도 탄핵을 추진하겠다." 이런 호언장담하는 것을 들었습니다. 이 말에 부산의 발전, 부산의 미래에 대한 무슨 청사진이 있습니까? 정말 이런 분은 대선에 출마해야 될 분이지, 부산 북구에 출마할 이유가 없는 것이고, 그렇기 때문에 이런 분들이 당선이 되더라도 사실 지역민과 같이 호흡을 할 분이 아니라 오히려 촛불 들고 광화문 광장으로 갈 사람이다, 이렇게 지역민들이 사실은 걱정을 하는 것이죠.

김현정 사실 어제 인터뷰는 당 최고위원 자격으로 나온 것이기 때문에 그래서 지역 이야기를 일부러 안 하신 것일 수도 있거든요.
박민식 그러면 다행입니다.

김현정 김영춘 전 최고위원님, 어떻게 생각하세요?
김영춘 국회의원 총선이라고 하는 게 우선 부산 지역의 현안에 대해서도 말하고 또 비전을 제시해야 되는 것도 맞고요. 또한 전국적으로 우리 국민들이 관심 있고 꼭 이건 바뀌야 된다라고 생각하는 정치현안에 대해서도 이야기할 수 있는 거겠죠. 그런 차원에서 문성근 최고위원 같은 경우는 정치현안에 대해서 주로 말씀하신 것이겠고, 또 총선 때는 부산 문제에 대해서도 말씀하시지 않겠어요? 제가 그분들 대변하는 입장에서 이야기하는 것은 아니니까 제 경험만 이야기해 놓고 보자면 저는 이미 한 7~8년 전부터 부산 출마를 권유받았습니다. 그만큼 서울에서 국회의원하고 있는 사람한테 "부산 좀 내려가서 선거해라", "출마해 봐라"라고 할 정도로 부산의 정체현상, 또 쇠락현상은 이미 오래전부터 진행되어 오던 일이죠. 그런 차원에서 저나 이번에 김정길 전 시장후보, 또 문재인 변호사 같은 분이 부산 선거 출마를 결심하고 뛰는 것은 우리 부산시민들 입장에서 도저히 한나라당 1당 독점의 정치로는 부산의 미래가 기약될 수 없다고 하는 그런 강렬한 요구를 저희들이 부응하고, 그래서 결심하고 뛰는 것이라고 말씀드리겠습니다.

김현정 박민식 의원님, 한나라당 분들 사이에서는 혹시 야권의 주자들이 말하자면 노무현 바람에 기대려는 것 아니냐, 기대는 것 아니냐. 이런 우려도 좀 있으신 건가요?

박민식 그렇습니다. 솔직히 말씀드리면 아까 우리 김영춘 전 최고위원께서 지적하신 부산시민들의 그런 열망, 그런 데 대해서는 저도 상당 부분 공감을 가지고 있습니다. 다만 지금 이른바 문성길(문재인, 문성근, 김정길), 이런 분들의 부산 중에서도 상대적으로 낙후되어 있는 이 서부산 지역의 출마전략은 어떻게 보면 오로지 한나라당에 대한 분노를 계속 부채질하고 또 고 노무현 대통령의 죽음을 최대한 정치 마케팅에 활용하는, 쉽게 말하면 유훈통치의 낡은 변종. 저는 이런 성격을 상당 부분 가지고 있다는 것이죠. 뭐냐 하면 최근에 그쪽에 있는 안희정 지사나 김두관 지사 이런 분들도 상당히 비판적인 문제제기를 한 것으로 알고 있습니다.

김현정 어떤 건가요?

박민식 쉽게 말하면 문성길(문재인, 문성근, 김정길) 이런 분들이 자신들의 어떤 정치적인 가치를 가지고 있어야 되고 부산 발전에 대한 청사진을 제시해야지, 노무현 대통령의 추억이나 여기에 기대서 표를 얻는 것은 옳지 못하다. 저는 이렇게 이해를 하고 있습니다.

김현정 김영춘 전 최고위원님, 여기에 답변을 주셔야 될 것 같은데요. 노풍에 기대서 유훈정치를 하려는 것 아니냐 이런 비판이 한나라당에서 나온다는 이야기예요.

김영춘 저는 이른바 친노 그룹 그런 소속이 아닙니다. 아니고 오히려 노 대통령 계실 때는 국정운영에 대해서 비판도 많이 하고 이랬던 입장인데요. 그런 입장에서 좀 자유롭게 말씀드려 보면, 이번 부산 선거에 노무현 대통령 돌아가신 그 분에 대한 정서가 일부 작용을 하는 것도 사실이죠. 그러나 저는 박 의원께서 아까 말씀하셨던 그런 분들이 노무현 정서에만 기댄다고 해서 당선될 것이라고 생각하지 않습니다. 일부 요인밖에 안 되는 거라고 보고요. 무엇보다 부산시민들이 가장 갈망하고 이 정치에 대해서 요구하는 바를 누가 더 잘 수행해 줄 수 있는가, 그리고 부산에서 한나라당을 포함해서 여러 정당들이 또 여러 인물들이 부산시민들이 자신들의 정치적 의사를 대변해 주기를 바라는 그런 인물들이 얼마나 제대로 경쟁하면서 부산의 미래를 위한 그런 활력을 만들어낼 수 있는가, 이런 점들을 보고 평가를 하실 거라고 봅니다. 그래서 노무현 정서에 과도하게 기대는 것도 문제지만 또 그렇다고 해서 저분들이 무슨 노무현 바람에만 기대서 선거를 하려고 그런다. 이렇게 일방적으로 비판하는 것도 전체의 사실을 좀 왜곡하는 게 아닌가.

김현정 좀 폄하하는 것이다, 왜곡하는 것이다, 이런 말씀이신데요. 박민식 의원님은 어떻게 생각하세요?

박민식 저도 방금 김영춘 전 최고위원께서 지적한 또 그런 생각대로 앞으로의 부산 정치, 또 총선이 진행되기를 정말 누구보다도 바라고 있고 부산 발전을 위한 어떤 건설적인 해법을 제시하고 진정성 있게 부산시민들에게 다가가는 이런 선의의 경쟁을 해야지 오로지 누구 어떤 정권에 대한 분노를 촉발시키는 방법, 이런 것은 실질적으로도 부산시민들로부터 박수를 받지 못할 것이다. 이렇게 확신을 하고 있습니다.

김현정 결국은 정책, 알맹이, 콘텐츠로 승부를 해야 될 텐데요. 민주통합당의 김영춘 전 최고위원님, 부산을 위해서 어떤 정책, 어떤 콘텐츠로 승부하시겠습니까?

김영춘 우선 가장 중요한 게 부산의 발전 비전이겠죠. 지난 20년 동안 부산은 한국 제2의 도시에서 이제 실질적으로는 제2의 도시가 아닌 상태로 추락되어 버렸습니다. 부산을 다시 살리는 방법을 항구도시 세계 5위의 물동량을 자랑하는 항구도시의 입지를 잘 살려서 또 미래 산업을 일으켜 세우는 그런 종합적 비전을 제시하므로 해서 부산시민들과 함께 가려고 합니다. 또 무엇보다 중요한 것은 부산시민들이 하고자 하는 의지인데, 지난 20년 동안은 정치적인 쇠락 속에서 부산시민들이 좀 일어서 보자, 해 보자 하는 의지조차도 많이 상실되어 버린 것 같습니다. 그래서 부산시민들의 그런 부활에 대한 의지, 도시 재생에 대한 의지를 함께 일으켜 세우고, 그분들과 함께 앞서 말씀드린 우리 부산 발전의 비전을 제시하므로 해서 선거를 치러 볼 생각입니다.

김현정 부산에 지금 18석 중에 17석이 한나라당 의석인데, 민주통합당이 이 중에서 몇 석이나 가져올 수 있다고 보세요?

김영춘 욕심 같아서는 과반수 이상 해서 부산에서 부산 정치를 뒤집는 그런 큰 바람을 일으키고 싶다라는 것이 솔직한 욕심입니다.

김현정 욕심입니까? 가능하다고 보세요?

김영춘 부산시민들께서 얼마만큼 저희들의 그런 호소에 부응해 주시는가가 문제일 텐데요. 그러나 부산은 여전히 한나라당의 세력이

굉장히 강성한 곳입니다. 제가 지역을 돌아다녀 봐도 민주당이나 야당의 조직기반이나 지역 내 영향력은 아주 제한적이고 역시 한나라당이 아주 세구나 하는 그런 것을 실감할 수 있는데요. 그런 점에서 좀 겸손하게는 한 3분의 1 정도, 6석이 되겠죠. 6~7석 정도를 목표로 잡고 또 부산시민들이 큰 바람을 불러일으켜 주시면 과반수도 할 수 있지 않겠나, 그런 욕심을 부려봅니다.

김현정 한나라당 박민식 의원님, 어떤 전략, 어떤 콘텐츠, 어떤 내용으로 부산 주민에게 다가가시겠습니까?

박민식 우선은 뭐 잘못한 점에 대하여 진심으로 반성을 하는 것이 중요합니다. 그리고 헛된 약속이나 또 일시적인 바람몰이, 정치 이벤트, 이런 쇼가 아니라 정말 시민의 마음속에 정치의 자리를 손톱만큼이라도 만들 수 있도록 진정성 있게 소통하고, 또 부산 발전을 위한 해법을 제시한다면 결국 저희들은 우리 부산시민들로부터 다시 한 번 성원을 받을 것으로 확신하고 있습니다.

김현정 앞에서 민주통합당은 한 6석은 가져올 수 있을 거다. 3분의 1 정도 말씀하셨는데요. 한나라당, 얼마나 지킬 수 있다고 보세요?

박민식 뭐 구체적으로 몇 석이다, 이렇게 제시하는 것은 적절치 않은 것 같고 최선을 다할 그런 각오를 가지고, 바람에 대해서는 저희들은 바닥을 훑는 전략으로 다가선다, 이런 생각을 하고 있습니다.

김현정 알겠습니다. 오늘은 여기까지 듣겠습니다. 두 분 고맙습니다.

사실 이 인터뷰에서 내가 말하고자 한 요지는 "야당의 부산에서의 선거 전략은 지역 발전을 위한 정책대결보다 정략적인 판단이다. 그에 반해 새누리당은 새누리당의 잘못을 인정하고, 반성하는 한편, 부산 발전을 위한 진정성 있는 해법을 제시하겠다."는 것을 강조한 것이었는데도, 야당 측에서는 엉뚱하게 일부 발언을 문제 삼았다. 문제가 된 발언은 "부산 중에서도 상대적으로 낙후되어 있는 서부산 지역의 야당의 출마전략은 어떻게 보면 오로지 한나라당에 대한 분노를 계속 부채질하고 고 노무현 대통령의 죽음을 최대한 정치마케팅에 활용하는, 쉽게 말하면 유훈통치의 낡은 변종"이라는 대목이었다.

하지만 그 내용은 위의 전문에서도 나왔지만, 상대로 나온 김영춘 전 의원조차도 "이번 부산 선거에 노무현 대통령 돌아가신 그 분에 대한 정서가 일부 작용을 하는 것도 사실"이라며 인정한 사실이었다. 더불어 당시 민주통합당 내부에서도 소위 노풍에 기댄 선거 전략에 대해서 비판적인 견해가 있었던 만큼, 충분한 근거를 바탕으로 한 발언이었음에도 민주당 대변인발 논평의 제목은 '검사 출신 박민식 한나라당 의원은 패륜적 발언을 사과하라'였다. 패륜적 발언이란 말도 어이가 없었지만, 난데없이 전직을 앞에 붙인 의도는 알다가도 모를 일이다. 굳이 당시에 했던 수많은 인터뷰들 중에서 이 인터뷰 전문을 실은 이유도 '읽어 보시고 판단해 달라'는 의도가 있음을 숨기지 않겠다.

민주당 뿐만 아니었다. 상대로 나온 야당 후보 또한 이 부분을 '정치마케팅'이라며 공격해 왔다. 노무현 전 대통령의 측근 출신이라는 점에서 충분히 이해는 되지만, 함께 토론했던 야당 의원도 사실로 수긍한 내용을 일방적으로 '망발', '급도 안 되는 게 깝죽대는 격', '패악 무도한 짓' 등의 막말을 써가며 비난한 것을 말도 아닌 글로써 남겨놓은 것을 묵과할 수 없었다. 개인적으로 막말이 달갑지 않은 이유도 있지만, 정치인들이 국민들로부터 지탄받는 가장 큰 이유가 바로 '몸싸움 정치', '막말 정치' 아닌가. 아무리 선거에서 이기는 게 중요하다고 해도, 그런 수단과 방법을 가리지 않는 낡은 방식의 인신공격을 참고 넘길 수 없어 후보 토론회 당시 이 내용을 공식적으로 문제 삼은 바 있다.

전재수 @gazefor 답글 리트윗 관심글 담기·열기

단상1. 오늘 제 지역구의 박민식 의원이 라디오 인터뷰에서 망발을 했네요. 부산에 출마하는 민주통합당의 후보들이 돌아가신 노무현 대통령을 최대한 정치마케팅화하고 있답니다. 그리고 이를 유훈정치의 변종이라 말했네요. 한마디로 '급'도 안되는 게 깝죽대는 격입니다.

전재수 @gazefor 답글 리트윗 관심글 담기·열기

단상2. 많은 국민들은 이명박 정권이 노 대통령을 죽음으로 내몰았다고 생각하고 있는데 반성은커녕 고인을 이렇게 폄하하고 또 선거판에 올리는 못된 짓을 하고 있습니다. 박민식 의원은 최소한 사람으로서 가져야 할 기본적인 자질부터 갖춰야 합니다.

전재수 @gazefor 답글 리트윗 관심글 담기·열기

단상3. 한나라당 박민식 의원에게 묻습니다. 부산에서 출마하는 어떤 민주통합당 후보가 노무현 대통령을 정치마케팅화해서 선거운동하고 있는지 밝혀 주십시오. 자신의 정치적 이득을 위해 고인까지 선거판에 끌어들이는 패악무도한 짓을 삼가하길 엄중 경고합니다.

전재수 @gazefor 답글 리트윗 관심글 담기·열기

단상4. 민주통합당의 부산 지역 후보들은 노무현 대통령만 떠올리면 눈물이 날 것 같아 아예 먼저 입 밖에 내시노 못할 ㅗ런 심정인네, 정치마케팅한다는 말이 무슨 말인지 백번 양보해도 알지 못하겠네요. 박민식 의원은 자신이 한 망발에 대해 고개 숙여 사죄하길 요구합니다.

앞에서 장황하게 늘어놓은 이야기 말고도 서부산권이 19대 총선의 최대 격전 지역이 됨으로써 벌어진 어이없는 해프닝이 또 있다. 이전의 다른 선거 같았으면, 당연히 우세 지역으로 분류해 놓고 당 지도부가 한 번이나 들를까 말까 했던 부산을 박근혜 당시 비대위원장이 선거 기간 동안 직접 이례적으로 네 차례나 방문했을 정도였으니, 부산이 격전지라는 데에는 다른 설명이 필요 없을 정도다. 방문이 잦다 보면 당연히 세간의 이목이 집중되고, 논란거리도 생기게 마련이다. 하지만 평소 선거법 위반 사항에 대해 늘 조심하던 내가 직접 논란의 중심에 서게 될 줄은 꿈에도 몰랐다. 정확히 말하면 내 명의의 차가 관련된 논란이었는데, 후에 인터넷 라디오 '나꼼수'가 말도 안 되는 이 문제를 집요하게 부각시키면서 이름 붙인 일명 '쌍두노출'사건이다.

선거를 한 달여 앞둔 2012년 3월 13일, 박근혜 비대위원장이 사상 지역을 방문했다. 그야말로 엄청난 인파가 운집했다. 일정을 위해 인파를 뚫고 서둘러 다음 장소로 이동을 해야만 했던 수행요원들은 인파 때문에 비대위원장과 손수조 후보를 원래 타고 왔던 차량까지 이동시키기가 만만치 않자 가장 가까운 곳에 있던 국회의원 비표가 달린 차량으로 일행을 모셨다. 그 차가 바로 내가 늘 타고 다니던 카니발이라는 승합차였다. 순식간에 차를 빼앗긴(?) 나는 얼른 달려가 차 앞좌석에 간신히 앉았다. 그 사이 수많은 인파의 박수와 연호소리에 손 후보와 비대위원장은 잠시 자리에서 일어나 선루프로 몸을 빼고 웃으며 손을 흔들어 화답했는데, 그게 화근이었다. 사흘 정도 지난 후 야당은

이를 선거법 위반으로 몰아갔다. 중앙선거관리위원회에서도 시민들의 환호에 일반적으로 반응한 것일 뿐 선거운동은 아니라는 결론을 내렸음에도 불구하고 야당은 막무가내였다. 당시 트위터에 "박근혜 위원장과 손수조 후보가 탄 바로 그 검정색 카니발이 제 차입니다. 차량 제공했다고 이것도 무슨 죄라고 우기는 분 나오지 않을까요?"라고 우스갯소리를 남겼는데, 어이없게도 그게 현실이 됐다.

논란이 어느 정도 잠잠해질 무렵, 당시 꽤 인기를 누리던 나꼼수는 방송에서 내 차량에 대해 다시 트집을 잡기 시작했다. 나꼼수의 주장인 즉, 내 차가 대형 선루프가 장착된 특수 차량이고, 마치 선거운동을 위해 일부러 렌트를 했다는 것이다. 사

Park_Minshik   약 426일 전

[박민식의 총선일기 D 15]
나꼼수에서 제 카니발 승합차에 대해 관심이 많은가봅니다 이
승합차가 대형 선루프가 장착된 특수차량 인듯 말씀하신 모양
입니다 택도 없는 얘기 그만 좀 하세요 그냥 부산으로 내려오
세요 태워드릴테니 직접 확인해보세요

Samsung Mobile에서 작성된 글

Park_Minshik   약 426일 전

[박민식의 총선일기 D 15]
이 승합차는 카니발 리무진 프레지던트 이름도 복잡네요 근데
기본사양 선루프가 있어요 특별한게 아니라 이 차종에는 다
들어있답니다 계약서 사진 보시와요
http://twitpic.com/91whu0

Samsung Mobile에서 작성된 글

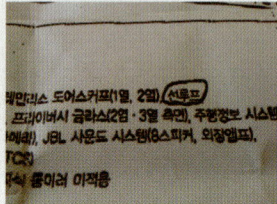

Park_Minshik   약 426일 전

[박민식의 총선일기 D 15]
그리고 이 차는 작년 10월25일부터 죽 그대로 타고 있습니다
다시 한번 부탁하건대 제가 요즘 포매 바쁘니까 더 궁금하시
면 카니발 리무진 대리점 가서 확인해보든지, 부산와서 직접
타 보세요 플리즈^^

Samsung Mobile에서 작성된 글

Park_Minshik   약 426일 전

[박민식의 총선일기 D 15]
근데 저도 하나 궁금? 제 승합차를 AJ렌트카 김해공항점에서
렌트했다는, 저도 몰랐던 그 엄청난(?) 비밀은 어떻게 아셨나
요? 대단합니다^^

Samsung Mobile에서 작성된 글

Park_Minshik   약 425일 전

[박민식의 총선일기 D 14]
트친님 한분의 부탁에 따라 제 평범한 카니발 선루프에 목을
내밀었습니다 옆사람 몸무게 83kg, 저는 62kg 인데 그래도 여
유가 있네요 나꼼수님을 직접 해보세요 꼭!
http://twitpic.com/92c2s3

Samsung Mobile에서 작성된 글

실 이 차량은 선거 이전에 이미 렌트해서 업무에 쓰이고 있었으니, 말되 안 되는 음모론을 제기한 셈이다. 바쁜 선거일정도 그렇고, 이미 선관위에서 선거운동이 아니라고 결론을 내린 마당에 이런 말도 안 되는 트집에 대응을 해야 하나, 말아야 하나 고민 아닌 고민이었다. 원래 계약서의 사진도 찍어서 트위터에 올려봤지만, 별 소용이 없는 듯했다. 결국 트위터 팔로워 중 한 명의 부탁도 있고, 기왕에 백 마디 말보다 한 장의 사진이 더 의미가 있겠다싶어 직접 선루프를 열고 선거운동을 돕던 한 사람과 직접 시연을 해보았다.

사진의 위력인지 아니면 원래부터 말도 안 되는 해프닝이었기 때문인지 그 후로 논란은 부지불식간에 사라졌다. 다만 그래도 씁쓸한 뒷맛이 남는 것은 내가 어느 회사, 어느 지점에서 어떤 차량을 렌트했다는 사실까지 알아냈다는 것, 즉 뒷조사를 한 셈인데, 이 부분에 대해서는 진심으로 법적 조치까지 고려했었다. 결국 이슈가 더 번지지 않아 더 이상 문제 삼지 말자고 마음을 정했지만 '참, 선거라는 게 우습구나'라는 허탈한 웃음을 지을 수밖에 없었던 사건이었다.

유례없는 서부산권의 뜨거운 선거의 열기는 내 얼굴마저도 불태워 버렸다. 19대 총선 공식 선거운동이 시작된 지 이틀이 지난 3월 20일, 사무실 인근에 부착되어 있던 선거벽보가 불에 타 훼손되어 있는 것을 발견한 사무소 직원이 한참 거리 인사를 하

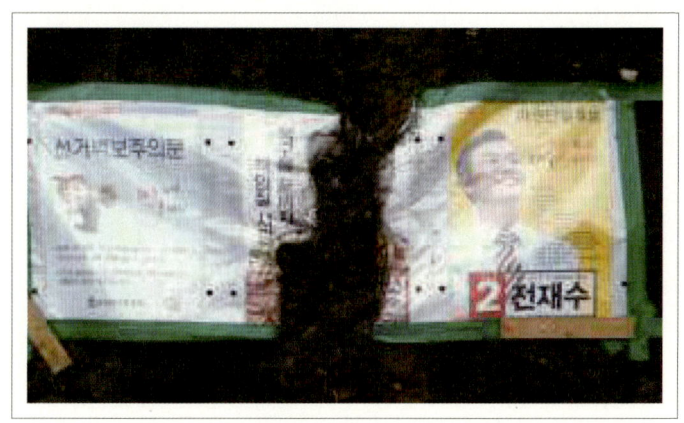

고 있던 내게 전화를 걸어왔다. 현행 공직 선거법상 정당한 사유 없이 선거벽보나 현수막, 기타 선전시설을 훼손하거나 철거할 경우 2년 이하의 징역이나 400만 원 이하의 벌금을 부과하도록 되어 있는 일종의 중대한 범죄이므로 경찰에도 신고를 했다.

당시 비에 젖은 벽보를 태우려면 강력한 인화물질을 사용해야 하기 때문에 우발적인 훼손이 아니라는 것이 현장을 찾은 경찰 측의 설명이었다. 즉, 고의적으로 불을 지른 셈이다. 겉으로는 '벽보야 교체해서 붙이면 그만'이라고 주위 사람들에게는 겉으로 태연한 척 했지만, '얼마나 미우면 낙서도 아니고 일부러 불까지 질렀을까' 생각하니 사실 속이 좋지 않았다. 열흘 정도 남은 선거 기간 동안에 또 무슨 일이 생길까 하니 마음이 착잡하고, 선거 결과도 걱정스러웠다.

　선거는 치르면 치를수록 어렵다. 승이 쌓여갈수록 더 강한 상
대를 만나야 하는 것도 그렇고, 새로운 면모를 계속 선 보이면
서 실적도 쌓아가야 하는 것도 그렇다. 하지만 갈수록 선거가
더 힘들어지는 솔직한 까닭은 한 사람의 인간으로서 남모르는
마음의 상처는 깊어져가기 때문이다. 그렇다고 정책으로만 선
거가 치러지기 바라는 것은 현실과 동떨어진 이상주의적인 생
각일 것이다. 분명 상대에 대한 흠집 내기도 선거에서 이기기 위
한 중요한 전략 중 하나이기 때문에 그것을 감내해야 하는 것은
4년에 한 번씩 돌아오는 선거에서 선택받음으로써 존재를 인정
받는 국회의원의 숙명일지도 모른다.

3

—

반가운 손님들

글을 적다 보니 본의 아니게 염세적인 냄새를 풍기고 말았는데, 사실 선거라는 것이 마냥 힘들지만은 않다. 특히 사람 냄새 풍겨가며 하는 일인지라 사람들과 만나는 그 자체가 신나고 재미있는 일들도 많이 생기는데, 멀리서 손님들이 찾아오면 더욱 그렇다. 옛말에도 "멀리서 벗이 찾아오니 어찌 기쁘지 아니한가(有朋自遠方來不亦樂乎)"라는 말이 있지 않은가. 선거 때만큼 찾아주는 손님이 그렇게 반가운 적이 없다. 특히 만사 제쳐 두고 제 일인 양 찾아와서, 거리낌 없이 마이크도 한번 잡아주고, 같이 시장통을 함께 돌아줄 때면 그야말로 천군만마를 얻은 기분이다. 19대 총선 때는 특히 많은 분들이 지역구를 찾아주었다. 워낙에 힘든 선거라고 우는 소리를 해서 그럴 수도 있지만, 그동안 크지 않지만 덕을 쌓고 살려고 노력했기 때문이라 생각한다.

서부산이 힘들다고 없는 시간을 쪼개서 네 번씩이나 방문해 준 박근혜 당시 비상대책위원장, 그리고 정작 본인은 대의를 위해 선거에 불출마를 선언하고 남의 선거를 도와주러 동에 번쩍,

서에 번쩍 해 준 김무성 전 대표에게 참 고마움을 느낀다. 후배 의원이기 전에 아끼는 동생이라고 큰비에도 아랑곳하지 않고 구포시장을 돌며, 마이크를 잡아준 원희룡 전 의원 또한 무척이 나 고맙다.

그 외에도 찾아와 도와준 분들께도 늘 감사하는 마음을 갖고 있지만, 특별히 고마운 분들은 사실 따로 있다. 바로 할리 형님 과 홍길이 형님이다. "쫌 도와주소" 말 한마디에 군소리 없이 만 사 제쳐 두고 서울에서 먼 부산까지 오고가기를 여러 차례 해 준 방송인 로버트 할리 형님과, 먼길 산행이 눈앞에 있음에도 불구 하고 본인이 먼저 도울 일 없겠냐며 직접 도와주겠다고 먼저 말 하고 찾아와 기를 불어 넣어준 산악인 엄홍길 대장님에게 진짜 고맙다는 말을 하지 않을 수 없다.

솔직히 연예인 아무개가 박민식을 도우러 왔다더라 하는 소

문이 돌면, 제 아무리 정치에 관심이 없는 사람이라도 한번쯤은 연예인 얼굴을 보기 위해서라도 눈길 한번은 주는 게 당연하다. 그러다 보니 선거철이 되면, 사돈의 팔촌이라도 동원해서 연예인 한 번 모시는 게 선거를 치르는 사람 입장에서는 소원이자 그 일 자체가 큰일이다. 이렇게 힘들게 모셨으면 성과가 있어야 하는 법이다. 사람들에게는 후보 칭찬도 해 주고, 후보에게는 힘도 북돋아 주어야 하는데, 후보를 잘 모르는 사람을 억지로 모셔다 놓으면 주객이 전도되는 경우가 생기는 수가 있다. 즉 이름과 얼굴을 알려야 할 후보는 꾸어다 놓은 보릿자루마냥 한쪽 구석에 멀뚱히 서 있거나 아니면 손님이 후보와 관계없는 자기 자랑만 늘어놓다가 가 버리는 경우가 바로 그런 예다. 결국 사람들의 머릿속에 연예인의 기억밖에 남지 않는 일이 생기는데, 후보 입장에서는 참 난감할 수밖에 없다. 그런 점에서 와서 잠깐

얼굴 비추고 맘에도 없는 소리를 하러 온 뜨내기 손님이 아니라, 인간적인 의리 하나로 본인들 일정을 접고 몇 날 며칠을 유세차 타고, 골목도 돌아준 두 형님들이 여간 고마운 게 아니다. 진심으로 목이 쉬도록 "박민식 한번 꼭 도와주세요."라고 외치느라 목까지 쉴 정도로 수고해 준 두 형님들에게 소주 한잔, 말 한마디 감사는 드렸지만 부족하지 싶다. 그래도 염치불구하고 또 하는 말, "나중에도 또 도와주실 거지예?" 동생이니까 할 수 있는 말이다.

　사실 이렇게 얘기하면서도 제일 고마운 사람은 누구보다도 선거 기간 내내 옆을 지켜준 가족들과 때로는 가족보다 더 많은 시간을 함께 해 준 사무실 직원들과 선거운동원들일 것이다. 어

릴 적 홀어머니 밑에서 자란 탓인지, 어지간해서는 여직원들에게는 무거운 것을 들지도 못하게, 또 담배 심부름 같은 것도 못하게 한다. 일종의 여성에 대한 배려의식이 몸에 배어있는 셈이다. 겉보기엔 그렇지 않을지 모르지만 식사 때도 끝자리에 앉지 못하게 하는 등 나름대로 배려하는 편인데, 선거 때에는 남녀 가릴 것 없이 한 사람도 남김없이 밖으로 내몰았다.

　또 하루하루를 긴장하면서 살다보

니, 배려는커녕 급한 성격 다 드러내면서 짜증을 내곤 했다. 지금 생각해 보면 창피하고 후회스럽다. 만일 그때 내게 서운함을 느껴서 떠나간 분들이 많았다면 과연 결과가 어떠했을까. 이겼더라도 상처뿐인 영광이었을지 모른다. 그런 점에서 나를 이해해 주고 어두운 내색 한 번 없이 끝까지 도와준 모든 동지들이 있었기 때문에 박빙의 승부에서 이길 수 있었다고 확신한다. 사람에서 시작해서 사람으로 끝나는 게 선거다. 한 분 한 분 손을 잡고 감사하다는 말씀을 드릴 수는 없지만 그때 드리지 못한 인사, 다시 한번, 그 모든 분들께 글을 통해서나마 진심으로 감사드린다.

4

이제부터는 빨간색이다

　2012년 2월 13일, 한나라당이 새누리당으로 당명을 개정했다. 1997년 11월, 신한국당과 민주당의 합당으로 태어난 지 14년여 만의 일이었다. '새누리당'이라는 새 당명은 새로움의 '새'와, 나라의 또 다른 우리말이면서 나라보다 더 큰 의미인 '누리'를 합쳐 만든 것으로, '새로운 세상 또는 새로운 나라'라는 의미다. 아울러 당 로고는 물론, 전통적으로 보수를 상징한다고 하여 사용해 오던 파란색을 버리고 진보 진영에서 즐겨 사용하는 붉은색을 당의 상징색으로 선택했다.

　부모로부터 주어진 이름을 바꾸는 것은 매우 어렵다. 개명을 하려면 소명 자료를 가지고 법원에 찾아가 허가 심사를 받아야 하는 등 절차가 까다롭다. 형식적인 절차도 까다롭지만 10여 년 넘게 불린 이름을 바꾸기가 선뜻 쉽게 되는 일이 아니다. 부모형제의 반대도 있을 테고, 친구들도 서먹서먹한 새 이름을 반길 리만무하다. 경제적인 측면에서 바라봤을 때, 브랜드가 널리 알려져 있을수록 바꾸는 것에 더욱 신중할 수밖에 없는 건, 자칫 잘

못하다가는 그동안 쌓아왔던 '이름값'을 한 순간에 날릴 수도 있기 때문이다.

당의 개명 과정 역시 쉽지 않았다. 당명 변경의 절차상 하자, 가치와 정체성이 없다는 비판, 희화되고 비하될 수 있다는 우려에서부터, 선거를 목전에 둔 시기에 유권자에게 혼란을 줄 수 있다는 걱정과, 현실적으로 명함을 비롯해 부착물들을 바꾸는 데 들어가는 비용이 어마어마하게 들 것이라는 말까지, 변화를 주도했던 사람들 몇몇 외에 대부분은 우려와 비판의 목소리만이 가득했다. 사실 나 또한 처음 '새누리'라는 당명과 빨간색을 접했을 때는 부정적인 입장이었다. 변화라는 것이 진정성, 즉 내부로부터의 반성에서 출발해야 하는 것이지, 보이는 것을 바꾼다고 바뀌겠는가 하는 생각이 있었다. 게다가 빨간색이라니, 사람들이 이미 익숙한 파란색 대신에 빨간색을 접했을 때, 과연 사람들이 무슨 생각을 할까 우려스러웠다. 또 이미 예비후보 등록을 마친 상태에서 한참 파란색 점퍼를 입고 지역을 돌며 유권자들을 만나왔는데, 하룻밤 사이에 정반대의 색깔로 옷을 갈아입는다는 게 영 꺼림칙했다.

당시 이런 변화의 바람을 주도한 사람은 조동원 홍보기획본부장이었다. '침대는 가구가 아닙니다, 과학입니다', '우리 강산 푸르게 푸르게'라는 광고카피로 업계에서는 유명한 인물이었지만, 첫 등장부터 점퍼 차림에 수염을 기르고 나타나는 등 보수당인 당시 한나라당 입장에서는 매우 파격적이었다. 게다가 스스로 한나라당을 지지하지 않는 사람이라고 말할 정도로 거침이 없었다. 과히 좋은 인상이었을 리 만무했다. 그런 사람이 당의 이름을 바꾸고 색깔을 바꾸겠다고 하니 "과연 진짜 의도가 뭘까"라는 생각이 들 수밖에 없었고, 반대는 예견된 일이었는지도 모른다.

하지만 당시 박근혜 비대위원장이 직접 나서서 "전문가의 말을 듣는 게 좋겠다."며 조 본부장의 의견을 수용해 줄 것을 적극적으로 설득한 것이 받아들여지면서 지금의 새누리당이 결국 탄생하게 되었다. 결과적으로 그런 과감한 변화 이후 총선 승리, 대선 승리가 연달아 이어졌으니, 보이는 변화는 결국 성공한 전략인 셈이다.

대선 이후 조 본부장은 "지난 30년간 제 직업에 자부심을 가졌지만 회의적 삶도 살았는데, 그런 저에게 새누리당은 전문가의 길이 얼마나 아름답고 멋진 길임을 세상에 알려줬고, 커다란 자긍심을 선물해줬다."라는 말을 남기고 박수 속에 당사를 떠났다.

비상대책위원회를 꾸리면서 '새누리당에는 변하지 않으면 죽을 수도 있다.'는 기류가 흘렀다. 그 당시는 한마디로 살기 위해 국민들 앞에 여러 가지 변화들을 약속하고, 바꿔 나갔다. 당명이나 상징색의 변경은 그 중 하나의 사소한 실천에 불과할 수 있다. 지금 당장 정치권에는 경제민주화, 정치쇄신의 약속 그리고 총선과 대선을 거친 수많은 바꾸겠다는 중요한 약속들이 여전히 미완의 숙제로 남아있다. 그동안 우리 사회의 관행처럼 굳어져 왔던 것은 들어내고, 각계의 의견을 모아 고치는 것을 개명이나 색깔 바꾸기에 비할 바가 아니다. 하지만 못할 바는 아니다. 마치 영원불변할 것 같은 당명과 당색을 굳은 의지로 바꿔냈듯이 변화는 그런 의지와 분명 맞닿아 있기 때문이다.

니체는 말했다.

"개선이란 무언가 좋지 않다고 느낄 수 있는 사람들에 의해서만 만들어질 수 있다."

5

—

이름을 불러주었을 때
그는 나에게로 와서 꽃이 되었다

꽃

_ 김춘수

내가 그의 이름을 불러주기 전에는
그는 다만
하나의 몸짓에 지나지 않았다.

내가 그의 이름을 불러주었을 때
그는 나에게로 와서
꽃이 되었다.

내가 그의 이름을 불러준 것처럼
나의 이 빛깔과 향기에 알맞은
누가 나의 이름을 불러다오.
그에게로 가서 나도
그의 꽃이 되고 싶다.

우리들은 모두
무엇이 되고 싶다.

너는 나에게 나는 너에게
잊혀지지 않는
하나의 눈짓이 되고 싶다.

좋아하는 시 중 김춘수 시인의 「꽃」이라는 유명한 시가 있다. 시에 담겨진 심오한 뜻이야 잘은 모르겠지만, 시의 구절이 누군가에게 잊혀지지 않는 의미 있는 존재로 인정받으면서 살아가기를 원하는 내 마음에 참 잘 와 닿기 때문이다.

정치를 하는 사람의 입장에서 이름 석 자가 널리 알려지는 걸 마다할 일이 없으므로 누군가가 다가와서 "박민식 의원 아닙니까?" 하고 아는 척 해 주는 것은 기분 좋은 일이다. 내가 기분 좋은 일이면 다른 사람도 좋지 않을까. 지역에서 자주 뵙고 좀 친하다 싶은 분들에게는 '제가 당신을 기억합니다'라는 간접적인 표현으로, "○○○ 여사님, ○○○ 어르신, 잘 지내셨지요?" 하고 굳이 이름을 넣어 안부를 물으면, 의외로 깜짝 놀라며 "이름까지 다 기억하고 있느냐"며 좋아하시는 분들이 많다. 그리고 혹여나 기억 못하는 몇몇 분들은 "남들은 다 기억하면서, 난 기억 못하네."라고 삐친 내색을 감추지 않으신다.

'적극적인 친한 척'의 시작은 사람들을 불러내 이야기를 전하기보다는 현장에서 직접 부딪히고 소통해 보자는 의지에서 시작되었다. 언제, 어디에 누가 있을지 모르는 일인데 상당히 비효율적인 시도임에는 틀림없었지만, 매번 보는 당원이나 관변단체 관계자들보다 더 다양한 사람들을 만날 수 있지 않을까 하는 기대가 있었다. 실제로 처음에는 허탕을 치는 날이 많았다. 그리고 막상 사람들을 만나도 준비가 되지 않은 상태에서 대화

나누기가 참 어려웠다. 그러다가 떠오르는 생각이 함께 사진 찍기였다.

지역을 돌아다니다가 주민 분들을 만나면, 어색한 분위기도 깰 겸, 함께 핸드폰으로 사진 찍기를 청하고 그 자리에서 바로 전송해 드리곤 했다. 제아무리 무뚝뚝한 분이라도 국회의원이라고 신분을 밝힌 후 이런 저런 얘기를 하다가 웃는 낯으로 친한 척, 사진 찍자고 하는데 어지간해서는 거절하지 않았다. 상대방이 마음의 문을 열면 자연스레 대화를 이어갈 수 있었다. 그렇게 만남을 가진 후에는 사진과 연락처를 반드시 저장해 두고, 짬이 날 때마다 메시지를 보내곤 했다. 의례적인 안부나 근황을 묻는 간단한 메시지들이었는데 한 분 한 분 성함을 적어 따로 보내드리니 의외로 반갑게 답을 해 주는 경우가 많다.

사실 사무실에서 '의정활동보고'라는 제목으로 의정활동을 안내하는 발송문자에 대해서는 귀찮거나 짜증난다며 부정적인 반응을 보이셨던 분들도, 한 분 한 분씩 보내는 안부 문자에 대해서는 대부분 호의적이었다는 점에서 효과 만점이었고, 급기야 나만의 그러한 소통방법이 신문에까지 소개되기도 했다.

효과를 보고 나서는 모임이라든지, 행사 자리에 가기 전에 일부러라도 누가 참석할 것인지 가늠해, 그분들에 대해서 이름과 기본적인 정보 등을 외우는 습관을 들이기 시작했다. 처음에는 수많은 사람들을 다 기억할 수 없는지라 빼먹는 분들이 생겨 앞서 얘기했다시피 다소 서운해 하시는 분들도 계셨지만, 습관이

"어깨 힘 빼고 지역민과 스킨십"

"○○여사님, 지난번 산행은 즐거웠습니다."
"○○님, 아드님 이번에 취직했나요?"
부산 북·강서갑이 지역구인 한나라당 박민식 의원은 지난 주 호주 출장 중에 하루 네 시간씩 주민 수백 명에게 휴대폰 문자를 보냈다. '주민 여러분 잘 부탁드립니다.' 같은 형식적인 메시지가 아니라 받는 사람의 이름과 함께 안부, 근황 등을 꼼꼼하게 묻는 내용들이다.
(중략)
박민식 의원 사례를 두고 부산의 한 의원은 "우리 지역구에도 적용해 보려 했지만 쉽지 않은 작업이었다."고 말했다.
박 의원은 관변 단체 등 기존에 만나던 인물보다는 쉽게 만나기 힘든 주민들과 스킨십하는 방법을 찾다가 생각한 아이디어라면서 "휴대폰에 저장된 지역민 이름만 5천 명이 넘는데, 서로 안부를 주고받다 보면 인적 네트워크가 형성돼 지역 사정을 좀더 알 수 있게 되었다."고 말했다.

(2011년 8월 29일자 『부산일보』 기사 중)

어느 정도 몸에 배인 지금은 최소한 두세 번을 본 분들이라면 거의 놓치지 않고 이름을 기억할 수 있게끔 되었고, 그렇게 친분을 쌓은 인원만 해도 어림잡아 5,000명이 훨씬 넘었다.

노하우와 데이터가 축적되었으니, 잘 써 먹는 것이 관건이었다. 특히 선거운동 기간 중에 이걸 어떻게 활용해야 하는지 고민이 찾아왔다. 한 명이라도 더 만나 표를 부탁해야 하고, 정신 없이 뛰어다녀야 할 선거운동 기간 중에 평상시처럼 한 분 한 분 일일이 아는 척을 하며 느긋하게 대화를 이어갈 수는 없는 일이었다. 그렇다고 해서 또 소중하게 인연을 이어왔던 분들인데, 선거 때라고 못 본 척 소홀해서도 안 될 일이었다.

그때 마침 유세를 도와주던 여직원이 좋은 아이디어를 내놓았다. 유세차를 타고 돌다보면 아는 척 반가운 척 손을 흔들어 답해 주는 분들도 많이 계시다면서, 유세차를 타고 가다가 아는 얼굴을 만나면 오히려 내가 먼저 그들의 이름을 불러서 인사를 건네는 것이 좋을 것이라고 했다. 지역구의 가게에서 장사하시는 분들의 대다수는 아는 분들이니 가게 앞을 지날 때 "○○○가게 ○○○사장님, 안녕하세요?"라고 인사드리면, 반가워해 줄 것 같았다. 실제로 해 보니 생각보다도 반응이 좋았다. 아예 반갑게 손을 흔들어 주시는 분이 있는가 하면, '박민식 파이팅' 하고 크게 외쳐 화답해 주시는 분들도 계셨다. 빡빡한 일정의 강행군 속에 지친 심신에 큰 힘이 되어 주었음은 물론 다시 한 번 기회를 주실 거라는 확신이 들었다.

　중국『사기(史記)』에 보면 "사위지기자사 여위열기자용(士爲知
己者死 女爲悅己者容)"이라는 말이 나온다. 풀어보면 "선비는 자신
을 알아주는 사람을 위해 죽고, 여자는 자신을 기쁘게 해 주는
사람을 위해 꾸민다."는 의미다. 인정받고 싶어 하는 마음, 누군
가에게 특별한 의미가 되고 싶은 마음, 그리고 자신을 인정해 주
는 사람에 대해 애정을 쏟는 것은 본능이다. 하지만 요즘과 같
이 세상이 빠르게 변하는 시대를 살다보면 자신을 알아주는 사
람에게 작은 감사조차 표현하지 못하고 지나갈 때가 많다. 가까
이 있는 사람에게는 더욱 그렇다. 가까이 있으니 '인지상정(人之
常情), 당연히 내 마음을 알겠지.' 하고 넘겨짚고 지나가는 순간
나 자신도 언젠가는 잊혀진 존재가 된다.

　좀 벗어나는 이야기지만 일주일에 한번쯤, 배우자에게 'ㅇㅇ 아빠, ㅇㅇ엄마' 대신에 'ㅇㅇ씨' 하고 이름을 불러주면 어떨까? 모르긴 해도 너무 가까이 있어서 잊혀진 소중함을 다시 한 번 깨달을 수 있을 것이다.

　기왕 이름 이야기를 꺼냈으니, 국회에서 있었던 여담을 덧붙여 본다. 새 정부가 출범하면 늘 연례행사처럼 하는 일이 부처의 이름 바꾸기이다. 바뀐 이름을 보면 그 정부가 앞으로 5년 동안 어떤 부분에 집중을 하겠구나 알 수 있는 측면도 있지만, 너무 그 의미만 강조한 나머지 이름만 들어서는 도무지 이해할 수 없는 부처의 명칭들이 종종 생겨나곤 한다.

Ministry of Knowledge(?)Economy	
국명	영문조직명칭
미국	Department of Commerce
영국	Department for Business, Innovation and Skills
일본	Ministry of Economy, Trade and Industry
독일	Ministry of Economics, and Technology
프랑스	Ministry of Economy, Industry and Employ
중국	Ministry of Commerce
러시아	Ministry of Industry and Trade
호주	Department of Resources, Energy and Tourism

그 예가 지난 정부 당시 산업자원부에서 지식경제부로 바뀐 현 산업통상자원부다. 지경부로 이름을 바꾼 배경에는 당시 새로운 시대의 산업의 화두가 융합 또 지식기반산업이라는 데 있었다. 취지는 좋은데, 당최 사람들에게 그 이름을 이야기하면 "그게 도대체 무슨 일을 하는 부처냐?" 하는 물음으로 답이 돌아왔다. 장관에게도 "해외에서 부처의 명칭을 말하면 알아듣냐?"고 물어보니, 해외에서도 'Ministry of Knowledge Economy' 하면 못 알아듣고는 결국 설명을 하면 "아, 그렇구나" 하고 알아듣는다고 답변해 왔다.

실제로 G20 국가의 부처 중 우리 지식경제부에 해당하는 부처의 영문 명칭을 조사해 보니, 주로 보면 'industry' 'economy' 'energy' 같은 단어들이 들어간 이름들을 쓰고 있었다. 우리처럼 'Knowledge Economy' 'Knowledge'가 있는 나라는 한 곳도 없었다.

오랫동안 사용된 이름이긴 하지만 정무위도 사실 어디 가서 설명하기 참 난감한 이름이다. 금융 관련, 공정거래 관련, 총리실 관련, 보훈처 관련 등 서로 상이한 업무를 다루는 부처에 대한 논의를 하는 위원회인지라 가끔 우스갯소리로 기타 등등 위원회라고 설명하며 그 배경을 이야기해 주곤 한다.

실제로 올해 초 한미경제연구소(KEI) 주최 세미나 관계로 미국을 방문해 윈디 커틀러 미 무역대표부(USTR) 대표를 만난 적이 있는데, 그 자리에서 정무위를 'etc. committee'로 소개하고 배경을 설명을 해 주었더니 동감하며 웃은 적이 있었다.

현 정부에서는 미래창조과학부라는 멋진 이름이 등장했다. '창조 경제'라는 주요 국정 목표에 대한 현 정부의 실현에 대한 강한 의지를 알기 때문에, 작명의 취지는 어느 정도 이해하지만, 과연 그 이름을 듣고 이게 무엇을 하는 부처인지 국민들이 알지 모르겠다. 5년이 지나면 분명 많은 국민들이 그 이름에 대해 이해할지 모르겠지만, 그때 과연 미래창조과학부가 그대로 불려질 수 있을까 확신이 서지 않는다.

앞에서도 언급했지만 이름이라는 것은 정체성의 상징물이기 전에 우선 상대방과 소통의 출발점이다. 너무 많은 의미를 담아내려다가 소통이 힘들어지는 경우가 있다. 어릴 적 노래처럼 부르던 장난 말 중에 "김 수한무 거북이와 두루미 삼천갑자"란 게 있다. 힘들 게 낳은 아이가 오랫동안 무병장수하기를 바라는 마음에서 지었다는 우스갯소리에서 나온 이름인데, 혹여나 몇 년 후에 이런 식의 이름이 부처에 등장하지 않을까 하는 말도 안 되는 걱정도 숨길 수 없다.

6

—

선거법, 알랑가몰라

과거 정치권의 가장 큰 문제로 국민들은 특권, 폭력국회와 돈 선거를 주로 꼽아왔다. 그 중 폭력국회 문제는 지난 18대 국회에서 국회선진화법을 도입함으로써 충분히 개선될 것으로 믿어 의심치 않고, 특권 내려놓기는 국회 쇄신 차원에서 여야가 주요 과제로 놓고 논의 중이기 때문에 적절한 대안을 내놓을 수 있으리라 기대한다.

마지막이 돈 선거 문제인데, 개인적으로는 지적된 세 가지 문제 가운데 가장 먼저 개선된 것이 바로 금권선거 문제라고 생각한다. 그 결과, 근래 들어 선거과정에서 돈이 문제가 된 사례는 아주 극히 일부분으로 줄어들었다. 이는 정치권 스스로가 각고의 노력을 펼친 점도 의미가 있지만, 일선 현장에서 이를 철저하게 감독하고, 근절에 힘써 온 선관위의 역할이 가장 크다고 높이 평가한다. 그런 측면에서 선관위는 분명 우리의 정치 문화발전에 기여한 바가 크다.

　하지만, 그런 많은 공로에도 불구하고 현장에 있어 보면 선관위가 공정하고 투명한 선거가 실현될 수 있도록 방향을 잡고 나가는 '선거관리기구'가 아닌, 모든 선거 당사자들을 잠재적 선거사범으로 가정하고 '감시'에만 방점을 둔, 일종의 '선거감시기관'으로서의 역할에만 치우치는 것이 아닌가 하는 우려를 감출 수 없게 하는 일들이 종종 생긴다. 한마디로 규제 일변도의 관점과 정책에서 벗어나지 못하고 있다는 의미다.

　개인적인 경험을 예로 들어 본다. 18대 총선 예비후보 등록을 마친 후, 일요일에 명함을 돌리러 교회에 갔다. 첫 출마인데 법조인 출신으로 법을 위반한다는 일이 있을 수 없는 일이라는 생각을 하다 보니 선거법이 여간 신경쓰이는 게 아니었다. 그래서 첫 선거운동 자리부터 예비후보자가 할 수 있는 행위, 할 수 없는 행위를 몇 번이나 숙지하고 나갔지만 시작부터 헷갈리기 시

작했다. 교회 안에는 분명 못 들어가게 되어 있는데, 막상 내가 서 있는 교회 울타리 안 외부 주차장을 교회 안으로 봐야 하는 건지, 밖으로 봐야 하는 건지 참으로 난감했다. 혹여나 하는 마음에 본래의 목적인 명함인사는 뒷전으로 미루고, 얼른 아는 변호사에게 전화를 걸어 "내가 지금 이런 상황에 처해 있으니, 이게 선거법 위반인지 아닌지를 판단해 달라."고 급하게 부탁했다. 한참을 설명하고 답을 기다리는데, 그 변호사 대답이 걸작이었다. "그렇게 간이 작아서 어찌 선거하겠냐, 대충해라." 한마디로 식자우환(識字憂患)이라고 해야 하나.

그 뒤로, 지역구 활동 중에는 조금만 애매하면 무조건 선관위에 물어봐라, 아예 선관위가 시키는 대로 하라는 식으로 대응해 왔다. 이게 이제까지 내가 한 번도 선거법에 저촉되지 않은 나름대로의 요령이다. 생각해 보면 뭔가 잘못 돼도 한참 잘못

됐다는 생각이 드는 게, 법이라는 게 지키려면 알고 이해가 되어야 하는데, 소위 먹물 좀 먹었다는 사람조차 이해하기 어려웠다. 이런 알다가도 모를 선거법을 지키라고 하니 어불성설인 셈이다.

다행스럽게도 선관위에서는 올해 5월, '유권자의 정치적 표현의 자유와 알 권리 확대, 선거 당사자의 자유 확대와 국민 눈높이에 맞는 정치관계법 구현'을 목표로 정치관계법 개정에 나섰다. 뒤늦게나마 선관위에서 그동안의 선거제도의 불합리한 부분을 인정하고 적극적으로 개선해 가겠다는 의지를 보여줬다는 점에서 환영하고 적극 공감하는 바다.

기왕에 꺼낸 이야기니, 선관위의 개정방안에 대한 의견을 몇 가지 덧붙인다. 우선 큰 틀에서의 선관위의 개정방안은 옳다고 본다. 그러나 표현의 자유, 알 권리, 참정권 행사 보장 등이 제대로 이뤄지기 위해서는 '입은 풀고 돈은 묶어 둔다'는 부분이 타당하다고 하더라도, 현실에서 과연 자유롭고 다양한 선거운동을 보장하면서 돈이 들지 않는 그런 방법이 얼마나 있는지는 의문시 된다. 돈 안 드는 선거를 위해 현행의 선거비용 제한액은 유지되어야 하는 것이 맞지만, 현실을 반영할 필요도 있다고 보는 이유다.

두 번째로, 표현의 자유에 대해서는 찬성하지만 현실정치를 경험해 본 결과, 허위 사실 유포나 흑색선전 그리고 비방에 대한 대비책이나 처벌강화가 병행되지 않는다면 표현의 자유를 인정해야 한다는 말 그대로를 받아들이기는 어렵다고 본다.

지난 대선, 민주통합당 측은 투표 시간 연장 캠페인을 벌이면서 "투표 시간, 왜 우리나라만 6시?"라는 문구를 넣은 현수막 · 플래카드 · 어깨띠 등을 제작하여 게시했다. 하지만 선관위가 공개한 '16개 주요국 투표 시간' 자료만 보더라도 한국 외에 프랑스(오전 8시~오후 6시), 독일(오전 8시~오후 6시), 멕시코(오전 8시~오후 6시), 호주(오전 8시~오후 6시) 등 4개 국가도 오후 6시에 투표를 종료하고 있다. 즉, 국민과 언론의 입장에서 보면 명백한 허위 사실 유포이다.

그럼에도 불구하고 선관위 조사국은 이와 관련해 민주당 측에 '외국 선거제도와 관련해 사실과 다른 부분이 있어 국민이 오해할 소지가 있다'고 안내했을 뿐, 이를 선거법 위반으로 인정하지 않았다. 허위 사실 유포가 아니라고 판단한 셈이다. 선관위가 선거법 위반으로 인정하지 않은 것은, 현행 공직선거법 제250조 '허위사실공표죄'에서 정한 허위 사실이 "후보자, 그의 배우자 또는 직계존·비속이나 형제자매의 출생지·신분·직업·경력 등, 재산·인격·행위·소속단체 등에 관한 허위 사실"로만 되어 있기 때문이다. 즉 허위 사실이지만 선거법상 위반행위에 해당하지 않는다는 논리 때문이다.

말도 안 된다. 사회통념상, 그리고 타 법에서는 위법한 행위로 간주하는 행위들을 선관위가 '법에 있지 않다', 혹은 재량에 의해 임의로 해석하여 면죄부를 준다면 이는 고의 여부를 떠나 선관위가 '탈법선거'를 조장하는 셈이 된다. 그런 점에서 선관위의 자의적 법 해석에 따른 선거법 위반 여부 판단이라는 관행이

반드시 개선되어야 한다.

표현의 자유가 선한 의도가 아닌 악의에 기반한 허위, 흑색선전의 자유로 환치된다고 하면, 이것은 선관위도 국민도 원하는 방향이 아니다. 그렇기 때문에 법을 개정할 때 신중한 검토가 반드시 필요하다고 본다.

세 번째는 선거방송토론위원회 주관 대담토론회의 참석 대상을 조정하는 문제인데, 지난 대선에서 이정희 후보의 방송토론으로 논란이 됐던 문제다. 선관위에서는 이 문제에 대해 이후 2차 토론시 토론 참석자를 제한하는 안을 내놓았다. 이를 두고 '이정희 보복법'이 아니냐는 말들이 나오고 있다.

소수파의 다양한 목소리도 담아내야 하는 게 민주주의의 기본 이념에도 부합함은 맞다. 다만, 유력한 후보 간에 심도 있는 충실한 토론이 이뤄지기 위해서는 제한할 필요성이 있다는 주장 또한 타당한 측면이 있다. 나는 이 문제를 후보자 혹은 정당의 입장이 아니라 TV를 시청하는 국민의 눈높이에서 볼 필요가 있다고 본다. 지난 대선만을 따지고 봤을 때, 소수 정당 지지자의 의견도 중요하지만 많은 국민들의 관심은 박근혜와 문재인 후보 간의 토론에 초점이 맞춰져 있었다. 그렇다고 볼 때, 선관위에서 제안하는

1차 토론은 보장하되 2차, 3차 토론은 국민의 의견수렴을 통해 조정하는 것은 당연할 수도 있다고 본다.

　마지막으로 국고보조금 문제다. 국고보조금에 대해서는 크게 두 가지 견해를 가지고 있다. 하나는 선거과정에서 중도 사퇴한 후보와 정당에 대한 국고보조금은 반드시 회수되어야 한다는 것이고, 둘째는 선거보조금과 선거비용보전의 중복 문제를 논하려면 우선 정당에 대한 후원제도에 대한 전향적인 검토가 필요하다는 것이다. 보조금 환수 문제를 이야기하려면 이정희 후보의 예를 또 한 번 들 수밖에 없다. 국가에서 후보와 정당이 선거를 치르는 데 나랏돈으로 보조를 해 주는 이유는 간단하다.

　정치발전을 위해 국가가 도와줄 테니 돈 걱정은 하지 말고 정치만 열심히 하라는 것이다. 그런 이유로 이정희 후보는 국가로부터 지원을 받았고, 후보로서 TV토론에도 임했다. 그럼에도 불구하고 정작 중간에 본인의 의사에 의해 스스로 후보자격을 내려놓았다면, 국가로부터 지원받은 돈을 반납하는 것은 당연한 일이다. 투자자로부터 펀딩을 받아 놓고도, 사업을 할 의사가 없다면 투자자에게 돌려주는 게 당연하듯이 말이다. 이 문제만큼은 여야가 상식으로써 받아들여 이해하고 합의를 통해 관련된 법을 개정 처리하는 데 나서는 것이 국가와 국민에 대한 도리라고 생각한다.

　선거를 위한 보조금을 지급하고, 선거 후에 다시 선거비용을 보전해 준다는 것은 선관위의 의견대로 중복 지원일 수 있다. 다만 이를 이대로 개선한다면 새누리당이든 민주당이든 지원금이 상당히 줄어들 수밖에 없다. 정당 후원제도가 없는 우리나라의 현실을 고려해 본다면 여야 할 것 없이 상당한 타격이 될 것임은 불을 보듯 뻔하다. 정당 후원제도의 보완책으로 존재하는 당비의 경우 납부실적이 매우 저조해 사실상 유명무실한 상태다.

현행 중복 지원의 문제점을 개선하는 것도 중요하지만, 그 전에 재정이 정당 본연의 역할을 하는 데 걸림돌이 되지 않도록 현실적 대안을 마련하는 게 우선이라고 본다.

흔히 선거를 민주주의의 꽃이라고 한다. 제대로 된 선거제도 그리고 유권자와 선거 당사자의 성숙한 시민의식은 그 꽃을 피우기 위한 토양이라고 볼 수 있다. 2004년의 정치자금법 개정은 정치자금문화를 투명하게 개선했다고 평가받는다. 그로부터 10여 년이 되어가는 지금, 우리의 선거문화와 국민의식은 놀랄 만큼 성숙했고, 선거 부정 또한 괄목할 만큼 감소했다. 이제야말로 이러한 변화를 반영해 자율과 책임에 입각한 새로운 선거제도가 정립되어야 한다. 정부와 국회는 물론, 국민의 관심과 참여가 절실한 때다.

7
—
총선일기

사람의 기억이란 유한할 수밖에 없다. 그렇기 때문에 일기를 통해 순간의 기록을 남긴다는 것은 참 의미 있는 일이다. 하지만 사실 일부러 펜을 들어 기록을 남긴다는 것이 사실 어지간히 부지런을 떨지 않으면 녹록한 일이 아니다. 그런 면에서 요즘은 스마트폰 덕을 톡톡히 보고 있다. 전화를 하다가, 길을 가다가, 때론 이야기를 나누다가 언제든지 보고, 듣고, 느낀 것을 기록으로 남기고 또 남들과 공유할 수 있다는 건 스마트폰 3년차 사용자지만, 여전히 나에게는 신기하고 신나는 일이다. 때론 너무 빠져서 사는 것이 아닌가 하는 걱정이 들 정도로 말이다.

흔히 선거 기간 동안 후보는 아무 생각 없이 사무실에서 짜준 일정대로 열심히 돌면서 인사만 하면 된다고 하는데, 사실 첫 선거가 그랬다. 지금도 그 말에는 동의한다. 후보가 사소한 일에 일희일비(一喜一悲)하면, 경험상 될 선거도 안되는 게 당연한 일이기 때문이다. 하지만 현장의 느낌을 후보만큼 잘 아는 사람이 있을까? 다른 일들은 사무실 직원들에게 모두 맡겨 두더라도, 순간의 기록만큼은 스스로 하는 것이 훗날 돌아봤을 때도 도움이 되지 않겠느냐 하는 생각에서 내가 내 자신에게 부여한 막중한 임무(?)가 있었으니, 그게 바로 선거일 30일 전부터 쓰기 시작한 선거 일기다.

사실 매일매일 써야 한다는 원칙 외에는 따로 정한 바가 없기 때문에 심각한 고민 없이 쓰기 시작했다. 시간을 일부러 할애하기부다는 밥을 먹거나, 차를 타고 이동하는 동안에 짬짬이 기분 내키는 대로 글을 적었다. 그러다 보니, 이게 초등학생이 적은 글인가 하는 생각이 들 정도로 내용이랄 것도 없었다. 하지만 오히려 잘 정리된 표현보다는 좀 날(生) 것 같은 느낌이 나는 글이 오히려 그때 당시를 더 솔직하게 그려내지 않았을까.

굳이 SNS에 올려져 있는 글을 이렇게 지면으로 옮겨 적는 까닭은 함께 선거를 치렀던 사람들이나 지인들에게 그때의 기억을 되새겨 보라는 이유도 있고, '과연 후보라는 사람은 선거를 치르면서 무슨 생각을 할까?' 하고 궁금해 하시는 일반 유권자들을 위해서 밝히는 이유도 있다.

12/3/12 [박민식의 총선일기 D-30] 찬바람 속에서 두 시간쯤 정신없이 인사를 드리고, 지나가는 자동차를 보면서 손도 흔들고. 많은 분들이 엄지손가락을 들고 격려를 해 주십니다. 힘이 들더라도 또다시 기운을 내야죠. 선거는 축제니까요.

12/3/12 [박민식의 총선일기 D-30] 김무성 선배님, 역시 김무성입니다!

12/3/12 [박민식의 총선일기 D-30] 어떻게 갔는지 모를 정도로 바빴던

하루도 이제 접습니다. 몸은 좀 피곤해도 치열함은 뿌듯합니다. 수고한 우리 팀 선수들 모두 편한 밤 보내세요.

12/3/13 [박민식의 총선일기 D-29] 오늘은 남산정역에서 출근 인사합니다. 선관위 부정감시단에서 고생하는 분들이 제 일정 궁금해 하셔서 적극 알려 드립니다. ㅎㅎ 오늘도 치열하게!

12/3/13 [박민식의 총선일기 D-29] 너무 바빴던 오늘도 마무리합니다. 현장에서 박근혜 대표님 이곳저곳 모시고 다녔는데, 정말 인기 대단합니다. 저도 놀랐습니다. 근데 참 소탈하시데요. 아주 우연하게 저의 승합차를 타셨는데, 우리 한 비서는 넘 기분이 좋았나봐요.

D-28

12/3/14 [박민식의 총선일기 D-28] 어제 전국 방송을 많이 탔던 저의 사제(?) 전투복^^ 돌려서 보세요. ㅎㅎ

12/3/14 [박민식의 총선일기 D-28] 바쁘다 보면 이런 황당한 일도 생기데요. 그저께인가 아침 출근 인사한다고 명함 돌리는데 뭔가 균형이 안 맞는 느낌. 앗, 한쪽은 등산화, 한쪽은 구두를 신고 난리. ~ 으 쪽팔려. ㅋㅋ

12/3/15 [박민식의 총선일기 D-27] 선거운동도 바쁘지만, 고리 원전사건 때문에 현장 갔다 왔습니다. 후쿠시마 이후 원전의 안전성에 대한 국민들의 걱정이 남아 있는 상황에서 이런 일이 생겨버렸네요. 기술의 문제 못지않게 기술을 다루는 사람의 정신무장도 중요하죠.

12/3/16 [박민식의 총선일기 D-26] 오늘은 선거사무소 개소식이 있습니다. 특별한 이벤트보다는 아침부터 저녁까지 주~욱 제가 자리를 지킬 테니 차 한 잔 하시고 싶은 분 언제라도 들러주세요.

12/3/16 [박민식의 총선일기 D-26] 봄비가 종일 내리는 가운데 선거사무

실 개소식 막 마무리했습니다. 정말로 쉼 없이 손님들이 찾아오시니 몸은 피곤해도 기분은 좋습니다. 고생하시는 분들 모두 신이 나서 저렇게 도와주시는데, 혼자 조금 쉬려고 해도 눈치보일까봐 그냥 포기하고 저녁은 방금 떡볶이로.

12/3/17 [박민식의 총선일기 D-25] 비가 그칠 듯 말 듯 안개는 약간 짙게 깔려있고. 이런 날 혼자 숲속을 거닐면 칸트 분위기 좀 날 것 같은데. 칸트 따라 하기는 다음으로 미루고, 빨리 신발 끈 꽉 매고 나갑시다. 단순한 하루하루 좋잖아요!

12/3/17 [박민식의 총선일기 D-25] 사상구를 방문한 박근혜 비대위원장과 손수조 후보가 차량에서 손 흔든 것이 선거법 위반이라며 호들갑을 떠는 분들이 있네요. 수많은 인파가 도로를 가득 메운 상황에서 약 1분 가량 그냥 웃으며 손 흔든 게 전부인데, 이걸 죄라고 몰아가는 사람들도 딱합니다.

12/3/17 [박민식의 총선일기 D-25] 다행히 중앙선관위 관계자도 시민들의 환호에 반응한 것일 뿐 선거운동은 아니라고 설명했군요. 선거운동 하기도 바쁜데, 이야기가 안 되는 걸 침소봉대하는 분들 제발 이런 고리타분한 스타일 좀 버립시다. ^^

12/3/17 [박민식의 총선일기 D-25] 그리고 손수조 이제 27살 얼마나 깨끗한 새내기 정치인입니까? 범법자로 만들어 덧칠을 하려고 억지를 쓰는 분들 스스로를 돌아보세요. 자격이 있는지! 암튼 이번 언론 해프닝의 결론, 민주당이 저리도 과민반응하는 걸 보면 손수조가 세긴 센 모양. ^^

12/3/17 [박민식의 총선일기 D-25] 서비스 팁, 박근혜 위원장과 손수조 후보가 탄 바로 그 검정색 카니발이 제 차입니다. ^^ 차량 제공했다고 이것도 무슨 죄라고 우기는 분 나오지 않을까요?

12/3/17 [박민식의 총선일기 D-25] 식당을 이곳저곳 돌아다니면서 손님들에게 일일이 "박민식입니다. 많이 드세요."라고 인사를 하던 중, 한 분이 손을 꽉 잡고 빙긋 웃으십니다. 실컷 드시고 나오는 분한테 "많이 드

세요."라고 하였으니~ 자동 멘트의 오류. ㅋㅋ

12/3/18 [박민식의 총선일기 D-24] 봄바람입니다. 확실히 오늘 뺨에 느껴지는 바람은 부드럽네요. 사무실 옥상에서 만덕동 이곳저곳을 빙 둘러봅니다. 배도 부르고 졸음도 오고 완전히 봄이 왔네요. ^^

12/3/19 [박민식의 총선일기 D-23] 이제 열흘 후면 본 선거 시작입니다. 민주주의란 게 참 시끄럽지만 정치인들 꼼짝 마라 한없이 머리를 조아리게 하는, 선거란 게 주권자의 여의봉이라는 생각이 듭니다. 이 새벽에.

12/3/20 [박민식의 총선일기 D-22] 초등학교의 학부모 참관수업 및 총회가 많이 열리는 날입니다. 젊은 어머니들 참석 열기가 후끈 후끈^^ 국민들의 마음이 어디에 있는지를 보여주는 대목입니다.

12/3/21 [박민식의 총선일기 D-21] 중앙선대위 발대식 및 공천장 수여식에 참석중입니다. '승리가 곧 애국'이라는 사명감과 절박감을 갖고 이번 선거에 임하라는 박근혜 비대위원장님 말씀이 와 닿습니다.

12/3/22 [박민식의 총선일기 D-20] 아침에 KNN『부산일보』주관 방송 토론을 마쳤습니다. 논쟁이 되다 보니, 스파크가 두어 번 있었다고 하데요. 일요일 오전 KNN 파워토크 꼭 보세요. ^^

12/3/22 [박민식의 총선일기 D-20] 비가 주룩주룩 내리는 통에 갑자기 라면이 먹고 싶어 구포3동 분식점 들러서 김치라면과 김밥을 맛있게. 후보 마음 편하게 하는 게 좋다고 주위 사람들은 요즘 제가 먹자는 대로 무조건 콜. ^^

12/3/23 [박민식의 총선일기 D-19] 민방위 소집 때문에 많은 분들을 이른 아침에 만났습니다. 선거란 게 뭔지 사람들 많이 모이는 곳에 가면 눈에 불이 켜집니다. ㅋㅋ

12/3/23 [박민식의 총선일기 D-19] 정이 있는 구포시장에서 열린 '정책선거실천협약식'에 참석해 재롱을 좀 피웠습니다. ^^

D-19

12/3/24 [박민식의 총선일기 D-18] 바람이 찬 아침. 문득 춘래불사춘 뭐이런 말도 언뜻 떠오릅니다. 근데 아무리 차가운 바람이라도 결국 지나가는 것이죠. 그 지나가는 바람은 잠시 소리도 지르고 품은 잡을지 몰라도 이 땅을 책임질 수는 없는 것이죠.

12/3/25 [박민식의 총선일기 D-17] 아침 일찍 등산로 초입에 서 있었으나 꽃샘추위 때문인지 사람 발견하기는 거의 불가능. ㅎㅎ

12/3/25 [박민식의 총선일기 D-17] 벌써 6년이나 흘렀네요. 검사를 관둘 때 정 들었던 직원들께 일일이 편지를 놓고 왔었는데, 오늘 아침 한 분이 찾아와서 편지를 두고 갔는데, 옛날 그 편지 말미에 "꼭 필승하라"고.

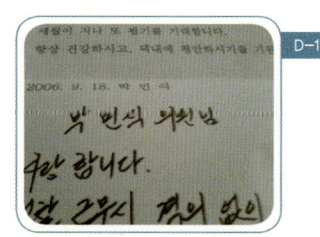

12/3/26 [박민식의 총선일기 D-16] 천안함 용사들과 고 한주호 준위를 추모하는 마음으로 오늘을 시작합니다. 입으로만 정치하는 사람이 아니라, 정말 나라를 위해 어떤 정치인이 되어야 하는지를 무거운 마음으로 곱씹어 봅니다.

12/3/26 [박민식의 총선일기 D-16] 오늘은 아직 일정이 끝나지 않았네요. 마지막 일정 대기중. 협심회라고 중식업 종사하는 분들이 오래전부터 우리 지역서 얼마나 봉사활동 많이 하는지 정말 최고입니다. 장사 다 마치고 다음 봉사활동 계획 짜느라고 이리 늦게. ^^

12/3/27 [박민식의 총선일기 D-15] 요즘 후보만큼 바쁜 사람이 있을까요? 오늘은 점심도 차 안에서 햄버거로 때웠는데 그나마 콜라 먹는 빨대가 없어 대충 고체와 액체를 집어넣었습니다. ㅎㅎ 근데 이 바쁜 사람을 성가시게 하는 분들이 계시네요. 나꼼수!

12/3/27 [박민식의 총선일기 D-15] 나꼼수에서 제 카니발 승합차에 대해 관심이 많은가 봅니다. 이 승합차가 대형 선루프가 장착된 특수 차량인 듯 말씀하신 모양입니다. 택도 없는 얘기 그만 좀 하세요. 그냥 부산으로 내려오세요. 태워 드릴 테니 직접 확인해 보세요.

12/3/27 [박민식의 총선일기 D-15] 이 승합차는 카니발 리무진 프레지던트 이름도 복잡하네요. 근데 선루프가 기본사양이어요. 특별한 게 아니라 이 차종에는 다 들어있답니다. 계약서 사진 보시와요.

12/3/27 [박민식의 총선일기 D-15] 그리고 이 차는 작년 10월 25일부터 죽 그대로 타고 있습니다. 다시 한번 부탁하건대 제가 요즘 쪼매 바쁘니까 더 궁금하시면 카니발 리무진 대리점 가서 확인해 보든지, 부산 와서 직접 타 보세요. 플리즈. ^^

12/3/27 [박민식의 총선일기 D-15] 근데 저도 하나 궁금? 제 승합차를 AJ렌트카 김해공항점에서 렌트했다는, 저도 몰랐던 그 엄청난(?) 비밀은 어떻게 아셨나요? 대단합니다. ^^

12/3/28 [박민식의 총선일기 D-14] 문 밖에 '턱' 하는 소리가 들립니다. 신문이 배달된 것입니다. 문득 이 새벽 신문 배달하는 분의 거친 숨소리가 느껴집니다. 그의 고단한 인생에 뭔가 죄책감 같은 게 생깁니다. 오늘도 열심히 살아야 되는 이유. ^^

12/3/28 [박민식의 총선일기 D-14] 점심 때 국수를 곱빼기로 먹었더니 좀 노곤해집니다. 내일부터 선거 시작인데 인간들의 북새통을 아는지 모르는지 진짜 봄기운이 완연. ^^

12/3/28 [박민식의 총선일기 D-14] 트친님 한 분의 부탁에 따라 제 평범한 카니발 선루프에 목을 내밀었습니다. 옆 사람 몸무게 83kg, 저는 62kg 인데 그래도 여유가 있네요. 나꼼수님들 직접 해 보세요. 꼭!

12/3/29 [박민식의 총선일기 D-13] 이제 힘차게 출발! 13일간의 치열하고 힘들고

험한 여행이지만 그래도 짜릿하고 재밌고 쿨한 여행이 되도록 하겠습니다. ^^

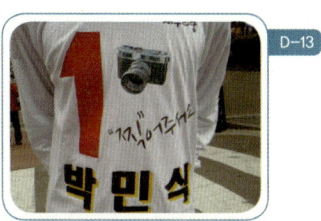

12/3/29 [박민식의 총선일기 D−13] 우리 율동팀 유니폼! 사진기로 찍듯 1번 박민식을 찍어달라는 간절함이. ^^

12/3/30 [박민식의 총선일기 D−12] 시장을 돌아다니다 보면 점심을 두 번 먹어야 할 때도 있습니다. 그것도 구포국시 곱빼기~! 입을 잘 함라믄 밥심이 최고라면서 주시는데 어쩌겠습니까?^^

12/3/30 [박민식의 총선일기 D−12] 아침부터 비가 많이 내립니다. 구포시장을 훑고 다니다가 장사는 내팽개치고 ㅋㅋ 삼겹살 파티를 하고 있는 곳을 적발(?), 맛있게 1차 점심 해결. ^^

12/3/30 [박민식의 총선일기 D−12] 차가운 시멘트 바닥에 떨어져 있는 명함. 비도 주룩주룩 내리고. 처음에는 보면서 마음이 아팠지만, 땅바닥에 떨어져 있는 명함도 홍보 효과가 있다고 생각하니 마음도 쿨해.

12/3/31 [박민식의 총선일기 D−11] 아직도 춥네요. 근데 선거 시작하자마자 제 얼굴을 화형시킨 분이 계시네요. 그런 뜨거운 불로 이 아침 추위나 녹여 주시지. ㅠㅠ

12/3/31 [박민식의 총선일기 D−11] 오늘도 이제 마무리. 푹 잘랍니데이~

12/4/1 [박민식의 총선일기 D-10] 드뎌 박근혜가 오다. ^^ 저를 도와주러 오신 박대표님, 김무성, 조윤선, 그리고 그저께 원희룡 의원님께 인간적 고마움이. 꾸벅!

D-10

12/4/2 [박민식의 총선일기 D-9] 어서 따뜻한 봄날이 왔으면 좋겠습니다. 자식의 만류에도 불구하고 아침 일찍부터 목도리며 외투를 챙겨 밖으로 나서시는 어머님을 보고 있자면 뺨을 스치는 쌀쌀한 바람이 원망스럽기만 합니다.

D-9

12/4/3 [박민식의 총선일기 D-8] 비는 좀 그치는가 싶더니만 강풍이 불어오고.

12/4/3 [박민식의 총선일기 D-8] 오늘은 매우 춥다. ㅠㅠ 선거원들도 한 시간 일찍 철수!

D-8

12/4/4 [박민식의 총선일기 D-7] 찬밥 더운밥 가릴 거 없다. ^^ 시간이 얼마 남지 않은 절박한 때이므로 서울 보좌관, 여직원까지 현장으로 나갔네요! 근데 아직 적응이 안 돼서 그런지 지지유세를 하는 건지…

D-7

12/4/5 [박민식의 총선일기 D-6] 날씨는 점점 좋아지는데 몸은 조금씩 나빠지는 느낌. ㅠㅠ 요즘은 튼튼한 목을 가진 사람이 제일 부러워. ^^

12/4/6 [박민식의 총선일기 D-5] 벚꽃이 하루가 다르네요. 바람은 여전히 차갑지만 자연의 섭리를 어찌 그 바람이 거스르겠습니까? 낙동강 바람도 다 옛날 그 바람, 그걸로는 안 돼요 안 돼!

12/4/7 [박민식의 총선일기 D-4] 백양초등학교 앞 양 방향 통행로 드디어 개통! 그러나 무엇보다 우리 어린 학생들의 안전이 제일 우선이므로 절대 안전 운전 부탁드립니다. ^^

12/4/7 [박민식의 총선일기 D-4] 아주 천천히 이동하는 유세차 위에서 두 시간 넘게 마이크를 잡고 있으면 찬바람에 손이 얼얼하고 다리는 저리고 목은 이미 갈라지고. 그래도 사무실 안에서 이것저것 고민하는 것보다는 훨씬 나아요. ^^

12/4/8 [박민식의 총선일기 D-3] 어제 많은 분들이 밤늦게까지 선거유세장서 율동하고, 또 박수도 치고…. 밥도 먹지 않고 그 쌀쌀한 바람 맞으면서도 힘들다고 생각하지 않고 저리도 성원해 주시는데, 참 고마움 넘어 두려움을 느낍니다. 저 간절한 열망을 생각한다면….

12/4/8 [박민식의 총선일기 D-3] 벚꽃이 화사합니다. 눈부시게. ^^

D-3

12/4/9 [박민식의 총선일기 D-2] 선거운동 하다 보면 이런 일 저런 일 많이도 생기게 되는데, 마음자리가 하루는 맑음 또 하루는 흐립니다. 그래도 현장서 직접 표를 호소할 때가 제일 솔직, 간단, 담백.^^

12/4/9 [박민식의 총선일기 D-2] 제가 의외로 중딩과 고딩들한테 인기가 있네요. 멀리서 손 흔들며 "와 저기 민쐭이다" 배를 잡고 키득거리는 녀석들 넘 귀여워요. 제 이름이 그리도 재밌나 봅니다. 김꽃두레 씨. ㅋㅋ 이참에 선거 연령 낮춰?

12/4/10 [박민식의 총선일기 D-1] 처음처럼 오늘도 최선을 다하겠습니다. 꾸벅^^

12/4/10 [박민식의 총선일기 D-1] 박근혜 위원장님이 이런 문자를 보내셨네요. "박민식 후보님, 박근혜입니다. 절실한 심정으로 마지막까지 최선을 다해 주시길 부탁드립니다. 지금 우리가 할 수 있는 일은 이념 우선인지, 민생 우선인지 국민 한 분 한 분께 호소드리는 일뿐입니다. 편 가르지 않는 100% 대한민국을 만들기 위해 마지막 한 방울의 땀도 아끼지 마시길 당부 드립니다."

12/4/11 [박민식의 총선일기 D-day] 방금 저도 투표했습니다. 볼일을 본 것 같은 시원한 느낌. ^^

총선일기를 꼼꼼히 읽어보신 분이라면 3월 12일쯤에 "김무성 선배님, 역시 김무성입니다!"라고 적어 놓은 것을 뜬금없다, 이상하다고 여기실 분도 계실 것 같아 잠깐 설명하고 넘어가자면, 2012년 그 날, 공천에서 탈락한 김무성 전 대표가 총선 불출마를 선언했다. 공천에서 탈락한 사람이 불출마하는 것은 당연한 일이다. 하지만 당시 공천 탈락자들 사이에서는 공천 탈락에 반발해 탈당을 하거나, 아예 신당을 창당하려는 움직임이 컸다. 이미 18대 총선에서 친박연대의 사례가 있었던 터라 김 전 대표의 무소속 출마 가능성이 높게 점쳐졌고, 김 전 대표가 세력화에 힘을 실어주길 내심 바라는 사람들 또한 많았다. 하지만 김 전 대표가 불출마는 물론, 탈당이 아닌 백의종군을 선택함으로써 예상은 완전히 빗나갔다. 나아가 김 전 대표의 백의종군 선언은 친이계는 물론 친박계 내부에서도 일고 있었던 집단 탈당의 기류 또한 완전히 바꾸어 버렸다. 언론에서는 이를 '김무성 효과'라고 불렀다.

　사실 19대 총선은 새누리당의 열세가 점쳐지던 터였다. 특히 부산 쪽은 야당이 유례없이 공을 들이고 있었던 터라 여당끼리 나뉘어 경쟁할 경우 앞날을 알 수 없는 상황이었다. 그런 측면에서 김 전 대표의 통큰 결단은 당연히 환영할 일이었다. 전문가들 또한 이를 통해 새누리당이 좀더 많은 의석을 확보할 수 있을 것이라고 점쳤다. 또한 "공천 탈락자들의 탈당은 우리 정치의 잘못된 관행이었는데 김 전 대표의 결과 승복은 앞으로 정당

김무성의 결단 "당에 남아 백의종군"

非朴연대등 보수진영 분열 급제동 … 정운찬은 총선 불출마

김무성 새누리당 의원이 12일 국회 정론관에서 기자회견을 열고 "당내 분열의 책이 되어서는 안되므로 백의종군하겠다"며 탈당설을 일축하고 있다. [사진]

기세를 올리던 여권의 '非朴(비박)연대' 구상에 제동이 걸렸다.

공천 파동의 '핵'인 김무성 의원(부산 남을)이 백의종군을 선언하고, 비박연대의 중심인물로 거론되던 정운찬 전 총리(현 동반성장위원장)는 총선 불출마 의사를 밝혔기 때문이다. 공천 탈락 의원들의 반발과 여권을 향한 비박 보수신당의 동세로 주춤하고 제각기 살길을 찾는 각자도생(各自圖生)의 모양새다.

12일 김무성 의원은 서울 여의도 국회에서 기자회견을 열어 "우파 분열의 책이 돼선 안되므로 백의종군하겠다는 결론을 내렸다"며 자신의 탈당설을 일축했다.

김 의원은 16개 친박(친박근혜)계의 좌장으로서 18대 총선 때 낙천한 친박 인사들의 탈당을 주도하고 무소속연대로 4년에 성공한 바 있다. 하지만 4·11 총선을 앞두고 새누리당의 공천 원칙인 '25% 현 여권을 것으로' 기준에 미달해 탈락이 예상되면서 탈당 여부에 관심이 쏠렸고 무소속 출마가 예상됐다.

하지만 김 의원은 "대안세력을 결집해 신당을 창당해 확 뒤집어 엎어보자는 유혹도 있었지만 '악법도 법'이라는 소크라테스의 말을 생각하면서 마음을 다스렸다"며 그간의 고뇌에 대해 설명한 뒤 "등박효과의 짐궤를 막고 우파가 재집권하기 위해 몸을 던지겠다"

고 말했다. 그는 공천 지침 등구도, 탈당도 없을 것임을 분명히 하면서 "저를 대신해 출마하는 새누리당 후보를 위해 최선을 다할 것"이라고 밝혔다.

김 의원의 당 잔류 소식이 알려

진 뒤 탈당 선언을 하려던 친아(친이명박)계 전주순 의원은 이날 기자회견을 연기했다. 진 의원은 공천에 결정에 여전히 반발하고 있지만 일부 친아계 인사가 탈당을 단행해도 있어 상황을 좀 더 지켜보겠다는 관단이 선 것으로 알려졌다. 조전혁 의원도 이날 자신의 지역구(인천 남동을)가 전략공천지역으로 선정된 데 대해 "겸허히 수용한다"고 밝혔다. 전략공천지역 선정은 사실상 현역의원의 공천 배제로 연결된다.

또 다른 거물급 낙선자인 정 전 총리 역시 한 발 빼는 모습이다. 그는 최근 이명박 대통령과의 회동, 보수신당들을 표방하는 박세일 국민생각 대표와 접촉 등으로 미묘한 파장을 낳았다. 하지만 정 전 총리는 이날 언론과의 전화통화에서 "이번 총선에 출마할 생각이 없다"며 "박세일 대표가 추진하는 비박 연대에 참가할 생각이 없다"고 밝혔다. 그는 "최근 박 대표, 김덕룡 전 대통령 사회특보와 만난 적이 있으며, 이들에게서 '대선까지 바라보고 제3세력화에 참여해달라'는 부탁을 받은 바 있지만 완곡하게 거절했다"고 밝혔다. 다만 정 전 총리는 대선 출마 가능성에 대해서는 "열어놓고 있으며 고민하고 있다"고 했다. 이처럼 비박연대 구상이 힘을 잃는다는 했지만 친이계 낙천자들의 탈당과 무소속 출마의

규모가 커질 경우 간판급 인사 유무와 관계없이 '옷자'로 맞물려서 총선판에 영향을 줄 수 있다는 관측도 제기된다.

현재까지 이윤성 박종근 최병국 진아측 여권 현역 의원 등이 탈당한 가운데 '25% 컷오프' 룰을공천 적용 논란을 제기하고 있는 강승규 신지호 진성호 김성회 이화수 유정복 배영식 의원 등도 탈당을 검토하고 있다.

게다가 전 정부 주요 인사들이 주축인 '미래연대 포럼'에서도 신아에 박선사 통남신 '세(3)대연대' 텐트에 가세하는 것을 검토 중인 것으로 알려졌다.

이런 상황에서 김무성 의원의 향후 역할에 대한 논의가 새누리당 내에서 진행 중이다.

공천 후유증 극복 차원에서 김 의원에 부산·경남 선거대책위원회의 위원장으로 하는 방안이 진지하게 논의되고 있다는 계 당 관계자들의 전언이다. 정홍원 공천위원장은 김 의원의 거취에 대해 "다양한 방법을 논의의 장이다"라고 말해 모종의 역할이 주어질 것임을 시사했다.

이상훈·이기창 기자

정치가 발전하는 데 커다란 요소가 될 것"이라고 높게 평가하는 의견도 있었다. 결국 새누리당은 총선에서 승리를 거뒀다. 결국 김 전 대표에게 일종의 빚을 진 셈인데, 후에 재보궐선거에서 김 전 의원이 영도에 출마했을 때 개인적으로 먼저 나서서 적극적인 지지의사를 표했던 이유도 바로 대의를 위해 희생한 선배에 대해 의리를 지켜주는 것이 이해관계를 떠나 마땅하다고 생각했기 때문이다.

개인적으로 다시 한번 지난 일기를 돌아보면서 가장 또렷하

게 기억에 남는 순간이 있다면, 그 중 하나가 4월 2일자의 내용이다.

어느 자식이 부모의 사랑에 감사하지 않을까. 주위의 만류에도 불구하고 노구를 이끌고 쉰 가까이 된 늙은 자식의 선거를 돕겠다고 아침 일찍 나서서 거리에서 낯 모르는 사람들에게 공손하게 명함을 나눠 주는 어머니의 모습을 보면서 이것도 불효라는 생각을 선거 기간 동안 참 많이 했다.

세상에서 제일 존경하는 분을 꼽으라면 늘 아버지와 어머니 두 분을 꼽는다. 일곱 살에 아버지를 여의었기 때문에 부친에 대한 기억은 그리 많지 않다. 까만 선글라스와 군복, 그리고 허리춤에 권총을 찬 늠름한 군인의 모습 정도라고나 할까. 그러다 보니 어머니를 비롯한 아버지 주위 분들로부터 전해들은 이야기가 많다.

아버지와 얽힌 이야기 중 인상 깊었던 것은 아버지가 초등학생이었던 시절, 일본인 교사의 한국인 교장선생님 폭행에 항의하여 사상 초유의 초등학교 동맹휴학 의거를 벌였던 일이다. 이로 인해 당시 6학년이었던 아버지는 11일간 미결수 감방에 구금되는 등 어린 나이에 고초를 겪었다고 한다. 아직도 아버지의 모교인 거창 신원초등학교에는 그때의 일을 기리는 항일 의거비가 서 있다. 모르긴 해도 아버지는 정의감과 국가에 대한 충성심이 상당하셨던 분 같았다. 그래서인지 나는 늘 돌아가신 아버지를 존경했고, 내 아버지가 월남에서 돌아가신 보훈가족이라는

월남 파병 당시 아버지(오른쪽)

사실에 자부심을 갖고 있다.

1975년, 아버지는 거창 할머니댁에 맡겨졌던 나와 작은형에게 세발자전거와 앉은뱅이 썰매를 사 주시고는 월남으로 떠나셨다. 그리고 다시는 돌아오지 못하셨다. 아버지를 갑자기 떠나보낸 황망한 마음도 제대로 추스를 틈도 없이 어머니는 나를 비롯한 6남매를 먹여 살리기 위해 구포에 자리를 잡았다. 넉넉지 않은 생활에 일곱 명의 가족이 살 집을 구하는 건 쉬운 일이 아니었는데, 어머니는 방 두 칸에 네 가구가 공동으로 사용하는 재래식 화장실이 있는 허름한 슬레이트 지붕 집을 어렵게 구했다. 방 하나는 제일 큰형이 차지하고 나머지 여섯 식구는 모두 좁은 방에서 모여 먹고 잤는데, 독실한 불교신자인 어머니는 매일 새벽 네 시만 되면 씻고 정자세로 앉아서 한 시간가량 염불을 외는 일을 거르지 않았다.

얼마 전 새벽마다 신문을 큰 소리로 낭독하는 내 습관에 대한 기사가 『조선일보』에 실렸다. 새벽 세 시쯤에 신문이 배달되는 소리를 들으면 자연스럽게 신문을 집어 들고 들어와 읽기 시작하는데, 그게 사실상 하루의 시작인 셈이다. 이렇게 새벽 일찍 일어나 습관처럼 무엇이든 소리 내어 읽게 된 것은 바로 어머니의 불경 낭독 소리 덕분이다.

아마도 어머니가 그렇게 매일 열심히 불경을 외웠던 이유는 자식들이 잘 되기를 부처님께 비는 것도 있었겠지만, 홀로 여섯

아이를 키우면서 먹고 싶은 것 못 먹고, 입고 싶은 것 못 입고, 하고 싶은 것 다 하지 못하는 상황에서 유일한 마음의 위안이었기 때문이리라.

40여 년 세월을 홀몸으로 여섯 자식들에게 헌신한 어머니는 여전히 자신의 몸을 자식들에게 내어 주고는 편히 두지 않는다. 손수 음식을 만들고, 선거 때가 되면 내게는 가장 든든한 선거운동원이 되어 주신다.

집에 와도 지역구 관리한답시고 아침 일찍 나가서 밤늦게 들어오면서 지나가는 말이라도 사랑한다, 고맙다는 말 한마디 하지 않는 무심한 자식을 묵묵히 뒷바라지 해 주시는 어머니의 얼굴에는 이제 주름이 더 깊게 패이고 머리에는 하얀 서리가 빼곡히 내려앉았다. 정치하는 아들 덕에 허리는 더 굽어가는 것 같다. 과연 우리 어머니만 자식을 위해 평생을 살아가시는 걸까. 세상의 모든 어머니는 위대하다는 말, 모름지기 사실이다.

"감사합니다. 어머니."

● 피할 수 없으면 즐겨라, SNS

국회의원의 SNS 활용에 대해 "진짜 본인이 하는 게 맞냐?"라는 의심을 품는 분들도 계실 텐데, 최소한 나를 비롯한 내가 아는 국회의원들의 대부분은 의정보고를 위한 공식적인 공지 외에는 직접 글을 쓰고 있다고 자신 있게 얘기할 수 있다. 물론 사진은 직접 찍는 것보다 찍어달라는 경우가 많다. 그리고 사족으로 댓글을 많이 달지 못하는 연유도 어찌 보면, 본인이 직접 하기 때문에 생기는 빈틈이라고 널리 양해해 달라는 말씀도 덧붙인다.

대부분의 공인들에게 SNS는 흡사 양날의 검과도 같다. 개인적인 단상을 그때그때 적어 올리는 게, 사소한 일들이 미담이 되기도, 때로는 무개념발언이 되기도 하기 때문이다.

2013년 국회에서 북구를 비롯한 부산시 전체의 오랜 숙원 사

업인 만덕3터널이 결국 전액 국비사업으로 하는 예산안이 통과
된 직후, "20년 숙원사업인 만덕3터널 예산이 통과됐습니다. 예
결위원들 사이에 이 터널은 '박민식 3선터널'이라는 별명이 붙
었다고 하더군요."라는 글을 트위터에 올렸다. 선배 의원 시절
부터 부산시민의 염원을 바탕으로 노력해 왔던 일이었고, 그동
안의 몸고생, 마음고생을 통해 얻어낸 성과인 만큼 이 정도의 자
랑은 해도 이해해 줄 것이라 믿는 생각으로 올린 글인데, 모 일
간지에서 "쪽지 예산 전리품처럼 자랑하는 의원들"이라는 제하
(題下)의 기사에 내 글을 옮겨 붙여 놨다. 순식간에 급조한 지역
사업을 위해 정부예산을 무리하게 끌어온 사람이 됐다. 다행스
럽게도 부산 사람들 대부분이 워낙 저변의 사정을 잘 아는지라
별 논란거리는 되지 않았다.

부산 사람이나 부산을 자주 찾는 분들은 내가 왜 이리 만덕3터널에 목을 매
는지 잘 알 것이다. 서부산과 동부산을 연결하는 기존 터널은 이미 포화상
태였다. 그야말로 부산 최대의 상습 정체구역으로 악명을 떨친 건 어제 오늘
일이 아니었다. 1995년부터 부산시는 만덕3터널을 도시계획시설로 지정, 사
업을 추진하기로 했고, '반드시 추진하겠다'는 약속은 그동안 국회의원, 구청
장의 단골공약이었다. 그런데 왜 추진되지 못했을까 고민하다가 간단한 발
상의 전환을 시도했다. 이름을 바꾸는 것이었다. 만덕3터널의 원래 이름은
초읍터널이었다. 이 터널의 한 쪽은 동래구와 진구의 경계선인 초읍 지역, 그

리고 나머지 한 쪽은 만덕동으로 통했다. 결국 동래나 진구 쪽에서는 초읍이라는 곳에 그다지 관심이 없었다. 만덕동을 비롯한 북구 지역 주민들에게 터널은 절실하게 필요했지만, 정작 초읍터널이라는 이름 탓에 20년 숙원사업이었음에도 불구하고 마치 지역과 동떨어진 어디 먼 동네에 생기는 터널처럼 여기는 사람들이 의외로 많았다. 그래서 일단 터널 이름부터 만덕3터널로 바꾼 것이다. 이름을 바꾸면 인생도 바뀐다고 했나. 18대 국회에서 예산당국과 부산시 등과 협의하고 갖은 노력을 했음에도 불구하고 요원하게만 보였던 만덕3터널은 19대 당선되자마자 끝내 끝장을 봤다. 재선이 된 지도 얼마 안됐지만, 주위에서 못 이룰 것 같은 숙원사업을 이뤘으니 3선은 따 놓은 당상이라는 말들을 많이 했다. 만덕3터널이 내게는 3선터널이 된 연유가 바로 이렇다.

Social Network Service라는 이름에서도 나타나듯이 트위터, 페이스북 등은 체계의 특성상 전달이 빠르고, 파급력 또한 무시무시해서 소위 한 번 내뱉은 말은 주워 담기도 힘들다. 물론 좋은 장점만을 잘 살려낸다면, 적은 노력으로도 자신의 주장을 널리 알릴 수 있다는 이점은 분명히 있다. 소통 또한 SNS의 중요한 순기능이자 이점 중 하나다. 물론 기존 홈페이지나 뉴스레터 등을 통해도 소통은 이뤄졌지만, 그것은 소통이라기보다는 엄밀히 말해 정보의 일방적인 전달에 지나지 않았다는 것이 모두가 공감하는 사실이다.

그렇기 때문에 대중들은 직접 듣기를 원했고, 정치인 또한 언론 등을 통해 말을 전하기보다는 자신의 진짜 목소리를 가감 없이 전하길 원하기에 이르렀는데, SNS의 출현으로 그것이 가능해졌다. 즉, 이슈에 대해 정치인들은 자신의 생각을 전하고, 사람들로부터 즉각적인 반응을 얻어내며, 나아가 대화가 가능해진 것이다. 분명 아직 나조차도 사용에 익숙하지 않다는 점과 시간적인 제약 등 여러모로 완전한 쌍방소통이 이루어지지는 못하고 있다. 하지만 그것은 분명 전보다 한 발 나아간 소통의 방식이고, 특히 젊은 층이 정치에 대해 보다 가깝게 접근함으로써 기존 정치권에 대해 가지고 있던 오해와 불신은 해소될 것이라는 기대가 크다.

그럼에도 불구하고, 소위 말로 먹고 사는 직업을 가진 사람들에게는 여간 신경이 쓰이는 것이 아니다. 앞서 예를 든 내 사정을 감안한다면 더욱 조심스러워질 수밖에 없다. 솔직히 자기 주장하는 데 익숙해져 있는 정치인들의 SNS는 본래의 소통기능보다는 또 하나의 홈페이지, 즉 일방적으로 자신의 주장을 피력하는 공간으로 전락되곤 한다. 이 경우에 쓰는 사람도, 보는 사람도 솔직히 재미도 없고 감동도 없다. 자칫 있으나마나한 공간이 되기 십상이다.

SNS가 정치인에게 가장 두려운 이유 중 하나는 글 한번 잘못 올렸다가 비난과 비판의 댓글 홍수에 멘붕이 되는 경우다. 글을 쓰다가 보면 수십 번을 고칠 수 있다. 하지만 SNS에 올려놓은 글은 그렇지 않다. 말 그대로 한번 내뱉으면 주워 담을 수 없다. 무시무시한 건 발 없는 말이 천리를 가는데 그 속도 또한 '찰나'라는 점이다. 그렇기 때문에, 민감한 이슈에 대해서는 선뜻 손

을 대지 못할 때도 있다. 게다가 스마트폰에 익숙하지 않은 선배 의원들의 경우, 알 수 없는 기능들, 익숙하지 않은 자판 사용 등 때문에 이중 삼중의 스트레스를 받는 모습도 자주 목격된다. 하지만 피한다고 될 수 없는 것이 이미 SNS가 대세처럼 굳어버렸기 때문이다.

새누리당에서는 그동안 젊은 층과 제대로 소통하지 못했다는 반성아래, SNS를 소통의 창구로 이용하기로 결정했다. 그리고 그 결과물로 지난 19대 공천에서는 'SNS 역량지수'라는 개념을 도입해 SNS 활용도를 공천심사에 적극 반영하기도 했다. 선택이 아닌 필수가 되어 버린 상황에서, "그까짓 것, 뭐 하러 해. 난 안 해." 하고 홀로 독야청청할 수도 없는 일이 되어 버렸다. 이럴 때 쓰는 말이 바로 '피할 수 없으면 즐겨라'이다.

8

총선 결과와 만덕5지구

　낙동강 벨트의 싸움은 예상대로 힘든 싸움이었다. 비단 사하와 사상, 그리고 김해을을 잃었을 뿐만 아니라 승리했더라도 대부분 지역이 10% 안쪽의 격차였다. 내 경우도 4.79%차이였는데, 18대 당시 격차가 18.7%였던 것에 비해 한참 좁혀진 것이었다. 야당의 집중적인 서부산권 공략이 주효했던 셈이다. 야당의 서부산권 공략이 밖에서부터 불어온 바람이었다면, 만덕5지구 환경개선사업은 안에서 불고 있는 바람이었다.

　만덕5지구 문제는 늘 각별히 관심을 갖고 있는 문제다. 2001년 주거환경개선지구로 지정된 것을 2009년에 LH 공사가 경기침체와 회사 사정 등으로 일방적으로 중단해 놓은 것을 다시 재개시키기 위해 백방으로 노력했다. 그 결과 사업 중단 2년여 만인 2011년 9월에 LH 공사의 사업구조조정 이후 전국에서는 처음으로 만덕5지구 주거환경개선지구에 대한 보상이 재개되었다. 당시의 일정을 보면 당선 이후 LH 공사 사장과 임원 등을 직접 만난 것만 해도 13번 정도 됐는데, 분기에 한 번씩은 해결해

달라고 매달린 셈이다.

하지만 진짜 문제는 보상가격이었다. 현실을 반영하지 않고, LH 공사 측은 2007년의 보상가를 적용하려 했으니, 주민들 입장에서 보면 그야말로 날벼락이었다. 기다린 것도 화가 나는 판에 말도 안 되는 가격으로 '날로 먹으려는 심산'이니 주민들 입장에서는 들고 일어났다. 화가 난 주민들은 비상대책위원회를 구성했고, 나 또한 LH 공사와 이 문제에 대해 다시 협의를 시작하는 한편, 국무총리에게도 공식적으로 대정부 질문 자리에서 문제를 제기했다. 이는 비단 만덕5지구만의 문제가 아니라 향후에 있을 다른 지역의 보상 문제에 있어서도 선례가 될 수 있기 때문이었다.

그러나 해결의 실마리가 보이지 않고 장기화 되자, 비대위 측은 내게 해결책을 내놓으라며 항의를 하기 시작했다. 답답하긴 했지만 쉽게 해결할 수 있는 문제가 아니었다. 이러지도 저러지도 못하고 있는 나와 조속한 해결을 바라는 비대위 사이가 금이 가기 시작했다.

그 사이 상대방 측 후보도 "그동안 만덕5지구를 위해 무엇을 했느냐?"는 식으로, 나와 비대위 사이의 불화를 부추기는 듯했다. 이런저런 이유로 시간이 갈수록 여론은 악화되어 갔다. 항의의 수위는 점점 높아졌고, 그 와중에 일부 비대위원들과의 오해까지 겹쳐 급기야 물리적인 충돌 일보 직전까지 갔다. 또한 선거 사무소 앞에서의 시위, 그리고 유세 방해 등 선거운동 방해로

까지 이어졌다.

 그러한 갈등은 선거 결과에 그대로 투영됐다. 당시 선거 결과 모든 투표소에서 우위를 점했지만, 만덕5지구가 위치한 만덕1동에서 무려 1,000표가 넘게 지고 말았다. 이 정도로 민심이 악화된 것일까 고민하게 되었다. 외면하고 방치했다면 당연한 결과였지만, 나름대로 문제를 해결하려고 계속 노력해 가던 차라 억울했다. 솔직히 사람인지라 한 순간, '이렇게까지 나를 믿지 못하고 거부한다면 나로서도 그만 손을 떼야 하는가?'라는 생각까지도 들었다. 하지만 어차피 꼬인 실타래에 손을 댔다면 끝까지 풀어내는 게 내 임무이자 나를 북구의 대표로 뽑아준 주민들

에 대한 도리였다. '대한민국에서 집은 서민들에게 인생 그 자체
구나.'라는 말이 내 입에서 나올 수밖에 없었다.

　롱펠로는 "인생이라는 야영지에서 말 못하고 쫓기는 짐승이
되지 말고 싸움터에 나선 영웅이 돼라."고 했다. 피하고 외면할
문제도, 또 간단하게 해결될 문제도 분명 아니다. 그렇게 선거
가 끝난 이후, 다시 그 분들과 머리를 맞대고 해결방법을 찾기
시작했다.

잊혀지지 않는 하나의 의미

당원 명부*
유출사건

—

* 당원명부란 특정 정당에 가입한 사람들의
이름, 주민등록번호, 당비 납부 내역 등이 담
겨 있는 문건을 말한다.

1

─

채증팀장에서 조사대책팀장으로

2012년 6월 15일, 당시 당 사무총장직을 맡고 있던 서병수 의원으로부터 급한 연락이 왔다. 당원 명부가 유출된 사건이 검찰 수사 중인데 당 차원의 조사대책팀장을 맡아달라는 연락이었다. 2009년 7월, 미디어법 불법투표 진상조사단 채증팀장을 맡은 이후 두 번째 조사팀장을 맡게 된 것인데, 특수부 검사 출신이라는 이유로 또 당의 부름을 받게 된 것이다.

220여만 명에 이르는 개인의 신상을 내부자가 유출시켰다는 것도 큰 문제였지만, 당시 대통령 후보 경선 규칙 변경 문제를 놓고, 당내 갈등이 빚어지고 있던 상황이었기 때문에, 유출사건은 그야말로 설상가상(雪上加霜)의 일이었다. 당으로부터 보고받은 내용은 당 사무처 청년국장 출신의 이 모 수석전문위원이 2012년 1월에서 3월 사이에 조직국 여성직원 정 모 씨의 도움을 받아 220여만 명의 당원들의 이름과 주소, 주민등록번호, 휴대전화번호 등이 담긴 명부를 입수, 휴대전화 문자메시지 발송업체에 400만 원을 받아 넘긴 혐의로 검찰의 수사 중이라는 사실이었다.

이미 언론 등에서는 이 위원이 당원 명부를 해당업체에 넘긴 시점이 4.11 총선 직전임을 들어, 일부 후보자들이 이 명부를 넘겨받아 여론조사를 빙자한 사전 선거운동 등을 한 것이 아니냐는 소문들이 나돌기 시작했고, 경선 후보 측까지 넘어간 것 아니냐는 이야기까지 거론되고 있었다. 특히 2007년 대선 후보 경선 과정에서 조직표 확보를 위해 당시 이명박, 박근혜 양측 캠프 내에서 당원 명부 입수 경쟁이 치열했었다는 말까지 나돌면서 당시 진행되던 경선 규칙 변경에 영향을 미칠 수 있는 사안이었으므로 당에서는 조속히 조사에 착수해 줄 것을 강력하게 요청했다.

당일 바로 조사에 착수, 관련 서류 등을 검토하고 즉각 관련자 등에 대한 면담에 착수했다. 워낙에 민감한 사안이기 때문에 조심스럽게 조사할 수밖에 없음에도 불구하고, 시간을 끌면 끌수록 의혹만 쌓여갈 게 뻔했으므로 속도까지 내야하니 여간 부담스러운 일이 아닐 수 없었다.

우선 당원 정보시스템 접근권한을 가진 당시 조직국 직원 여덟 명과 구속된 이 모 수석전문위원 그리고 문자발송업체 대표를 직접 조사했다. 그 과정에서 지난 2월 당 소속 사무보조원이 당원 명부 파일을 이 모 수석전문위원에게 메일로 전달하고 이 모 전문위원은 이를 다시 메일을 통해 문자발송업체 대표에게 전달한 것을 밝혀냈다. 아울러 이 모 전문위원이 약 여덟 명 내외의 예비후보에게 USB나 메일을 통해 해당 지역구 명단을 전

東日新聞

'당원명부 유출' 대선정국 뇌관되나

새누리당 220만 명의 인적 사항이 담긴 '당원명부' 유출 사태가 걷잡을 수 없이 커지는 등 대선정국의 최대 '뇌관'으로 급부상하고 있다.

이 명부를 건네받은 문자방송업체인 A사가는 지난 4·11 총선 당시 새누리당 총선 후보 29명의 문자 발송과 전화홍보 업무 등 대행에 이 가운데 10명이 경선을 통해 공천을 받았으며, 5명은 국회의원으로 당선된 사실이 확인됐다. 특히 21일엔 A사를 이용한 의원이 새누리당은 물론 민주통합당 의원까지 합쳐 총 180명(예비후보까지 포함)에 달하는다는 새로운 사실이 알려지면서 파장은 더 커지고 있다.

새누리당 당원명부 유출사건 진상조사빛빙장인 박민식 의원은 21일 국회에서 기자회견을 열고 "여야 구분없이 상당수 입후보자가 4·11 총선 당시 당원명부를 넘겨받은 문자방송업체를 이용한 것으로 드러났다"고 말했다. 그러면서 "특히 서울·경기지역만 해도 26여 명의 민주통합당 당선인도 이 업체와 계약을 체결, 문자발송 업무를 대행했다"고 해명했다.

A사를 이용한 새누리당 의원 중엔 대구에서 당선된 B의원도 포함된 것으로 알려졌다. 이에 대해 B의원은 22일 매일신문과의 전화 통화에서 "지난 3월, A사에서 보낸 문자 발발송기기를 임대해준다는 전단지를 보고 기기를 임대했다며 "3월 29일부터 4월 10일까지 기기 총 대를 임대해 사용했을 뿐 유출된 당원명부와는 전혀 상관없다며, 이번 소문이 돌아 억울하고 당혹스럽다"고

해명했다.

새누리당 내부에서는 A사가 입수한 당원명부를 활용한 총선 후보자 및 당선자의 규모가 계속 늘어날 가능성이 큰 것으로 보고 전전긍긍하고 있다. 한 핵심 당직자는 "검찰 수사에서 공천과정에서의 유출된 당원명부 활용이 사실로 드러날 경우 해당 지역 낙천자들의 '불공정 경선' 주장은 물론 사전선거운동에 따른 선거법 위반 소지도 제기될 수 있다"며 우려했다. 박민식 의원도 기자회

명부 활용자 29명으로 늘어
국회의원 당선자도 5명이나
새누리 낙천의원 '진상규명'
민주통합 "관련 의원들 사퇴"

견 직후 "최종 숫자는 아직 파악되지 않았지만 이 업체와 계약한 입후보자 수는 명대부지 파악된 29명보다 훨씬 더 많은 것으로 알고 있다"고 말했다.

이와 관련, 4·11 총선에서 낙천한 새누리당 전 의원 10명은 21일 공동성명을 내고 당원명부 유출 사건의 철저한 진상규명을 촉구했다. 최재·안경률·이사철·장소미·강승규·공에기·신지호·이은재·이화수·정미호 전 의원은 성명에서 "29만 명의 당원명부가 문자방송업체에 유출된 점도 모자라 총선 공천에 악용됐을 가능성이 크다는 사실의 충격"이라고 비판했다. 이후수 전 의

원은 22일 오전 한 라디오에서 "발송업체는 선거 기획업무를 주로 하는 업체로 보이며, 이 업체가 새누리당 후보 29명, 민주통합당 후보 21명에 대해 선거지원을 한 것으로 나타났다며, 더 면밀한 조사가 필요하다"고 주장했다.

이담의 공세도 거세지고 있다. 부정경선을 주장하며 해당자 사퇴는 물론 철저한 검찰 수사를 촉구하고 나섰다. 민주통합당 박지원 원내대표는 21일 "최소 29명의 후보에게 전달되고 5명이 국회의원에 당선됐다는데, 이들이 자진사퇴하지 않으

면 윤리위에 제소하겠다"고 말했다. 아울러 "검찰은 이번 사건이 불법정보 당 부정 경선과의 특검은 사건으로 당장 새누리당의 당원명부, 공천과정, 경선과정에 대해 철저히 수사하라"고 촉구했다.

정욱진기자 penchok@msnet.co.kr

새누리당 박민식 의원이 21일 국회에서 당원명부 유출에 대해 기자회견을 하고 나서 취재진의 추가 질문에 답변하고 있다. 연합

달했다는 진술을 관련자들에게 받아내고, 이러한 내용을 20일 중간보고 브리핑을 통해 언론에 전달했다. 브리핑 자리에서 기자들의 관심사는 명단을 넘겨받은 예비후보들이 누구누구이며, 이들의 공천 여부였다. 그러나 조사한 결과에 따르면 명부를 넘겨받은 예비후보 여덟 명 가운데 일곱 명은 공천에서 떨어지고, 한 명은 공천을 받기는 했지만, 선거에서 낙선한 것으로 조사됐다. 아울러 현실적으로 당시의 당원 명부는 현역의원의 경우는 최소한 자신의 지역에 살고 있는 당원에 대해서는 접근이 얼마든지 가능한 상태였으므로 당원 명부 유출이 4.11 총선의 공천과정에서 공정성을 크게 훼손할 정도는 아닌 것으로 판단된다는 입장을 밝혔다.

하지만 브리핑을 끝낸 지 하루도 지나지 않아, 또 다른 사실이 언론을 통해 흘러나왔다. 요지인 즉, 지난 4.11 총선에서 새누리당 당원 명부를 넘겨받은 문자발송업체를 이용한 후보가 180여 명에 이르며, 이 중 절반은 새누리당, 절반은 민주통합당 소속이라는 게 사정당국의 설명이고, 언론이 자체적으로 확인한 결과 여야 35명가량이 최종 당선되었다는 것이다.

이와 별개로 민주당 측에서는 새누리당의 당원 명부 유출사건이 통합진보당의 부정경선과 똑같은 사건이라고 밀어붙였다. 나아가 새누리당 당선자들은 자진 사퇴해야 한다며, 그렇지 않을 경우 윤리위에 제소할 것이라며 공세를 폈다.

말도 안 되는 억지였다. 180여 명의 후보가 해당 문자발송업체

와 계약한 것은 맞는 사실이지만, 당원 명부가 입후보자를 위해
활용했다는 증거가 발견되지 않은 상태였고, 통상 문자발송업체
는 문자발송을 위한 시스템을 제공할 뿐 문자를 보낼 연락처는
의뢰인이 직접 입력하기 때문에 문자발송업체가 당원 명부를 활
용할 여지가 없기 때문이다. 게다가 그렇게 따지자면 그 업체를
이용했으면서 당선된 의원은 민주당 쪽에서 있기 때문이었다.

  밖에서 민주당의 정치공세가 이어지는 동안, 내부에서는
전 · 현직 지도부 책임론이 대두되기 시작했다. 특히 박근혜 당

시 후보의 반대 측 주자 진영 쪽에서는 당원 명부 유출 시기가 박 후보가 당시 비대위원장 시절이었으므로 책임질 필요가 있고, 아울러 당원 명부 유출로 인해 대선후보 경선의 공정성이 훼손된 만큼, 경선 규칙 변경이 불가피하다고 주장했다.

하지만 조사를 통해 파악한 바로는 당원 명부의 정치적 효용이 세간에 떠도는 것보다 의외로 미미하고, 총선 공천 과정의 공정성을 크게 훼손할 정도는 아닌 것으로 파악했다. 그렇기 때문에 당원 명부 사건과 경선 룰은 전혀 별개의 문제로 판단됐다. 특히나 대선의 경우 선거인단이 전체 220여만 명이 아닌 거기서 추출된 일부의 사람들이고, 선거인 명부는 통상 한 달 전에 공평하게 교부가 되기 때문에 선거에 큰 영향을 미칠 리 만무하다는 게 당시 내 판단이었다. 책임을 져야 한다는 주장에 대해서도 사실관계의 규명이 급선무라고 봤다. 사실관계와의 관련성이 밝혀지면 누가 되었든지 책임을 져야 하지만, 단순히 박근혜 비대위원장 시절에 발생한 일이니 박근혜 비대위원장이 모든 책임을 져야 한다는 것은 성급한 결정이기 때문이다. 무엇보다도 제대로 된 결과가 나오기도 전에 당원 명부 유출사태를 완전국민경선제(오픈프라이머리) 도입의 명분으로 삼는 것은 문제의 해결에 도움이 되지 않는, 오히려 또 다른 분란을 불러올 수 있는 정치적 행위로 비춰졌기 때문에 섣부른 주장이나 사건의 연계는 경계되어야 한다는 입장을 조사팀장을 맡는 내내 견지했었다.

2

—

당원 명부 유출사건의 허망한 전말

결국 이 모 수석전문위원은 문자발송업체 대표와 결탁해 400만 원 및 영업수익의 일부를 받기로 인센티브 약정을 하고, 당원 명부를 미끼로 이 대표와 선거 홍보문자 발송계약을 체결하도록 한 혐의로 검찰로부터 기소되었다.

이후 올해 1월, 사건의 판결을 맡은 수원지법은 기소된 이 모 수석전문위원에게는 징역 1년 6개월을, 그리고 당원 명부를 넘겨받은 업체 대표에게는 징역 1년 6개월에 집행유예 2년, 명부 유출을 도운 당 조직국 여직원에게는 벌금 700만 원을 선고했다. 재판부는 선고의 이유를 "피고인은 당원 명부가 유출될 경우 정치적으로 악용될 수 있고 개인의 사생활이 침해된다는 것을 잘 알 수 있는 위치에 있었음에도 문자발송업체 대표로부터 금품을 받고 당원의 개인 정보가 담긴 당원 명부를 유출한 혐의가 인정된다."고 밝혔다. 이어 "피고인의 범행이 선거에 큰 영향을 끼치지 않았지만 사익을 위해 선거 공정성과 투명성, 정당의 정치적 자유는 물론 당원의 자기결정권과 사생활을 침해했으므

로 실형 선고가 불가피하다."고 이유를 설명했다.

　결국 한 때 정치권을 뜨겁게 달구었던 새누리당 명부 사건은 개인의 사익을 추구하고자 일어났던 사건으로 손쉽게 결론 내려졌다. 마치 대단한 흑막이 있는 것처럼 연일 언론과 야당에서 떠들었고, 하루가 멀다하고 쏟아지던 인터뷰 요청을 떠올려 보면 너무 허망한 결론이다. 내 입장에서야 국회로 다시 돌아오자마자 쏟아지던 인터뷰와 방송 출연요청이 쇄도했던, 정말 눈코 뜰 새 없이 바빴던 시기이자 무거운 책임감 때문에 그 당시를 앞으로도 절대 잊지 못하겠지만, 과연 지금 누가 그 일을 기억이나 할까. 너무나 허무한 결말이다. 특히 그 과정에서 있었던 여러 가지 정치적 의도를 가진 '카더라'들 때문에 더욱 그렇다.

3

—

인권위원장

—

Park_Minshik 약 343일 전

(1)제가 졸지에 새누리당 인권위원장으로 임명되어 우선 인권
위원회를 구성해야 합니다 인권하면 그동안은 야당 전유물로
생각되었었는데, 저희 당이 인권정당으로 다시 태어날수 있도록
참신한 인권위원 추천바랍니다 "급!"

Samsung Mobile에서 작성된 글

Park_Minshik 약 343일 전

(2)학력, 나이, 성별 어떤 자격조건도 필요없습니다 오히려 그
동안 변호사, 교수,시민단체 활동가 등 명망가 위주로 구성되
었는데, 이런 틀을 한번 바꿔보려고 합니다 예컨대 알바생들
힘들잖아요 전국 수십만 알바생들 대변할 그런분들 제격일듯
^^

Samsung Mobile에서 작성된 글

Park_Minshik 약 343일 전

(3) 좋은 의견, 좋은 사람 추천 해주신 열 분에게는 선거법의
법위에서 제 책 '피해자를 위하여 울어라'(도서출판 선)를 보
내드리겠습니다^^

Samsung Mobile에서 작성된 글

1

피해자를 위하여 울어라

2008년 7월, 당으로부터 당 인권위원회 부위원장에 임명된 적이 있었다. 그로부터 4년여가 지난 2012년 6월, 당 인권위원회 위원장으로 임명됐다. 4년 만에 부위원장에서 위원장으로 진급(?)한 셈이다. 이렇듯 내가 인권위원회에 단골멤버로 불려가는 이유는 그동안 발의했던 굵직굵직한 제정 법안들이 유독 피해자의 인권과 관련된 내용이 많았기 때문과 무관하지 않다고 생각한다.

우리 헌법은 범죄행위로 인해 생명이나 신체에 피해를 받은 피해자에 대해 국가의 구조의무를 명시하고 있다.

> 헌법 제30조 타인의 범죄행위로 인하여 생명·신체에 대한 피해를 받은 국민은 법률이 정하는 바에 의하여 국가로부터 구조를 받을 수 있다.

그럼에도 불구하고 우리나라는 가해자에 대한 수사·재판·형 집행에서의 인권 개선과 비교해 범죄피해자의 인권 개선은 잘 이루어지지 않고 있다. 즉, 가해자의 인권에 대해서는 늘 관

심을 기울이는 반면 피해자 인권에 대해서는 상대적으로 등안시하는 측면이 있다. 검사라는 전직 덕에 가해자는 두 다리 쭉 뻗고 자는데, 피해자는 사람들의 눈길을 피해 아픈 상처를 가슴에 품고 사는 그런 모습들을 자주 목격해 왔고, 그때마다 언젠가는 저런 불합리함을 바로 잡아야겠다고 늘 마음속으로 다짐해 왔다. 그것이 바로 내가 틈만 나면 '피해자를 위하여 울어라'라는 말을 입에 달고 사는 이유이고, 보편적 인권보다는 피해자의 인권에 더욱 집중하는 까닭이다.

실제 사회에서 어렵지 않게 볼 수 있는 사건을 각색하여 가상의 피해자 A와 가상의 범죄자 B의 인생행로를 비교한 예를 만들어 봤다.

범죄피해자와 범죄자의 인생 비교

피해자 A와 가족의 인생	범죄자 B의 인생
1963. 5. 농촌에서 장남으로 출생	1980. 7. 서울 출생
농촌에서 초중고 과정을 마치고, 서울로 대학 진학	고교 재학시 폭력 및 절도 등으로 유기정학 2회
1989. 2. XX대학 경영학과 졸업 (현역만기 제대)	2000. 2. 고교 졸업 후 서울 소재 전문대학 재학 중 군 입대
1983. 3. 甲기업 입사. 초등학교 교사인 아내와 결혼	2003. 12. 군 제대 후 폭력, 절도 등 전과 2범(수감생활 1년)
부장으로 진급. 초등학교 5학년, 3학년 남매를 둠	30대 초반 B는 출소하였으나 마땅히 직장을 구하지 못해, 공사 현장에서 일용직으로 근무

2011. 6. 어느날 회사에서 귀가하던 A씨와 술에 취한 B씨가 거리에서 부딪혔다. 시비를 걸던 B는 홧김에 주위에 있던 돌멩이로 A의 머리를 강타. A는 중상을 입고 병원으로 후송. B는 인근에 있던 시민들의 신고로 30분 만에 검거되었다.	
2011. 7. 종합병원 응급실을 거쳐 중환자실로 이송. 의식 없는 전신마비 상태	2011. 7. 구속 기소
2011. 12. 국가에서는 범죄피해자구조금 최고액인 5,400만 원을 지급했지만 병원비 부족으로 인해 A의 가족은 아파트 처분	2011. 11. 징역 5년 선고
2012. 7. 종합병원에서 퇴원하여 병원비가 싼 요양병원으로 옮겼지만 여전히 아내에게는 벅찬 병원비	2013. 5. 교도소에서 국가지원으로 방송대 졸업 및 CAD기술 교육 이수 후 관련 자격증 3개 취득
2013. 9. 초등학교 교사였던 아내는 A씨 병간호 및 퇴직금으로 병원비를 충당하기 위하여 퇴직	2016. 3. 출소에 즈음해 자신은 종교에 귀의해 용서를 받았으니 피해자 가족들도 자신을 용서해 주면 좋겠다는 편지 발송
2016. 3. 가해자 B로부터 사죄편지 받음. 종교에 귀의하여 용서를 받았으니, 피해자 가족도 용서를 해달라는 내용에 새삼 분노	2016. 10. 만기 출소 후 복역 중 취득한 자격증 등을 이용하여 인테리어 회사 취업
2017. 5. 병원비를 더 이상 견디지 못하고 퇴원. 반지하 월세방으로 전 가족 이주	2017. 2. 독실한 신앙생활 과정에서 결혼
2020. 3. 장남은 재수 끝에 대학교에 합격했지만 가족에 부담을 주지 않기 위해 군입대	2020. 1. 인테리어 회사 창업(직원 7명)
2027. 1. 현재 A와 그 가족의 삶 전신마비의 몸으로 눈만 깜빡이는 상태. 수도권 외곽 월세 50만 원 반지하 단칸방에서 초등학교 교사였던 아내는 파출부로, 아들은 자동차 정비공으로 일함. 딸은 편의점 아르바이트로 생계비를 보탬	2027. 1. 현재 B의 인생 디자인 회사 대표(직원 20명, 매출 100억 대) 수도권 신도시 40평대 아파트 소유, 인생역전의 주인공으로 지역 언론에 2~3회 소개. 가족사항: 아내, 초등 5학년, 3학년 남매

이 비교표를 보면 피해자 A와 범죄자 B의 인생이 어떻게 시작하여 중간에 어떻게 우연히 조우했고, 그 이후 인생이 어떻게 바뀌게 되었는지를 보고 있노라면 정말 '정의는 무엇인가'라고 자문하며 답답함과 절망감을 느끼게 된다.

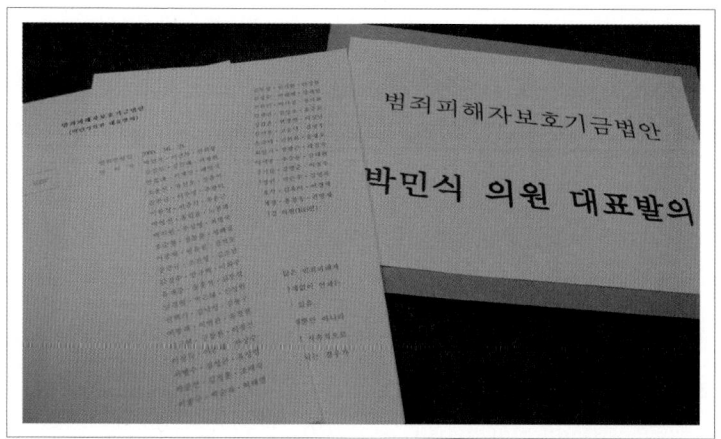

범죄자가 개과천선하여 행복한 인생을 구가하는 것까지는 좋다. 하지만 아무 잘못도 없는 범죄피해자와 그 가족의 인생이 풍비박산이 난 채 내동댕이쳐진 모습을 보는 사람들은 아마도 "뭔가 잘못되었다"라고 고개를 갸우뚱할 것이다. 국가의 제1 책무가 국민의 생명과 신체를 보호하는 것인데 그 일을 게을리해 희생을 당한 범죄피해자에게 "당신은 재수가 없으니 할 수 없다"는 말로 국가가 책임을 회피할 수 있을까. 흉악범의 인권을 보호해야 하니 피해자는 참으라고 한다면 이를 어떻게 정의라고 할 수 있을까.

2010년 4월 21일, 범죄피해자보호기금법이 본회의에서 통과되었다. 당시 법제사법위원회 소속 의원 전원을 비롯해 여야 의원 103명이 발의에 동참했고, 본회의에서는 재석 202인 중 찬성

186인이라는 압도적인 찬성 속에서 통과된 법임에도 불구하고, 그 과정은 결코 순탄치 않았다.

결정적인 문제는 돈이었다. 범죄피해자를 돕기 위한 재원이 기금의 형태로 조성되는 것에 대해 예산 당국이 부정적 입장을 표하고 나선 것이다. 예산 당국의 통제를 벗어난다는 점, 예산을 담는 커다란 상자에 새로운 칸막이가 생겨 손을 댈 수 없게 된다는 점이 반대의 이유였다. 예산을 관리하고 배정하는 당국의 입장에서는 당연한 일이겠지, 보다 전향적인 피해자 보호와 구제를 위해 법을 만들고자 하는 입장에서는 이해할 수 없는 일이었다. 너나 할 것 없이 인권을 최우선 가치로 이야기하다가, 정작 필요할 때는 뒤에서는 계산기를 두드리고 있는 그런 모습에 화가 날 수밖에 없었다.

이 법이 통과될 무렵 김길태 사건이 발생했다. 그 당시 정부가 범죄피해자보호법이나 구조법에 의해 유가족에게 지급할 수 있는 구조금은 3,000여만 원에 불과했다. 김길태에게 어린 딸을 잃은 부모의 마음 속 상처를 어찌 돈으로 달랠 수 있을까? 사람의 목숨을 어떻게 돈으로 계산할 수 있을까? 국가가 흉악범으로부터 딸을 지켜주지 못한 대가로 지급하는 금액치고 3,000만 원은 정말 턱없는 액수였다. 이전에 일어난 조두순 사건도 마찬가지였다. 사고

후 피해 어린이가 지급받은 금액은 응급진료비 300만 원, 그마나 후에 구조금을 지원한다 하더라도 최대 1,000만 원에 불과했다.

그에 반해 당시 조사한 자료에 따르면 범죄자 1인당 연간 지원 금액은 1,920만 원, 이는 범죄자 교정예산 9,413억 원을 전체 수용 인원으로 나눈 결과다. 결국 죄 지은 사람은 국가에서 먹여 주고 재워 주는 덕에 발 뻗고 편히 자는 동안, 피해자와 그 가족들은 평생 지우지 못할 상처와 불안감에 시유하며 밤잠을 설치는 현실이 바로 대한민국 인권의 현주소였다.

그 즈음에 일어난 흉악한 사건들로 인해 여론은 들끓었고, 그 결과 마침내 범죄피해자보호기금법은 통과되었다. 그런 의미에서 범죄피해자보호기금법은 선량한 국민들의 희생의 대가라고 말할 수 있다. 사람들이 모여 사는 세상에서 범죄를 완전히 몰아낸다는 것은 이상향에서나 가능한 일이다. 하지만 설령, 범죄로 인해 씻지 못할 아픔을 겪었다고 하더라도 이 사회와 국가가 먼저 나서서 그들을 보살피고, 상처를 어루만져 준다면 그들은 다시 어두운 골방 구석에서, 밝은 햇살 아래로 다시 나올 수 있을 것이다. 아니, 최소한 누군가 그들과 함께 울어만 준다고 하더라도 그들은 세상 속에서 외롭지 않을 것이다.

작년 말, 당초 벌과금의 4% 이상을 기금의 재원으로 조달토록 했던 내용을 바꿔 10% 이상으로 늘리는 개정안을 제출한 바 있다. 법을 실제로 시행을 해 보니 흉악·강력범죄는 날로 늘어가는 데 반해 보호기금은 기금 마련의 대상이 되는 벌과금이 날로 줄어들어 감에 따라 재원이 줄어들고 있었기 때문이었다. 실제로 2009년부터 2011년까지의 연도별 벌금수납액을 보면 벌금집행유예제의 도입, 사회봉사명령의 활성화 등으로 인해 2009년 1조 4,656억 원이던 벌금수납액이 2010년에는 1조 3,164억 원으로 그리고 2011년에는 1조 2,619억 원으로 감소한 것으로 자료상 나타난다.

연도별 벌금수납액 및 평균증가율(2007-2011)

(단위: 백만 원)

구 분	2007년	2008년	2009년	2010년	2011년
벌금수납액	1,214,903	1,374,384	1,465,628	1,316,410	1,261,966

출처: 법무부

　기금법의 개정과는 별개로 범죄피해자보호기금에 내 사재 1,000만 원을 내놓기로 했는데, 기금에 개인이 돈을 내놓은 사례가 없다는 이유로 현재 절차가 더디게 진행되고 있다. 굳이 이 이야기를 하는 이유는 개인적인 기부철학이 오른손이 한 일은 왼손도 알게 하라는 것이기 때문이다. 몰래 좋은 일을 하는 것도 좋지만, 오히려 널리 알리는 것이 더 많은 온정이 필요한 곳에 전달될 수 있지 않을까하는 생각에서다. 피해자를 위해서 우는 것도 중요하지만 언제까지 울기만 해 줄 수는 없는 법이다. 정부로부터 내 사례가 인정된다면 많은 분들의 동참이 적극 이어지기를 기대하는 바다.

2
—
255 VS 3

    범죄자와 범죄피해자의 인권이 어떻게 차별받고 있는지 극명한 예가 있다. 1945년 건국 이후 현재까지 사형이 집행된 사형수는 총 919명, 97년 23명의 사형수에 대한 사형집행을 마지막으로 2013년 현재까지 단 한 건의 사형도 집행되지 않았다. 현재 사형을 선고받고 수감 중인 사형수는 총 58명에 이른다. 대부분의 나라들이 그렇듯이 우리나라 또한 사형수라 하더라도 일반 수감자들과 다를 바 없이 관리하고 있으며, 그들이 먹고 자고 입는 데 투입된 국가 예산은 1990년 이후 수감된 사형수를 기준으로 총 255억 원이다. 앞서 언급했듯이 대한민국 헌법 제30조는 '타인의 범죄행위로 인하여 생명 · 신체에 대한 피해를 받은 국민은 법률이 정하는 바에 의하여 국가로부터 구조를 받을 수 있다'라고 규정하고 있다. 즉, 범죄피해자의 보호 및 지원에 대한 재원조달의 책임을 국가의 의무로 규정하고 있는 것이다.

    그렇다면 사형수들이 사회에서 저지른 범죄로 인해 피해를 받은 피해자와 그 가족들에게 국가가 지급한 금액은 얼마일까?

놀랍게도 겨우 3억 원이 조금 넘는다.

범죄피해구조금 지급 현황(사형수 피해자)

소속청	피고인	피해자	구조금종별	결정일자	결정금액	비고 (죄명)
서울 중앙 지방 검찰청	유○○	김○○	유족구조금	2004.10.22.	10,000,000원	살인
		임○○	〃	〃	〃	〃
		한○○	〃	〃	〃	〃
		권○○	〃	〃	〃	〃
		고○○	〃	〃	〃	〃
		김○○	〃	〃	〃	〃
		장○○	〃	〃	〃	〃
		배○○	〃	2005.03.18.	〃	〃
		안○○	〃	〃	〃	〃
		전○○	〃	〃	〃	〃
		전○○	〃	〃	〃	〃
	정○○	서○○	〃	2008.11.05.	〃	〃
		김○○	〃	〃	〃	〃
		민○○	〃	〃	〃	〃
		김○○	〃	2008.12.19.	〃	〃
수원 지방 검찰청	정○○	이○○	유족구조금	2008.07.23.	10,000,000원	〃
		우○○	〃	〃	〃	〃
		정○○	〃	2008.10.21.	〃	〃
	강○○	박○○	〃	2010.12.20.	6,905,507원	〃
		박○○	〃	〃	6,432,430원	〃
		백○○	〃	〃	7,350,420원	〃
		연○○	〃	〃	5,482,620원	〃
		안○○	〃	〃	5,168,168원	〃
		김○○	〃	〃	7,335,165원	〃

대구 지방 검찰청	이○○	김○○	유족구조금	1997.09.25.	10,000,000원	〃
부산 지방 검찰청	정○○	조○○	유족구조금	2000.07.19.	10,000,000원	〃
		김○○	〃	2000.12.22.	〃	〃
		김○○	〃	〃	〃	〃
광주 지방 검찰청	이○○	송○○	유족구조금	2005.06.01	10,000,000원	〃
	이○○	김○○	〃	2011.06.27.	15,000,000원	〃
		윤○○	〃	〃	15,000,000원	〃
		김○○	〃	〃	7,500,000원	〃
	오○○	김○○	〃	2008.05.30.	10,000,000원	〃
		추○○	〃	2008.12.24.	〃	〃
		안○○	〃	2009.06.22.	〃	〃
전주 지방 검찰청	백○○	김○○	유족구조금	2000.09.25.	10,000,000원	〃
합 계	36명				345,674,310원	

255대 3, 이것이 '국가의 제1책무이자 존재의 이유는 국민의 생명·신체와 안전을 보호'라고 말하고 있는 대한민국의 모습이다. 강조하건대 비록 단 한 명의 억울한 사형수도 만들어서는 안 된다는 건 분명한 명제이지만, 유영철, 김길태 등 연쇄살인마에 의해 무참히 살해된 피해자에게 지급된 구조금 총액은 고작 3억 원인 반면, 사형을 선고하고도 집행을 하지 않아 사형수를 관리하는 데 들어간 비용이 무려 255억 원이라는 사실은 정말 받아들이기 어려운 불편한 진실이다.

3
—

사형제를 채택하면 반인권 국가인가?

인권위원장이라는 사람이 "우리나라는 사형제를 채택한 나라이니, 사형은 반드시 집행되어야 한다."고 말하면, 사람들은 어떻게 생각할까?

이 부분에서 현재 우리나라의 사형제에 대해서 잠시 짚고 넘어가 볼 필요가 있다. 사형제 존폐에 관한 논란은 우리 사회에서 지속되어 온 큰 이슈 중 하나이다. 헌법재판소는 2010년 2월 25일 광주고등법원이 형법 제41조 등에 대해 제청한 위헌법률심판사건에 대해 다시 합헌 판단을 내린 바 있다. 1996년도에 이어 14년 만에 사형제도가 다시 한번 합헌으로 결정됨에 따라 대한민국은 제도상 확고히 사형제를 유지하는 나라가 되었다. 이번 헌재의 사형제 합헌결정에 대해 일부 종교단체와 인권단체, 진보성향의 시민단체 등은 '시대착오적이고 인권을 무시한 결정'이라며 강하게 반발했지만, 헌재는 "범죄예방을 통한 국민의 생명보호, 정의실현 및 사회방위를 위한 공익이 극악한 범죄를 저지른 자의 생명권 박탈이라는 사익보다 결코 작다고 할 수 없

다."며 사형제도 존치의 필요성을 역설하고 있다.

　게다가 앞서 언급한 단체의 반발에도 불구하고, 일반 국민들의 대다수는 사형제가 유지되어야 한다고 생각하고 있다. 실제로 2012년 9월 실시된 사형제 존폐에 관한 여론조사 결과를 보면, 사형제 존치 의견이 69.6%로 국민 10명 중 7명이 사형제가 존치되어야 한다는 입장인 반면, 사형제폐지는 21.5%에 머물러 아직 우리 국민들의 대부분은 사형제폐지에 대해 부정적이며 언젠가 폐지를 하더라도 아직은 시기상조라고 생각하고 있는 것으로 드러났다.

　생명의 존엄성은 누구에게나 소중한 가치이지만, 이를 스스로 깨버린 극악무도한 범죄자들에게만 극히 예외적으로 사형이 선고되는 현실을 감안하면, 연쇄살인범에 대해서까지 무조건 인권과 생명의 존엄성만을 내세우며 용서의 미덕을 베풀어야 마땅하다는 주장은 대다수 국민들로부터 공감을 얻지 못하고 있는 것이다. 이런 점에서 헌재의 사형제 합헌 결정은 현 상황에서의 국민들의 정서와 법의식을 반영한 결과라고 할 수 있다. 이 시대 국민의 눈높이에 맞춘 법 해석이다.

사회적 존재인 인간이 자유롭고 평화로운 공동생활을 영위하기 위해 자신의 자유와 권리를 스스로 유보하고 위임한 것이 국가와 법규범이라고 한다. 상반되고 대립되는 여러 가치 중 어

느 것을 앞세울 것이냐는 문제에 관해 영원히 보편타당한 진리는 없다고 본다. 사회 구성원의 의식수준과 시대적 상황에 따라 국가와 법규범이 좇아야 할 해결책은 끊임없이 변화·발전해 갈 것이다.

지난 10여 년간 사형제도를 폐지해 보려는 시도는 현재로서는 국민여론의 저항을 받아 관철되지 못했다. 그렇다면 사형의 집행을 언제까지나 미루고만 있을 것인가. 이는 국민으로부터 자유와 권리를 위임받은 국가와 그 일부를 구성하는 법집

행기관의 자의적이고 편법적인 법률 해석이자 직무유기가 아닐 수 없다. 하루빨리 국민의 눈높이에 맞추어 해석된 법률을 존중하고 준수하려는 노력이 경주되어야 할 것이다.

 대정부 질의 _ 권재진 법무부장관 _____

박민식 의원 최근에 우리 사회에 또 사형제 논란이 있습니다. 지금 전 세계적으로 사형제를 인정하는 국가는 몇 개 나라로 알고 있습니까?

권재진 법무부장관 지금 60개국은 조금 안 되고 50여 개국으로 알고 있습니다.

박민식 의원 미국 일본에서 최근까지 사형집행한 것을 알고 계시죠?

권재진 법무부장관 예.

박민식 의원 미국, 일본이 우리나라보다 인권 후진국입니까?

권재진 법무부장관 인권 문제에 있어서는 우리가 특별히 인권에 대해서 선진국이다. 이런 것 … 비슷한 수준의 인권 수준을 보인다고 저는 생각하고 있습니다.

박민식 의원 아니, 솔직히 이야기하면 통상적으로 미국, 일본이 우리나라보다 인권 선진국 아닙니까?

권재진 법무부장관 상황에 따라서 다르다고 할 수도 있습니다마는

어느 나라가 인권이 선진국이고 후진국이고 일반적으로 평가는, 전체적으로 경제 규모나 이런 데에 대해서는 저희들도 선진국으로 평가받고 있습니다.

박민식 의원 법무부장관께서 형사소송법 465조 내용이 뭐라고 알고 있습니까?

권재진 법무부장관 사형집행에 관한 규정 말씀이십니까? 조문은 지금 없어서 모르겠습니다마는 사형집행에 관한 규정이 아닌가 생각이 됩니다.

박민식 의원 그 중요한 내용을 지금 알고 계시면서도 제가 볼 때는 장관님께서 말씀을 안 하시는 것 같아요. 465조는 분명히 "사형집행의 명령은 판결이 확정된 날로부터 6월 이내에 하여야 한다." 이게 훈시규정입니까?

권재진 법무부장관 이론적으로는 훈시규정으로 해석하고 있습니다. 강행규정은 아니라고 생각이 됩니다.

박민식 의원 무슨 말씀을 하십니까? 지금 장관님, 이게 해도 되고 안 해도 되는 그런 규정 아닙니다. 이게 어떻게 훈시규정입니까? 이게?

권재진 법무부장관 논란이 있을 수도 있지만 저희들로서는 훈시규정으로 생각을 하고 있습니다.

박민식 의원 정말 답답합니다. 법에서 분명히 명시적으로 집행하도록 의무를 부과하고 있고 판사들이 어렵게 사형판결을 했음에도 불구하고 법을 지켜야 되는 법무부장관께서 그 규정을, 물론 우리 장관님뿐만 아니라 역대 법무부장관 되신 분들 한 분도 이 법을 지키지 않았습니다. 법을 지키지 않는 법무부장관이 누구한테 법을 지키라고 합니까?

권재진 법무부장관 오전에 말씀을 드렸습니다마는 사형집행과 관련해서는 여러 논란, 가치관에 따라서 논란이 있을 수가 있고 신중해야 되기 때문에 여러 가지 사항을 검토 중에 있기 때문에 지금 아직 집행을 못하고 있습니다.

박민식 의원 지금 장관님, 장관님 취임하실 때 어떻게 말씀하셨습니까? 사형제에 관련해서?

권재진 법무부장관 "국민들의 법 감정이나 또 사회의 여러 현상들을 감안해서 신중하게 검토를 하겠다." 그렇게 말씀을 드렸습니다.

박민식 의원 여러 가지 논의가 있어 다 검토해서 형사 정책적으로 정리해 나가겠습니다.

권재진 법무부장관 예.

박민식 의원 지금 취임하신 지 1년 됐지요?

권재진 법무부장관 그렇습니다. 1년이 조금 지났습니다.

박민식 의원 그동안에 검토 안 했습니까?

권재진 법무부장관 검토했습니다.

박민식 의원 어떻게 됐습니까, 그러면?

권재진 법무부장관 그만큼 중요한 일이고 지금 현재 15년 이상을 사형집행을 하지 않고 있습니다. 1년이 지났지만 그만큼 이것이 중차대한 문제이기 때문에 검토에서도 상당한 시간이 걸리고 현재도 지금 여러 가지 사항을 고려중에 있습니다.

(2012년 9월 6일 제311회 본회의 대정부 질문 중)

4년간 전문여론조사기관에 의해 지속적으로 실시된 여론조사 결과 사형제 존치 의견은 점차 증가추세에 있다고 한다. 이러한 조사결과는 결코 집행되지 않는 사형선고, 사실상의 사형제 폐지 국가로 분류되는 현재의 상황이야말로 잔혹한 아동성폭행 살인범을 잇따르게 하고, 묻지마 살인범죄의 대담성을 키운 것 아니냐는 국민들의 질책과 분노가 아니고 무엇이겠는가. 사형을 집행하면 반인권국가이고 오히려 극악무도한 짓을 저질러도 엄벌에 처하지 않는 그런 현실이 존재하는 국가의 법치근간이 제대로 설 수 있을까 생각해 본다. 또한 이는 국민적 정의 관념에 맞지 않는다고 생각한다.

　한 마리 늑대를 교화시키는 것보다 더 절실한 것은 100마리 선한 양의 생명과 신체의 안전을 지키는 것이 아닐까. 앞서 말한 대로 사형을 선고하고 집행함에 있어 단 한 명의 억울한 사람이 생기지 않도록 심사숙고하는 과정은 물론 필요하다. 하지만 이제는 범죄로 인해 저 세상으로 떠난 자식을 가슴에 묻고 평생 아픈 마음으로 살아야 하는 부모가, 정부와 사회가 자기 자식을 죽인 살인자의 생명을 보호하고 위하는 현실을 보면서 어떤 참담한 생각을 가질지 진정으로 헤아려 보아야 할 때이다.

　이것이 내가 사형제가 우리나라에 법률상 존재하는 한 사형은 집행되어야 한다고 믿는 이유다.

4
—

학교폭력, 피해자가 곧 전문가다

　비단 인권위원장이라서가 아니라 학교폭력 문제는 오랜 관심사였다. 학교폭력을 두고 과거부터 계속 있었던 것이다, 아이들은 싸우면서 크는 거다, 어른들이 끼어들어 문제를 키우고 있다고 하시는 분들도 분명 계시다. 진짜 철없는 아이들의 성장통을 우리가 과대포장하고 있는 것일까?

　지난 2012년 2월 정부 관계부처가 내놓은 학교폭력 근절 종합대책에 따르자면, 학교폭력 최초 발생 연령이 갈수록 낮아지고 있는 것으로 나타났다. 피해학생 중 53.6%가 초등학교 때 최초로 학교폭력 피해를 경험했는데, 그 중 36%가 초등학교 4~6학년 때, 그리고 1~3학년 저학년 때 경험한 비율도 17.6%나 됐다. 또한 가해학생 중 58%가 초등학교 때 최초로 폭력을 행사한 것으로 나타났고, 14.9%는 저학년 때인 것으로 조사됐다.

　또한 학교폭력대책자치위원회 총 심의건수 중 중학교가 차지하는 비율이 전체의 69% 수준으로 조사돼, 학교폭력 발생비율이 가장 높은 때는 중학교 때인 것으로 나타났다. 이는 최근 3

년간 동일한 수준이다. 국민신문고에 신고된 학교폭력 관련 민원도 지속적으로 증가하고 있으며 중학교의 증가율이 초등학교의 7배, 고등학교의 2배 수준에 달한다.

학교폭력은 가해자와 피해자 구별이 불분명하고, 그 원인이 복합적인 경우가 많아 문제해결에 전문적인 조사와 상담이 필요한 어려움이 있으며, 아울러 학교폭력 피해 경험이 있는 학생은 다시 폭력을 당하지 않기 위해 다른 학생에게 폭력을 행사하는 악순환이 발생되는 특징을 가진다.

단순한 신체적 폭력이 아닌 강제적 심부름(금품 갈취 등을 포함)이 46%, 사이버 폭력이 34.9%, 성적 모독 20.7% 등 언어적 정신적 폭력이 증가하는 등 지금의 학교폭력은 지속적인 물리적 폭력뿐만 아니라 정서적 폭력이 증가하는 특성이 나타나고 있다.

학교폭력 피해학생 중 66.2%가 2명 이상의 가해자에게 폭력을 당하고, 가해학생의 수가 6명 이상인 경우가 16.3%에 이르는데, 한마디로 집단화 되는 경향이 있다고 볼 수 있다. 특히 학생들이 피해를 입지 않기 위해 일진 등 조직에 가입하고, 학교별 일진이 정보를 공유하여 피해자를 지속적으로 괴롭히는 문제가 빈발하고 있다.

지난해 같은 반 친구들에게 계속 시달렸던 대구의 한 중학생이 아파트 창문에서 몸을 던졌다. 이후 학교폭력 근절은 일자리나 물가 등을 제치고 국정의 최우선 과제로 선포되었다. 박근혜 당선인도 국민을 불안하게 하는 4대 악(성폭력, 가정폭력, 학교폭력, 불량식품)의 하나로 학교폭력을 꼽으며 반드시 척결하겠다고 약속했다.

그럼 대책은 무엇일까? 지난해 2월 6일 정부가 '학교폭력근절 종합대책'을 발표한 이후 1년간 부처별로 학교폭력 예방을 위한 다양한 정책이 나왔다.

교육과학기술부는 모든 학교에서 연 2회 학교폭력 실태조사를 하도록 법제화했다. 학교폭력 실태조사 참여율은 지난해 1월 25%에서 8월 74%로 올랐다. 또 학교폭력이 일어나면 각 학교가 학교폭력대책자치위원회(학폭위)를 열도록 하는 등 피해학생 보호와 가해학생 선도·교육을 강화했다. 2011년 1만3천580건이었던 학폭위의 피해학생 보호조치는 지난해 1학기 2만2천989건으로 크게 늘었다. 같은 기간 가해학생 선도 조치는 2만3천991건에서 3만8천276건으로 증가했다.

피해학생과 가해학생에 대한 치유 지원도 강화했다. 전국 학교에 배치된 전문상담교사 수는 2011년 922명에서 지난해 1천422명, 올해 1천922명으로 늘었다. 아울러 각 학교가 학교폭력 대응 역량을 갖추도록 학교 안전 인프라를 대대적으로 점검했다.

그 결과 1년 동안 학교 CCTV는 8만9천867대에서 10만53대로, 배움터지킴이 등 학생 보호인력은 8천955명에서 1만633명으로, 안심알리미 이용 학교는 3천98개교에서 4천355개교로 늘었다.

인성교육 우수학교 발굴, 학교 스포츠클럽 활성화, 학생 오케스트라 확대 등 학교 교육 전반에는 인성교육을 강화했다. 논란이 있었지만 학교폭력 가해사실을 학교생활기록부에 기재하도록 하고 중학교 2학년에 복수담임제를 도입하기도 했다.

당시의 행정안전부는 '학교폭력 근절대책 지역추진체계'를 구축, 지역별로 학교폭력 예방 조례 제정, 학교 주변 순찰 강화 등 다양한 대책을 추진했다. 또 가헐적으로 하던 학교 주변 유해업소 단속을 관계부처·자치단체와 함께 연2회 집중적으로 실시하기로 했다. 이에 지난해 키스방, 성인PC방 등 신 변종업소 1천545곳을 포함한 학교 주변 불법영업 업소 8천159곳을 적발했다.

또한 여성가족부는 또래 친구의 상담으로 학교폭력 문제를 해결하는 '또래상담 프로그램' 시행 중·고교를 2011년 573개교에서 지난해 4천638개교로 대폭 확대했다. 아울러 학교폭력으로 고민하는 청소년들이 언제든지 상담할 수 있도록 24시간 운영하는 청소년사이버상담센터를 활성화했으며, 보건복지부는 전국 183개 정신건강증진센터에서 학교폭력을 겪은 학생들의 정신건강문제에 대한 상담, 재활, 치료를 지원했다.

법무부는 지난해 6월 서울 남부, 서울 북부, 인천, 대구 등 4개 지역에 청소년비행예방센터를 증설했다. 현재 전국 10개 지역에서 센터가 운영 중이다. 청소년비행예방센터 증설로 비행예방 교육인원은 2011년 2만3천382명에서 지난해 3만122명으로

28.8% 늘었다. 교육 대기 기간도 4.9주에서 3.2주로 단축됐다.

방송통신위원회는 청소년·학부모·교원 7만5천952명을 대상으로 인터넷 윤리교육, 올바른 인터넷 문화를 이끄는 '한국인터넷드림단' 운영 등 청소년 사이버폭력예방을 위한 교육·홍보 사업을 벌였다.

문화체육관광부는 전국 6천531개 초중고에 예술강사 4천263명을 배치, 문화·예술·체육활동을 통한 학생들의 인성교육을 지원했다. 또 학생들이 토요일을 활용해 지역문화시설에서 문화예술체험을 할 수 있는 '토요문화학교'를 전국에 151곳 설치했다.

경찰청은 교과부, 여성가족부 등 부처별로 운영해 오던 학교폭력 신고전화를 ☎117로 통합하고 홍보를 강화했다.

그야말로 거의 모든 부처에서 대책을 내놓은 셈이다. 하지만, 정부의 종합적인 대책에도 불구하고 학교폭력 근절 종합대책이 나온 후, 1년간 학교폭력 사건에 연루돼 구속되거나 즉심·훈방 등 가벼운 처분을 받은 학생이 함께 증가한 것으로 나타났다.

경찰이 학교폭력 가해학생을 처벌과 선도 대상으로 명확히 구분한 데 따른 결과다. 10일 경찰청에 따르면 지난해 학교폭력 사건에 연루돼 검거된 학생은 2만3천877명으로 전년에 비교해 8.7% 늘어난 것으로 집계됐다. 이 가운데 입건된 학생은 1만5,948건으로 2.3% 감소한 반면 불입건 처분을 받은 학생은

5,272명으로 26.9% 늘어났다. 불입건은 훈방(1,550명), 즉결심판(86명), 내사종결(1,982명), 기타(1,654명) 등으로 사건 기록이 남지 않는다.

경찰은 앞서 경미한 사건에 연루된 초범 학생에게 훈방이나 즉결심판 등으로 선도하겠다는 방침을 세운 바 있다. 같은 기간 학교폭력 사건에 연루돼 구속된 학생 수도 333명으로 전년 대비 223.3%나 늘었다. 죄종별로 보면 학생들을 대상으로 돈을 빼앗다 구속된 학생이 127명으로 전년 대비 429.2%나 급증했다. 이어 폭력사범 97명(246.4%), 성폭력사범 67명(55.8%) 등의 순이었다. 결국 정부의 대책이 실효성을 거두지 못하고 있는 셈이다.

그렇다면 과연 학교폭력을 줄일 수 있는 대안은 무엇일까? 그 고민을 해결하기 위해 학교폭력피해자가족협의회 조정실 회장을 모셔 대담한 내용을 싣는다.

🎤 학가협 _ 조정실 회장 대담 _____

박민식(이하 박) 회장님, 본인이 학교폭력 사례로 유명한 성수여중 사건의 피해자 가족으로 알고 있다.

조정실 회장(이하 조) 아이가 중학교 1학년 때, 같은 반에 소위 일진 아이들을 위해 돈을 빼앗아 상납하는 일이 있었다. 처음에는 아이들끼리 쉬쉬하던 일이 어느 날 한 아이가 도저히 참지 못하고 부모에게 이야기를 하면서 부모님들과 학교 모두 알게 됐다. 당시 학교에서 취

한 조치는 선생이 뺏긴 돈을 물어주는 대신에 다시는 이런 일이 없도록 할 테니 덮어달라는 것이었다. 그렇게 믿고 지나갔는데 2학년이 되어서도 그런 일은 여전했다. 결국 학교에 얘기해 봐야 소용이 없겠구나 하고, 직접 돈을 뺏는 아이의 부모를 찾아가 이런 일이 없도록 부탁을 했다. 이 사실을 알게 된 상대 아이가 자신이 상납하는 일진 아이들에게 이르고, 결국 우리 아이가 일진 아이들에게 끌려가 집단 폭행을 당했다. 폭행 당시, 같은 반 아이 11명이 있었고, 그 앞에서 우리 아이가 본보기로 폭행을 당한 것이다. 폭행 후 닷새 만에 깨어날 정도로 심한 폭행을 당했다.

박 지금도 그 사건이 기억에 남을 정도로 엄청난 사건인데, 그 후에 어떻게 되었나?

조 학교 측에서도 알게 되었지만, 조치는 미비했다. 학교 측은 가해학생 부모에게 해결을 미뤘는데, 해결이 되지 않았다. 오히려 직접 나서 경찰도 쫓아다녀 보고, 언론사에 제보도 해 봤지만 해결의 실마리가 보이지 않아 결국 서울시 홈페이지에 사건을 올리게 되었고, 그것이 사회적 파장이 생긴 것이다. 그 당시 관련한 카페가 12개가 생기고 회원이 3만 명가량 생겨났고, 최초에 기각되었던 영장이 발부되었다.

박 상대방들은 재판을 받았나?

조 영장이 기각되면서 네티즌들이 법원에 가서 시위도 하고 집회도 했다. 결국 집단폭행에 가담했던 다섯 아이 모두 처벌을 받았다.

박 사건 발생 이후 마음이 정리될 때까지 얼마나 걸렸는가?

조 약 5년간을 마음의 고통에 시달려, 딸아이와 둘이서 정신과 치료를 받았다. 그러던 어느 날, 진짜 보복은 용서하는 것이라는 걸 깨닫고 편안해졌다.

박 그럼 그때 학교폭력피해자가족협의회가 만들어진 것인지?

조 당시 사건을 해결하려고 돌아다니다 보니, 같은 처지의 다른 부모들을 많이 만났다. 그렇게 서로서로 연결이 되어 처음에 6명의 부모가 모여 학가협을 처음 만들었다. 혼자 학교에 열 번 가서 항의해 봤자 소용이 없으니, 서로 같이 돕는 게 더 효과적일 것이라는 생각에 단체란 이름을 만들어 돌아가면서 한 학교씩 항의방문을 해 가며 싸우고 해결해 나갔다.

박 그때 만들어졌다면 10년 이상 되었을 텐데, 현재 활동하는 회원은 몇 분 정도나 되나?

조 회원은 3,000명이 조금 넘는데, 카페 등에서 활동하시는 분은 200분 가까이 되시는 걸로 알고 있다. 아주 적극적으로 뛰어다니시는 분들은 30명가량이다.

박 재정적 운영은 어떻게 해왔는지?

조 초기에는 사비로 운영을 했다. 식당을 했었는데, 그것도 날라가고, 그러다 몇 년 전 파산을 했다. 지금은 강의가 좀 들어와 그걸로 살고 있다.

박 사비로 계속할 수 없지 않은가?

조 지금은 후원회원이 200명가량 되는데, 80~90% 이상이 교사 분들이다.

박 학교폭력이 증가하고 있다. 양적인 증가도 문제지만, 질적으로도 더 흉폭한 사건도 많이 생기고 있다. 게다가 요새는 신체적 폭력뿐만 아니라 사이버폭력, 언어폭력, 소위 빵셔틀과 같은 심부름시키기 등 학교폭력의 형태가 옛날이랑 다르다. 다양화 되어 있는데, 정부나 학교 쪽에서 그런 학교폭력에 대한 인식은 어떻다고 보는가?

조 학교폭력의 심각성에 대해서 인지하고 있고, 해결을 위해 다양한 시도는 하고 있는데, 한마디로 아직 밑그림도 그리지 못하고 있는 상태다. 원인을 제대로 찾지 못하기 때문인데, 남의 다리 긁고 있는 게 많다.

박 예컨대 어떤 게 그런 것인가?

조 흔히 우리가 생각하는 학교폭력이라면 옛날 우리 때를 생각하는데, 요새는 양상이 다르다. 예전에는 대부분의 싸움이 끼리끼리 모여서 했다. 뜻 맞는 애들끼리 모여 다른 패거리 애들을 건드리는, 학교 간, 동네 간, 지역 간 패싸움이 많았다. 그런데 요즘에는 그런 것들은 거의 없다. 또한 요즘에는 사건들이 대개 예전과 다르게 교실 안에서 일어난다. 그리고 옛날에는 장애를 가진 애들은 도와줘야 하는 대상이었고, 약한 아이들을 괴롭히면 주변에서 친구들이 들고 일어나 괴롭힌 아이들은 비난의 대상이 되곤 했는데, 요새는 그렇지 않다. 요새의 학교폭력은 일종의 놀이문화처럼 돼 버렸다. 교실 안에서 한 명씩 희생양을 만들고, 괴롭히는 것을 즐긴다. 그걸 죄책감도 없이 재미삼아 즐기는데 대부분 약한 애들이 걸려든다. 게다가 그렇게 걸려들면 가장 친한 친구라도 도와줄 수가 없다. 오히려 내가 그 대상이 안 된 것에 안도하며, 오히려 당하지 않으려고 슬그머니 그 사이에 끼어들어가 같이 행동한다. 얼마 전에 경산에서 자살한 학생의 예가 바로 그런 경우다. 가해한 학생 중 한 명은 갈 곳이 없어 피해학생 부모가 데리고 있으면서 도와줬던 아이였다. 그런데도 결국은 그 도움받은 집 아이를 같이 가해를 했을 정도다.

박 어떻게 보면 은혜를 원수로 갚은 것인데?

조 그런 사건들이 많다. 제일 친한 친구, 가장 친한 친구인데도 가해학생으로 있는 경우가 많다. 그래서 사건이 발생했을 때 보면 부모들에게 가장 많이 하는 이야기가 주변 친구에게 묻지 말라는 것이다. 대부분의 교사나 부모들이 아이에게 문제가 생기면 친한 친구나 같은 반 짝꿍에게 묻는데, 그런 경우가 대부분 큰 사건으로 이어진다.

그런 아이들이 범인인 경우가 많기 때문이다. 예전이랑 그만큼 달라진 것이다. 괴롭히는 아이가 따로 있는 것이 아니다. 공부를 잘하고 못하고도 아니다. 그런데도 아직까지 현장에서는 그런 분위기조차 제대로 읽어내지 못하고 있다. 결국 제일 전문가는 피해자의 부모가 될 수밖에 없다. 피해자 부모가 늘 하는 얘기가 "그때 그래서 우리 아이가 그렇게 행동했구나, 그런 말을 했구나." 하는건데, 그게 바로 나중에 위험신호를 읽어내는 사전이 되는 셈이다.

박 부모 입장에서는 지나고 나니, 이해가 되는 것인데….

조 그때 내가 그렇게 했었어야 했는데, 부모들은 지난 후에 후회를 하게 되는데, 피해자 부모님들의 입장에서는 안타까운 일이지만 이거야 말로 사실상 대책이고, 정책으로 반영되어야 하는 것들이다. 그러나 우리나라는 현장의 얘기를 듣지 않고, 탁상공론만 할 뿐이다. 요즘 아이들의 성향에 대해서 전혀 모르는 상태에서 무언가를 만들어 가는데, 피해자 부모들의 아우성이라고 생각하지 말고, 이야기를 들어야 한다. 교사들도 마찬가지로 그런 사건을 겪으면 전문가가 되는데, 정작 정책당국은 교사와 학부모들의 이야기를 듣지 않는다.

박 피해자 부모가 곧 전문가라는 의미로 듣겠다. 초등학생들, 그리고 여학생들 사이에서도 학교폭력이 존재하나?

조 초등학교도 많다. 초등학생의 경우에는 대부분 따돌림, 왕따가 많다. 대개 요즘 아이들은 초등학교 4학년부터 중학교 2학년까지가 가장 심각한 양상을 보이는데, 이때가 가장 심각한 이유는 이때의 아이들은 마치 깨지기 쉬운 유리그릇처럼 예민하기 때문이다. 그리고 여학생들은 이성 때문에 생기는 질투심 같은 게 폭력의 원인이 되는

데, 남학생보다 오히려 더 집요하고 잔인한 양상을 띠기도 한다.

박 가해학생들의 태도는 어떤가? 미안해하거나 후회하는 모습은 보이지 않나?

조 보여주기 위한 영웅심리들이 있다. 사실은 마음속으로 두려워하면서도, 두렵다는 표현을 하지 못한다. 주변이 그런 영웅심리를 부추기는데, 경산 사건을 봐도 그런 게, 주위에서 '남자가 징역 한번쯤은 갔다 와도 돼' '괜찮아. 넌 오히려 어울린다. 멋있다' 옆에서 그렇게 만들어 간다. 한 가지 원인이 더 있다. 가해학생들 보고 제일 먼저 하는 말이 사회의 문제고, 가정적인 문제이며, 학업적인 성적 스트레스 때문이라고 변명거리를 자꾸 만들어 주는 사회의 온정적인 분위기가 그것이다. 선도가 필요하고, 교화해 가는 과정도 중요하지만 우선 무엇을 잘못했는지 가르쳐 주는 게 우선인데, 자꾸 잘못을 주변 환경으로만 돌리려고 한다. 안타깝고 화가 난다.

박 시민단체나, 학계 등에서의 논리가 "누가 그 아이한테 돌을 던지냐, 사회 경쟁교육의 문제다. 또 부모의 잘못된 교육환경 탓이다."라는 건데, 그 부분에 있어서만큼은 저도 회장님의 말씀에 동의한다. 교화와 선도도 중요하지만 우선은 이 행위에 대해서 네가 잘못이 있다. 그리고 잘못한 부분에 대해서는 매를 들어서라도 책임을 묻는 게 필요한데, 왜 사회가 그것을 주저하는지 이해할 수 없다.

조 변명거리를 만들어 주니, 반성할 기회를 한마디로 말해서 어른들이 오히려 빼앗아 버리는 것이다. 극단적으로는 잘했다고 부추기는 것밖에 되지 않는다. 그러다 보니 반성 없는 가해학생도 문제지만, 피해학생은 당하고도 자기만 바보가 되는 것이다. 가해학생은 폭행을 행사하고도 사회에서 보호해 주니, 아이들 입장에서는 차라리 맞느니 패자라는 식이 되어 버린다. 잘못했을 때는 반드시 거기에 대해서는 벌을 받는다는 것, 책임을 져야 한다는 것을 우선적으로 가르쳐야 한다.

박 대통령까지 나서서 성폭력, 가정폭력, 학교폭력, 불량식품의 4대 악을 척결해야 된다고 하는데, 학교폭력이 근절되지 않는 원인이 무엇이라고 보는가?

조 근본적인 원인은 우리나라에 가해자 인권은 있어도 피해자 인권은 없다는 것이다. 오히려 피해자가 숨어야 하고 문제 있는 존재가 되어 버린다. 비단 학교폭력만의 문제가 아니다. 가해자는 활보를 하고 다니는데, 피해자는 오히려 보복당할까봐 숨어버리는 게 다반사다. 그러다 보니 다시 말하지만 아이들은 피해를 당하는 것보다 가해자가 더 떳떳하다고 생각하게 되는 것이다. 아울러 우리 사회는 피해자를 부끄럽게 생각한다. 가해자가 전학을 가는 게 아니라 피해자가 사실을 숨기려 전학을 간다. 그리고 피해 사실을 숨긴다. 그러지 않으면 또 다시 피해의 대상이 되어 버리기 때문이다.

박 아무 죄 없이 피해를 당한 사람이 자기 자신을 숨기고 떳떳하게 생각하지 못하는 원인은 피해자가 원인을 제공한 것처럼 여기는 그리고 약자에 대해서 업신여기는 사회적 시선 때문이라고 본다. 그런 잘못된 인식은 바뀌어야 한다.

조 가장 필요한 건 피해자의 고통을 이해하는 것이다. 피해자가 얼마만큼 고통을 당하고, 아픈지를 알아야 하는데, 아직까지 피해자보다 가해자에게 동정론이 강하다. 가해자가 죄책감 때문에 오히려 더 힘겹고 괴롭지 않겠느냐 하는 동정심이 더 크다.

박 집안의 가정폭력 등이 학교폭력에 영향을 준다는 학술적 논문도 있다. 어떻게 생각하나?

조 반반이기 때문에 딱 그렇다고 볼 수는 없다. 오히려 가정환경보다는 부모의 교육방법에 더 많은 영향을 받는 것 같다.

박 예전 어른들은 집안이 어렵고, 공부와 담 쌓은 이런 사람들이 주로 싸움질이나 하고 다닌다는 말씀을 많이 하셨는데?

조 그렇게 생각하신다면 조금 바꿔서 생각해 보셔야 할 것 같다. 예를 들어 부모가 교사나 경찰공무원이면 흔히 안전할 거라고 생각하실 거다. 하지만 실상은 다르다. 교사, 경찰공무원 자녀들 중 피해자가 의외로 많다. 한 엄마의 경우 학교에서 학생부장까지 지냈는데도, 자기 자식이 몇 년을 학교폭력에 시달려 정신분열증이 올 때까지 몰랐다고 한다. 그런 분들은 속이 터질 수밖에 없다.

박 부모들이 진짜 모를 수가 있는가?

조 모른다. 아이들은 절대 이야기를 하지 않는다. 혹여나 아이들이 부모한테 자신이 괴롭힘 받는 사실을 이야기하면 대부분 부모의 첫 번째 반응은 학교로 쫓아가서 교사에게 야단을 치고, 다음은 상대방 아이의 부모에게 또 애들 관리 잘하라고 난리를 치는 것이다. 그런데 그런다고 해결이 되지 않는다. 오히려 결국 애들은 보복을 당할 뿐이다. 부모의 대처 방법이 잘못됐기 때문에 애들은 더욱 말하지 않는 것이다.

박 부모에게도 절대 말하지 않는다는 것은 충격이다.

조 자살한 아이들 대부분이 부모에게 한 번도 얘기를 하지 않았다. 나중에 뒤늦게서야 일기장 등을 살펴보고 그때 그랬구나 하고 땅을 치며 후회한다. 잘 하는 것일지는 모르겠지만 우리가 하는 교육중 하나가 최소한 일주일에 한 번씩 아이들의 소지품을 몰래라도 살펴보라는 것이다. 자신만의 일기장, 낙서장에 아이들은 자신이 처한 상황을 기록해 두는 경우가 대부분이기 때문이다. 어찌 보면 사소한 것이고, 아이들의 인권을 침해하는 것일지도 모르지만 막대한 예산을 들여 학교폭력 예방에 대해 홍보하고, 교육하는 것보다 백 배 나은 방법이다.

박 관계부처에서 영화를 만들고, 다큐멘터리도 만든다던데….

조 20~30억씩 매뉴얼을 개발한다고 지원을 한다. 그런데 그런 매뉴얼들을 보면 다 추상적이다. 몇 년 전 피해자 부모로서, 경험을 담은 매뉴얼을 만든 적이 있다. 그리고 그걸 관계당국에 가져다 줬는데, 본인들이 알아서 다 만들어 놨다며 읽어 주지도 않아서 다시 가져온 적이 있다. 결국 출판사로 가져가 책으로 만들어 내놨는데, 지금 학교마다 보고 있다. 솔직히 그때 당시 가져다 준 원고를 인쇄해서 보내면 굳이 책을 사서 볼 필요가 뭐가 있나. 특히 안타까운 것은 정책을 만들 때, 학자들이 외국의 사례 등을 예로 들곤 하는데, 나라마다 문화와 환경, 그리고 교육이 다 다른데, 무슨 의미가 있는지 모르겠다. 교과부에 계속 제안을 해서 그나마 피해자 지원에 대한 정책부문은 의견반영이 됐다. 안전공제 제도, 가해학생의 강제 전학, 피해자에 대한 선치료제도 등인데, 문제는 지켜지고 있지 않다는 점이다. 강제할 수 있는 방법이 없기 때문에 가해자가 전학을 가기 싫다고 하면 보낼 길이 없는 것이다.

박 지금 강제 전학은 안 되나?

조 가해학생 부모가 보내지 않겠다는데 강제 퇴학을 시킬 수도 없는 일이라는 게 학교 측의 답변이다.

박 법적으로 강제 전학을 못 시키게 되어 있는 것인가?

조 시키게 되어 있다. 다만 만약에 안 한 경우에는 어떤 처벌이 있다는 그런 조항이 없기 때문에 지켜지고 있지 않은 것이다.

박 그래도 관계부처에서 CCTV를 설치하거나 전담경찰관을 배치한다든지 지속적으로 예방책을 내놓고 있는데, 현장에서 보기에 전혀 실효성이 없다는 의미인지?

조 거의 실효성이 없다. CCTV를 추가로 설치하고 화소수를 늘인다고 해서 능사가 아니다. 사각지대에서 벌어지는 일들, 그리고 학교 밖에서 벌어지는 일들에 대해서는 어떻게 대처할 것인지 묻고 싶다. 특히 아이들은 더욱 지능적이 되어 가고 있다. 아이들 말로는 그런 사각지대를 찾아 폭력을 행사하는 것에 대해 오히려 더 희열을 느낀다고 한다.

박 게임을 하듯이, 난이도가 높으면 점수가 높으니 더 도전한다, 이런 뜻인가?

조 한마디로 애들은 날아다니는데 어른들은 기어가는 것이다. 피해 아이들을 더 조롱하며, 더 큰 희열 쾌감을 느끼게 되는 것이다.

박 결국 이렇게 되면 백약이 무효한 셈인데, 100점짜리는 아니지만 시도는 해야하는 것 아닌가?

조 우리가 제안한 방법이 생활기록부에 기재를 하라는 것이었다. 이유는 간단하다. 부모들이라면 자기 자식에 대한 이기심이 많다. 그리고 대한민국 부모들이라면 입시인데, 생활기록부에 이런 것들이 기재되어 입시 점수에 반영된다고 한다면 아이들에게 족쇄라도 채워서 끌고다닐 것이다. 아이가 사고를 쳤을 때 생활기록부에 기재함으로써, 부모로 하여금 관리하게 만드는 것이다. 설령 사고를 쳤다고 하더라도 더 이상 재발하지 않고 다시는 그런 행동을 하지 않을 때는 졸업 때 이걸 삭제를 해서 불이익을 당하지 않게끔 해 준다면 부모는 어떻게든 그 아이로 하여금 다시는 그런 행동을 하지 못하도록 만든다는 것이다. 대신 재발했을 때는 영원히 기록으로 남기는 것이다.

박 반영이 되었는가?
조 논란이 있고, 논의를 하고 있는 상태다.

박 말한 대로 찬성하는 쪽도 있고 낙인효과다, 학생들 인권침해다 말하며 반대하는 쪽도 있는데?
조 가해학생의 인권과 장래를 생각하면서, 피해학생들이 평생 고통을 갖고 살아갈 것에 대해서는 고려하지 않는 이상한 논리다. 최소한 가해학생들이 잘못한 만큼 벌도 받고, 혼이 나야 피해학생들이 위로가 되고 회복이 될 것 아닌가. 그런데 가해학생은 멀쩡하고 피해학생은 고통에 시달리면 피해자가 잘못하고, 문제가 있다고 인정하는 꼴이 되는 것이다.

박 인성교육 문제라고 말씀하시는 분이 있는데 어떻게 생각하는가?
조 인성교육은 어려서부터 가정에서 이뤄져 나가야 하는 것이다. 갑자기 중고등학생에게 인성교육을 한다고 쉽게 바뀌지 않는다. 오히려 부모가 되기 위한 교육을 먼저 받는 게 우선이다. 소위 부모자격 없는 부모들 많아지고 있다. 우스갯소리로 자격증을 받고 애를 낳았으면 하는 바람이다.

박 다시 한번 물어보는 말이다. 어떤 연구결과를 보면 매년 세계 청소년들 중 적게는 10%에서 많게는 60%까지 학교폭력에 시달린다고 한다. 옛날 어른들은 아이들은 싸우면서 크는 거라고 말씀하시고 혹시 지나가는 성장통이라고 말씀하시는 분들 계시는데 그런 얘기에 대해서는 어떻게 생각하는가?

조 옛날하고 달라졌다. 옛날에는 부모님들이 애들끼리 싸우면 대부분 내 아이를 야단쳤다. 지금은 내 아이가 잘했건 잘못했건 무조건 내 아이 편을 든다. 그리고 옛날에는 화가 나서 치고받는 즉흥적인 싸움이 많은데, 요즘에는 그런 싸움들이 거의 없다. 오랜 시간을 두고 교묘하게 보이지 않게끔 드러나지 않게끔, 들키지 않게끔 괴롭힌다. 피를 말리는데, 정신분열증에서 자살까지 이어진다.

박 집요하고 지능적으로 바뀌었다는 의미로 들리는데…

조 요즘 아이들은 소위 의리가 없다. 개인적이고 나밖에 모르는 성향이 강하다. 그러니 내가 살아남기 위해서는 남을 죽일 수도 있다고 생각하는 것이다. 인성교육을 유치원에서부터 시작을 해야지 벌써 초등학교만 가도 늦다. 아예 어렸을 때 가정에서 시작하는 게 가장 좋고, 중·고등학교에서부터는 해 봤자 아이들에게 혼란만 올 뿐 머리에 들어오지 않는다.

박 근본적인 문제해결도 중요하지만, 학교폭력 근절을 위한 현실적인 대안들은 무엇이 있는가?

조 현장의 목소리를 듣고, 피해자지원센터를 만들어 피해학생이나 부모들의 치유와 함께 그 안에서 나오는 이야기들을 대책으로 만들어 가는 것이 현실적인 대안이다. 다시 말하지만, 치유센터가 단순히

피해자들을 치유하기만 위한 장소가 아니라 예방과 대책 그리고 정책까지 원스톱으로 만들어지는 장소가 돼야 한다.

박 근절을 위한 예방조치도 중요하지만, 이미 피해를 당한 학생들에 대한 조치는 무엇이 있는지?

조 피해학생들 대부분이 두 번 피해를 입는데 한 번은 가해자로부터, 또 다른 한 번은 부모로부터다. 속상한 부모의 마음도 이해하지만 "너도 내가 똑같이 먹이지를 못했냐? 뭘 못해줬냐? 가서 왜 얻어 터지고 다니느냐?" 하는 말을 들을 때, 아이들은 기댈 곳마저 없어진 현실 때문에 더 큰 상처를 받는다. 피해학생에게 최우선의 조치는 왜 이렇게 몰랐는지, 지켜주지 못했는지에 대해서 사과를 하는 것이다. 그리고 부모가 기댈 수 있는 기둥이 되어 주고, 쉴 수 있는 그늘이 되어 주겠다며 아이를 위로하고 안심시켜 줘야 하는 것이다. 그런 후에 부모들끼리 화해와 중재를 끌어나가야 한다. 문제는 화해와 중재가 가해자 측과 피해자 측이 대등한 입장에서는 잘 이뤄지지 않는다는 것이다. 그렇기 때문에 피해자 측이 우위에 서야 하는 것인데, 현실적으로 그렇게 되기 위해선 피해자 측이 가해자 측보다 사건에 대해 더 많은 것을 알고 있어야 한다. 일종의 가해증거를 수집해 가는 것인데, 그런 부분들도 상담해 주고 있다.

박　자식을 가진 부모라면 당장 내 아이가 피해자, 가해자가 아니라도 학교폭력을 대할 때마다 걱정이 태산일 것이다. 그리고 피해자인 경우도 있지만 가해자가 되는 경우도 있을텐데?

조　학교폭력 때문에 걱정하는 부모들 대부분이 피해를 당할까봐만 걱정한다. 내 아이가 가해자일 것이라고는 생각을 하지 않는데 정말 가해를 하면 얼마나 위험한지 아이들에게 가르쳐야 하는 것이 바로 부모의 몫이다. 또한 부모의 대부분이 친구가 위험을 당해도 절대 도와주거나 끼지 말라고 가르치는데, 방관자가 되라고 가르치는 셈이다. 그렇게 되면 우리 아이가 피해를 당하게 되더라도 주위에서 도와줄 사람이 하나도 없게 되는 것이다. 결국은 내 아이가 방관자로 인해 또 다른 상처를 받을 수 있다는 점을 알아야 한다. 그런 점에서 아이들이 방관자로 커가도록 내버려 두어서는 안 된다.

박　만일 내 아이가 가해자일 경우는 어떻게 대처해야 하나?

조　우리 아이가 가해를 했을 경우 부모님이 애를 데리고 가서 피해자 앞에서 무릎을 꿇고 용서를 빌어야 한다. 그것이 바로 산교육이다. 그런데 그 과정 또한 중요하다. 가해자 부모에게도 가끔 상담전화가 오는데 내용인 즉, 사과를 하려고 해도 피해자 부모가 받아주지

않고 만나주지도 않는다는 것이다. 왜 그런가? 문제점을 들여다보면 가해자의 부모들이 피해자 부모의 의사도 묻지 않고 무조건 그 집을 찾아가 잘못했다. 어떤 벌이라도 달게 받겠다. 애를 위해서라도 우리가 어떻게 해야 되느냐를 묻는데, 대부분 그 의미는 우리 애가 처벌받지 않도록 해달라는 것이다. 한마디로 이기심이다. 그래서 피해 부모들이 더 화가 나는 것이다.

박 진정한 사과가 아니라 자기 아들에 대한 이기심 때문에 나오는 할 수 없는 사과라는 것인가?

조 상대의 마음을 헤아리는 진심어린 사과를 함으로써 피해부모들의 분노도 사그라지겠지만 옆에서 지켜보는 가해학생도 반성을 하게 되는 것이다.

박 학교폭력피해자가족협의회 차원에서 힐링캠프를 개최하고 있는 것으로 알고 있다.

조 직접 피해를 경험한 아이의 부모로서 가장 안타까웠던 게 치유의 방법 대부분이 정신과 약물치료 위주라는 것이다. 약물치료라는 게 당장은 효과를 거둘지 몰라도 육체적으로나 정신적으로 나중에는 부작용이 발생한다. 그래서 방법을 찾다보니 미술치료나 음악치료 등이 상당히 좋은 효과를 거두는 것을 보았다. 문제는 의료보험 등이 안 되다 보니 비용 발생이 크다는 점이다. 게다가 집단으로 하는 게 가장 효과가 좋은데, 보통 6개월씩 예약이 밀려 있다. 게다가 부모는 부모대로 고통을 받는데, 아이들 치료에 집중하다 보면 부모 자신에 대해서는 참고 넘어가게 되는데 이게 더 큰 병으로 찾아오는 경우가 있다. 그래서 이 부분을 우리가 나서서 한번 해 보자는 생각에 시작하게 되었다. 보건복지부의 도움을 받아 6주간 치유프로그램을 해 봤다. 난타, 춤 치료, 그리고 벽화 그리기 등을 하다 보니 협동심도 생기고 자긍심도 생기면서 치유가 많이 되는 모습을 보았다. 2년 동안 진행하다가 캠프 프로그램을 만들었다. 1박 2일로 부모와 함께 여행을 가서 머물며 진행하는 프로그램이었는데, 어찌나 효과가 좋은 지 저녁이면 부모님들이 통곡을 하고 우는 것이었다. 또 뛰면서 춤추 며 묵혀왔던 아픈 감정을 발산해 버리는데, 아이들은 괴롭히는 친구 들 없이 새로 사귄 친구들과 있는 것만 해도 행복인 듯 했다. 이 프로 그램이 성공을 거두면서 여기저기서 요청도 밀려들어 왔다. 교육청 등에서도 비슷한 프로그램을 시도했었는데 그쪽은 참석이 저조한 반 면, 우리 쪽은 같은 피해자들이 운영을 해서인지 안심하고 참석하는 분들이 많았다.

대화의 내용을 잘라내고 다듬었음에도 불구하고 많은 양의 지면을 할애할 수밖에 없었다. 굳이 이렇게까지 실어야 하는 이 유가 있느냐 하실 분도 계실테지만, 그만큼 내용이 유익하고, 무엇보다 자식을 키우고 있는 혹은 미래의 부모가 되실 분들에 게 도움이 되는 내용이라고 믿는다. 한번쯤은 꼭 읽고 생각해 봤으면 한다.

개인적으로는 "경험은 최고의 교사다. 단 수업료가 지나치게 비쌀 뿐"이라는 영국의 역사가 토마스 칼라일의 말이 생각나는 대담이었다. 국가의 잘된 정책은 비싼 예산을 투자하는 것도, 유능한 행정가를 모시는 것도 아닌 현장의 목소리에 귀를 기울 임으로써 나오는 것일지도 모른다는 생각이 든다.

그런 면에서 당 인권위원장으로서, 다른 일에만 매달려 자주 이런 기회를 갖지 못한 것이 아쉽고, 이야기를 들려주기 위해 어 딘가에서 기다리고 계실 분들에게 죄송할 따름이다.

잊혀지지 않는 **하나의 의미**

정무위원회*

* 대한민국 국회 정무위원회는 국무총리실, 보훈처, 공정거래위원회, 금융
위원회, 국민권익위원회와 관련된 사무에 대한 논의를 담당하는 대한민
국 국회의 상임위원회
                              - 위키피디아(http://ko.wikipedia.org/)

강석훈   박민식

국회의원 생활 5년 동안, 법제사법위원회, 지식경제위원회 그리고 지금 속해 있는 정무위원회까지 총 3개의 상임위원회를 거쳐 왔다. 국회의원이 돼서 처음 맡아 부담스럽기는 했지만 법제사법위원회야 법조인 출신인 관계로 큰 거부감 없이 잘 소화해 낼 수 있었다. 산업과 에너지 문제에 직결된 이슈를 다루는 지식경제위원회는 비록 생소한 분야였지만, 워낙 실생활과 밀접한 분야라 상당한 관심을 가지고 자원해서 간 상임위원회였다. 그에 반해 정무위원회는 사실 지금에 와서 솔직히 하는 말이지만 잘 알지도 못하고, 원하지도 않았지만, 등 떠밀려 어쩔 수 없이 맡게 된 상임위원회였다.

　총선이 끝난 후 당은 말 그대로 선거모드였다. 상임위원회 배정 역시도 원내 지도부의 선거전략에 맞춰 구성되어 가고 있었다. 그때 당시만 하더라도 내 바람은 지식경제위원회에 남는 것이었다.

　어느 날, 이한구 원내대표의 호출이 있었다. 원내대표가 나를 부른 이유는 간단했다. 정무위원회로 가라는 것이었다. 솔직히 당황스러웠다. 정무위원회가 도대체 뭘 하는 곳인지도 잘 알지도 못하는 데다가 어렴풋이 금융과 밀접하다고 듣기는 했지만, 솔직히 금융은 거의 문맹에 가깝다고 봐야 할 정도로 문외한이었기 때문이다. 또 다른 고민은 에너지 분야를 확실히 공부해 봐야겠다는 마음으로 '에너지미래전략포럼'이라는 국회의원 연구단체까지 만들어 놨는데, 상임위를 옮길 경우 새로운 국회에 적응하랴, 또 새로운 내용을 공부하랴 도저히 감당할 자신이 없었기 때문이었다. 그런데 분위기를 보아 하니, 이미 빼도 박도 못하는 상태인 듯 했다.

당시 정무위에는 대선과 관련된 저축은행 사태라든지, 총리실 사찰문제라든지 자칫 잘못하면 대선 주요 쟁점으로 비화될 가능성이 많은 현안들이 산적해 있었다. 대선을 전쟁으로 비유하자면, 정무위는 일촉즉발의 위기감이 팽팽하게 감도는 최전선이었다. 저축은행 사태 같은 곳이 바로 정무위였다. 그렇기 때문에 정무위는 이른바 기피 1순위 상임위로 분류되고 있었다.

대선을 끝낸 지금이야 당의 간사이자, 경제민주화를 이끌어나가는 법안심사소위위원장을 맡아 일하고 있는 것을 보람 있게 생각하고 있지만, 대선 당시만 하더라도 그런 중책이 못내 부담스러웠다. 그러나 또 다른 한편으로는 당시 정무위에 집중됐던 관심에 비해 여야가 별다른 충돌 없이 원만히 상임위를 운영해 가는 데 일조했다는 사실을 뿌듯하게 생각한다.

1
—

안철수 정치 테마주

대선국면에 각 상임위에서 의원들이 상대방 대선주자와 관련된 이슈를 제기하는 모습은 빠지지 않는 단골 메뉴다. 그리고 대선주자와 관련된 이슈가 제기될 때마다 언론에서 "정책국감이 정치국감으로 변질됐다, 국감장이 대선 후보 검증장이 되어버렸다." 등의 말로 국회를 비판하는 모습은 어제 오늘의 일이 아니다. 맞는 말이다. 하지만 국정을 책임질 인물의 정책은 무엇이며, 어떤 삶을 살아왔는지를 살펴보는 것 또한 국민들이 바라는 바 아닐까. 다만 이때의 정치적 의도는 잘못된 사실을 근거로 언론을 호도하거나, 상대를 맹목적으로 비난하려는 목적이 아니라면 대선주자의 정책 검증, 특히 상임위와 관련된 내용은 필요하다고 본다.

한겨레 월간경제지『이코노미 인사이트』2012년 2월 1일자 기사에 따르면, "2011년 12월 9일, 서울시내 모 호텔에서 만난 안철수 당시 안랩 이사회 의장과 4명의 회사 경영진들은 안랩의 실질가치와 무관하게 주가가 급등한 상황에서 자사주를 매각한

한국경제

2012년 09월 25일 화요일 a01면 종합

무서운 정치테마주 … 개인 1조5000억 털렸다

금감원 1년 매매 분석 … 안랩 등 일제히 하한가

유력 정치인 및 정치 이슈와 관련된 이른바 '정치테마주'에 투자했던 개인투자자들이 최근 1년 동안 1조5494억원을 날린 것으로 조사됐다. 정치테마주가 24일 일제히 가격 제한폭까지 떨어지는 등 '폭탄'이 터지는 조짐이 있어 개인투자자의 손실은 더 늘어날 것으로 우려되고 있다.

금융감독원은 131개 테마주 가운데 대표적인 35개 종목에 대해 지난해 6월2일부터 지난 5월31일까지 1년 동안 투자자들의 매매손실을 분석한 결과 약 195만계좌에서 총 1조5494억원의 손실이 발생했다고 24일 발표했다.

이 가운데 개인투자자 비율은 99%가 넘었다. 조사 대상 35개 종목 증권가상승률이

가장 높았던 종목은 '안랩(구 안철수테마주)'로 분류되는 코스닥 상장사 안랩(469%)이었다. 안랩에 투자했다가 손실을 본 계좌 수는 18만7550개였고, 총 손실금액은 2640억원에 달했다. 이 기간 중 총 개인투자자는 안랩에 투자했다가 19억원을 손해보기도 했다.

다른 투자자는 또 다른 정치테마주에 투자했다가 39억원을 잃기도 했다. 하늘은 '식 전세권'을 따라 뛰는 게 고통에서 매수했다가 주가가 떨어지자 손절매를 하는 식의 투자 방법에도 손실률은 평균 93% 상승했다. 35개 종목은 6개 월에 평균 93% 상승했다.

▶관련기사 A23면

새로 떠오르는 테마주들도 사정은 비슷했다. 지난 6월2일 이후 경제위주와 임자리 정책 등 관련주라는 이유로 정치테마주로 묶인 18개 종목은 지난 11일까지 평균 172% 급등했다. 하지만 21만계좌에서 670억원의 매매손실을 본 것으로 나타났다.

안랩 이후 증시에서 정치테마주는 무너지는 패턴이 많이 나타났다. 민철 T 테마주로 분류되는 안랩과 미래산업 유니더스 등도 급락했다. '문재인 테마주'로 분류되는 우리들생명과학과 우리들제약도 하향세였다. '박근혜 테마주'로 꼽히는 EG과 대유신소재 아가방컴퍼니 등도 하락세를 면치 못했다.

임도원 기자 van76@hankyung.com

한국경제

2012년 09월 25일 화요일 A23면 증권

대선보다 뜨거운 정치테마株 '폭탄' 터지나

'개미 지옥' 된 테마株 … 안랩서만 2600억 날려

(옛 안철수연구소)

지난 하반기 이후 하늘 높은 줄 모르고 치솟던 정치테마주가 지난 19일 안철수 무소속 후보의 대선 출마 선언을 계기로 수익 하락하고 있다. 대표적인 '안철수 테마주'로 분류되는 안랩은 안철수가 대선 출마를 공식 선언한 24일까지 5거래일 연속 하락하기를 기록했다. '문재인 테마주'인 우리들생명과학도 20일 이후 사흘간 36.33% 급락했다. 증시 전문가들은 은행 후보의 출마 선언이 테마주 폭탄 돌리기의 종말을 알리는 '신호탄'이었음을 경고하고 분석하고 있다.

◆테마 손실 99%가 개미

정치테마주가 테마에 속에서 '작전 세력'이 존재한다는 건 주식시장에서 상식이다. 개인들은 그러나 테마 주도 타이밍만 잘 잡으면 적잖은 돈도 큰 돈을 벌 수 있다는 생각으로 뒤 박에 가까운 투자를 감행했다. 그 결과는 처참했다. 금융감독원이 1년간 35개 대표 정치테마주를 분석한 결과 이들 종목 투자자 중 195만명에서 화 수 기준이 손실을 본 것으로 나타났다. 코스닥 상장사 안랩(옛 안철수연구소)의 경우 18만7550명이 2640억원의 손실을 봤다. 금감원은 이들 종목 개인투자자의 손실비율이 99%, 이상 99% 개인투자자라고 설명했다. 조사 대상 기간 계좌가 469% 급등했다.

수십억원의 돈을 굴리는 '슈퍼개미'도 투자자였다. 예외는 아니다. 금감원 조사에서 가장 많은 손실을 본 세력의 경우 정치테마주투자로 39억원을 날렸으며 이를 알았다.

◆폭탄 돌리기 시작?

금감원은 연말 대선이 끝날 때까지 정치테마주 투자자의 손실을 보는 투자자가 속출할 것으로 우려하고 있

다. 기업 실적과 관계없이 주가만 올랐기 때문에 언제까지 거품이 언젠가 수수에 걸기 때문이다. 이미 폭탄 돌리기가 시작되고 있다는 분석이 나온다.

24일 정치테마주는 일제히 대거 떨어졌다. 안철수 테마주인 안랩은 가격제한폭까지 떨어진 8만4900을

옷깃만 스쳐도 테마주로 적자에도 주가 몇배 껑충

'타이밍 잡으면 큰돈 번다' 슈퍼개미도 수십억원 베팅

48개종목 테마 소멸되자 주가 평균 47% 곤두박질

에 마감됐다. 안랩은 안 후보가 공식적으로 대선 출마를 선언하면서 기대감으로 시라진 뒤에 5거래일간 35.88% 하락했다. 안철수 테마주로 분류됐던 미래산업도 출마선언 이후 도 어느가지제한폭까지 하락했다.

'문재인 테마주'도 출출이 떨어졌다. 바른손은 10.24% 내린 4250원에 장을 마쳤다. 우리들생명과학과 우리들제약은 모두 하한가로 떨어졌다. '박근혜 테마주'로 분류되는 EG는 7.59% 내린 4만9900원에 마감했다. EG는 박근혜 새누리당 후보의 동생인 박지만 씨가 이후 이날부터 31.54% 하락했다.

전문가들은 대선 후보들의 출마가

대규모 승인된 테마주들이 출마 선언 이후는 '재료'가 노출됐면서 급락세를 보이고 있다고 설명했다. 이 과정에서 '작전세력' 등 보이지 않는 손이 작동하고 있다는 분석도 나온다.

◆비이성적 머니게임의 끝은?

주식시장에는 늘 비합리주가 존재했다. 코스닥 시가총액 1위인 셀트리온은 바이오 테마주로 분류됐고 유가증권시장의 OCI는 한때 태양광

테마주로 각광받았다. 금감원 관계자는 "코스닥 테마주들은 신성장산업 출렁이니 정부 정책 변화로 수혜를 볼 것이라는 나름의 합리적인 근거가 있었다면 정치테마주는 그야말로 밑도 끝도 없는 논리로 주가가 크게 하게 급등했다는 점에서 차이가 있다"고 말했다.

주가가 기업의 펀더멘털과 정치와 함께 따로 논다는 것도 정치테마주의

특징 중 하나다. 안철수 테마주의 대표 주자격인 미래산업은 지난해 104억원 영업손실을 내서 시작해 올 상반기에서도 적자 상태를 지속하고 있지만 주가는 올 들어 9배 이상으로 급등하였다. 금융감독이 테마주 돌풍을 밑도 없는 논리로 주가가 앞뒤도 131개 종목의 18개 실적을 분석한 결과51%에 달하는 67개사가 전년동기대비 영업이익이 줄었던 것으로나타났다.

김동윤 기자 oasis93@hankyung.com

주요 정치테마주 현황 (자료 : 각 기업 내부 금감원 제출 기준)

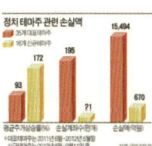

종목	연초 이후	최근 1주일	후보와의 관계
박근혜테마주			
비트컴퓨터	56.19	-12.4	사장이 새누리당 비상대책위원
보령제약	-23.39	-6.4	관계 임원 사장 수혜주
EG	-14.56	-6.32	박 후보 동생인 박지만씨가 최대주주
아가방컴퍼니	-31.25	-7.04	대표가 박 후보 대학 동문
신우	37.34	-26.69	박지만씨 부인이 최대주주 사외이사
에넥스	49.76	-16.11	최외곤 대표 아가씨와 친분설
하츠	172.91	-23.06	사장이 박 후보의 친언니
문재인테마주			
우리들생명과학	268.62	-21.53	대주주가 친노그룹과 인연
우리들제약	375.32	-26.41	대주주가 친노그룹과 인연
바른손	155.96	-16.34	문 후보 법무법인 근무경력이
조광피혁	152.85	-19.63	대주주가 문 후보 고교 동문
위노바	10.78	-20.84	대주주가 우리들병원과 이사진이 연관
에스엔유	69.12	17.47	고교 후배 경영
서희건설	79.5	-20.63	회장이 문 후보 경희대 출신
안철수테마주			
미래산업	126.93	-47.38	전 회장주주가 안 후보와 친분
써니전자	1403.78	-19.43	사장이 안랩 임원 출신
안랩	-28.2	-24.62	안 후보 창업기업
솔고바이오	18.96	2.23	사외이사와 안 후보 친분설
노루페인트	128.62	-2.22	회장이 안랩과 친분
한국철강	119.51	-21.58	사장이 보이스사이어와 관련

정치테마주 관련 손실액

(단위 : 억원)

- 평균가격상승률(왼쪽)
- 매매손실(오른쪽)

| | 93 | 172 | 195 | 71 | 15,494 | 670 |

※ 대표정치테마주(2011.6.2~2012.5.31)
※ 신규정치테마주(2012.6.2~9.11)

자료 : 금융감독원

다면 먹튀의 논란이 있으니 팔지 말자."고 협의했다.

2011년 1분기까지 18,000원 대에 불과했던 주가를 끌어올리기 위해 자사주로 사들였던 회사주식 43만 주가 부담인 탓에 매각을 하려고 하였으나, 2011년 말에 주가가 10배 가까이 뛰었기 때문이다.

하지만 전자공시시스템 등을 통해 직접 조사해 본 결과, 이러한 결정을 내린 지 두 달이 조금 지난 2012년 2월 13일~17일, 그리고 21일 안철수 후보는 자신의 주식을 처분해 922억 원의 막대한 처분이익을 얻었다. 결론적으로 자사주 매각은 막으면서 자신이 보유한 주식은 매각해 이익을 취한 셈이다. 이는 윤리경영을 기업경영철학으로 삼겠다던 자신들의 주장과도 분명히 반대되는 행위였다.

물론 당시 안 의장의 입장에서는 공익재단 설립을 위해 불가피했다고 설명할 수 있겠지만, 이번 주식처분을 통한 이익실현은 외부적으로는 시장상황과 주주들을 고려하는 듯한 모습을 내세우다가 안으로는 개인의 이익실현을 위해 매각했다는 비난을 면하기 힘들다. 특히 다른 사람도 아니고, 회사의 주가에 막대한 영향을 미치는 사람의 표리부동한 행위이기 때문이다.

덧붙이자면, 통상적으로 기부는 주식을 재단에 맡기고 그 주식에서 발생하는 배당을 가지고 운영하는 것이 더 바람직한 것으로 받아들여지고 있기 때문에 안 후보의 주식처분은 더욱 이해하기 힘들다. 실제로 현대차 정몽구 회장이 사재 5,000억 원

을 현대 글로비스 주식으로 사회공헌문화재단에 기부한 적이
있다.

　비단 이런 경우만이 아니고 다른 주식의 경우에도 대부분 금
융당국이 특정 종목을 투자경고 종목으로 지정한 상태에서 대
주주들의 행동들은 일거수일투족이 시장에 매우 큰 혼란을 줄
수 있다. 그러므로 금융당국이 특정 종목에 대해 시장 경보를
발동한 경우 해당 주식의 대주주 및 특수 관계인들은 보유주식
처분을 금지시키는 입법적 장치가 필요하며, 나아가 자사주의
매입 및 매각, 이사 회의장의 주식처분, 대표이사, 임원진 및 대
주주의 주식 매각 등 일련의 지분변동에 대해 시세조정 여부에

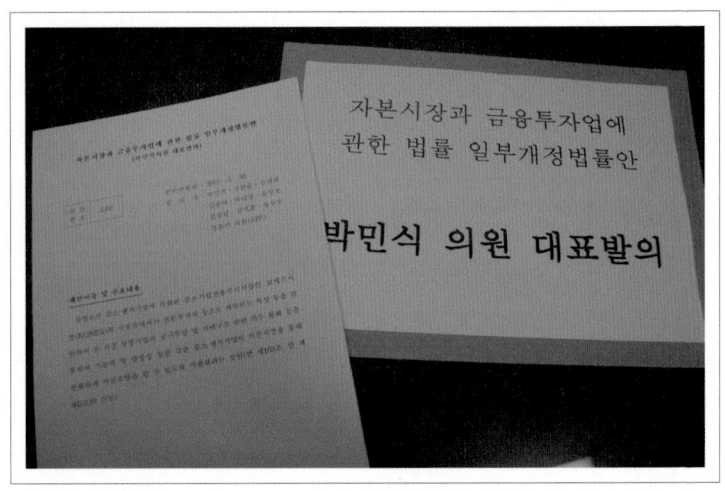

대한 조사가 반드시 이뤄질 필요성이 있다. 이것이 국감기간 중 발의한 소위 먹튀방지법, 테마주 매매제한법이라 불리는 자본시장과 금융투자업에 관한 법률 일부개정법률안의 목적이다.

법안의 제안이유는 다음과 같다. 합리적 근거 없이 단기간 가격이 급등락하는 주식에 대해 금융당국이 시장감시와 조사를 강화하고 있으나, 자본시장이 발달함에 따라 그 수법도 다양하게 변하면서 이를 바로잡기에 큰 어려움이 있다.

이와 같이 소위 테마주로 불리는 주가의 움직임은 예측이 불가능하기 때문에 작전세력, 시세조정세력 등이 기승을 부리고 있어 일반 투자자의 추종매매에 따른 피해가 우려될 뿐만 아니라 자본시장에 대한 신뢰를 저해하고 있다. 최근 금융당국에 따르면, 2011년 6월 이후 테마주로 분류된 종목의 가격 급변동에 따른 손실의 99%가 개인투자자들이었으며, 그 규모가 1.5조 원에 달한다.

특히, 이에 편승하여 대주주나 경영진이 고가에 보유주식을 매도함으로써 거액의 시세차익을 챙기는 행위가 속출하고 있다. 기업의 대주주 및 임원 등 내부자의 대량 매도는 주가를 급락시키는 주요한 요인으로 작용하며, 이를 사전에 충분히 인지할 수 있다는 점에서 도덕적 해이의 전형적인 사례로 볼 수 있으나 법적 규제가 미흡한 실정이다. 따라서 단기간 가격이 이상급등하는 특정 주식을 소유한 주요 주주의 매매를 규제함으로써 일반 투자자 보호와 건전한 거래질서를 확립하고자 한다.

2
—

태어날 때 금 수저 물고 나왔나

지난 4월 말 공정거래위원회의 대통령 업무보고에서 박근혜 대통령이 광고산업을 대기업의 일감 몰아주기 분야로 지목했다. 대기업 일감 몰아주기 관행에 대해 특정산업을 대통령이 거론한 것은 처음이라는 점에서 놀랍게 받아들여졌고, 그 영향인지 지난 5월 중순에는 공정거래위원회가 국내 1위 광고기획사인 제일기획에 대한 현장조사를 벌였다.

그럼 과연 대기업 광고회사의 일감 몰아주기가 어느 정도 수준이길래 이처럼 지적받는 것일까. 작년 10월 국정감사에서 현대자동차 계열 광고회사인 이노션의 경우를 살펴봤다.

2005년 설립된 이노션의 사업 첫해 매출은 350억 원, 그 중 60%에 가까운 210억 원이 현대자동차, 기아자동차 등을 비롯한 계열사 매출이었다. 2005년 업계 매출 9위로 시작, 2006년에는 3위, 그리고 최근 제일기획에 이어 업계 매출 순위 2위를 이노션은 기록했다. 그야말로 놀랍도록 비약적인 발전을 해 온 셈인데, 그 배경에는 현대차와 기아차라는 든든한 배경이 있었기

때문이다. 당시 증인으로 참석한 사장에게 이 정도면 '태어날 때부터 금 수저를 물고 태어난 격'이라고 지적했을 만큼, 일반적인 기업의 성장과정과는 확연히 달랐다. 다시 말해 출발선부터 달랐던 것이다.

주식회사 이노선의 매출 현황

(단위: 백만 원)

구 분	2011	2010	2009	2008	2007	2006	2005	계
총매출액(A)	344,063	287,893	169,890	162,621	119,580	117,098	34,929	1,236,074
계열사매출 (B)	170,867	142,238	78,797	71,167	57,619	65,654	20,606	606,948
현대자동차 (주)	101,148	71,723	34,568	27,596	27,628	31,361	11,587	305,611
기아자동차 (주)	42,809	39,584	26,964	26,149	16,848	21,655	7,480	181,489
현대모비스					2,500	1,288	841	4,629
아이앤 아이스틸 (주)					196	2,817	184	3,197
현대카드 (주)					1,918	2,878		4,796
현대캐피탈 (주)					919	1,699		2,618
㈜현대 오토넷							6	6
기타계열사	26,910	30,931	17,266	17,422	7,609	3,956	507	104,601
B/A	49.66	49.41	46.38	43.76	48.18	56.07	58.99	49.10

출처: 전자공시시스템(dart.fss.or.kr).
2005년의 경우 설립일인 2005년 5월 17일부터 2005년 12월 31일까지의 매출.

　　이노선은 이러한 현대차의 광고수주 이유를 자동차산업의 특성상 런칭 초기의 마케팅 실패시, 천문학적 금액 투자와 시간이 수포로 돌아갈 우려가 있고, 따라서 전속 대행사와의 장기적 협조체제 구축 및 철저한 보안 유지가 필요하기 때문이라고 설명했다.

　　하지만 현대차와 기아차를 제외한 어느 자동차 브랜드도 굳이 광고자회사를 만들어 일감을 주는 회사는 없다. 특히 토요타의 경우는 일찌감치 광고를 위해 자회사 등을 만들기보다는 자동차 제작에만 집중하고 광고는 덴츠라는 전문기업에 맡겼는데, 이로써 덴츠는 세계 최대의 광고전문회사로 커나갈 수 있었다. 서로의 전문분야를 특화시켜 성공한 '윈윈과 상생'의 결과물이라고도 할 수 있다.

아울러 미국 광고업협회의 경우, 회원의 자격을 "하나 또는 그 이상의 광고주에 의해 직접 또는 간접적으로 지배 혹은 운영되는 회사는 회원이 될 수 없다."로 규정함으로써 원천적으로 자회사의 모기업 광고수주를 제한하고 있다. 결국 이노션의 현대차 광고수주는 일감 몰아주기로 해석될 수밖에 없다.

국내 자동차 브랜드 대행사 현황

광고주	국내 대행사	해외 대행사
한국지엠	제일기획	옴니콤
르노삼성자동차	퍼블리시스(웰콤)	퍼블리시스
쌍용자동차	포레카	N/A

국내 수입자동차 브랜드 대행사 현황

광고주	국내 대행사	해외 대행사
Mercedes-Benz	HS애드	Merkley+Partners
Volkswagen	그레이프	DDB
Ford	JWT	JWT
Chrysler	레오버넷	레오버넷

Honda	온앤오프닷컴	W&K
Nissan	TBWA	TBWA
Toyota	덴츠 (이노백)	덴츠

분명 모든 대기업 일감 몰아주기가 부정적인 측면만 있는 것은 아니다. 그렇기 때문에 옥석을 가려내는 작업이 분명히 필요하다. 그 기준 중 하나가 바로 총수 일가의 사익편취 여부다. 그런 기준을 염두해 두고, 실제 이노션의 지분 구조, 그동안의 배당현황 등을 종합해 봤을 때, 이노션의 일감 몰아주기는 사익편취로 볼 수 있는 개연성이 크다. 즉 대주주 일가의, 대주주 일가에 의한, 대주주 일가를 위한 이노션이라는 게 극명하게 나타나기 때문이다.

주식회사 이노션의 지분 현황

(2006. 4. 1. 기준, 단위: 주, %)

최대주주 명	소유주식 수			지분율(%)	
	보통주	우선주	계	보통주기준	전체기준
정몽구	120,000		120,000	20	20
정의선	240,000		240,000	40	40
정성이	240,000		240,000	40	40
최대주주 소계	600,000		600,000	100	100
기타 소계	0		0	0	0
총계	600,000		600,000	100	100

출처: 전자공시시스템(dart.fss.or.kr). 1주당 가격: 5,000원

주식회사 이노션의 배당현황

(단위: 백만 원, %, 천주)

구 분	2011	2010	2009	2008	2007	2006	2005	계
현금배당	9,000	9,000	6,000	3,000				27,000
주식배당			3,000	3,000				6,000
합계	9,000	9,000	9,000	6,000				33,000
배당성향 (배당액/당기순이익)	11.21	15.89	37.25	20.64				

출처: 전자공시시스템(dart.fss.or.kr).

그렇다면 일감 몰아주기 외에 다른 부분들의 현황은 어떨까? 우선 내부거래에 대한 대금결제 방식과 여타 하도급 업체에 대한 대금결제 방식을 비교해 봤다. 국정감사 기간 중 공정거래위원회로부터 제출받은 자료에 따르면, 2011년 말 대기업 내부거래에 대한 현금결제는 54.49%로 높게 나타났다. 어음과 현금을 혼합하여 결제하는 것까지 고려하면 실제 현금결제 비중은 이보다 더 높을 것으로 추정된다.

그에 비해 2008년 이후 하도급 업체에 대한 현금성 결제비율 (현금+어음대체결제수단)은 90%대를 유지하고 있지만, 현금결제 비중은 2007년 47.3%에서 2011년 기준 40.7%로 줄었고, 2010년에는 38.6%까지 떨어진 바 있다.

결국 대금결제에 있어서도 대기업과 중소기업 간 차별이 존재하는 셈이다. 정부와 대기업이 추진해 온 동반성장의 취지가 무색해지는 대목이다.

대기업 내부거래 결제대금 방식

(2011년 말 기준, 조 원, %)

결제방식	내부거래금액	비율
현금	93.0	54.5
어음	39.6	23.2
현금+어음	31.5	18.5
어음대체결제수단	4.94	2.9
기타(납품대금 상계 등)	1.62	1.0
합계	170.66	100.00

출처: 공정거래위원회

연도별 하도급 업체 지급수단별 결제 비율

(단위: %)

연도	2007	2008	2009	2010	2011
현금	47.3	46.2	43.7	38.6	40.7
어음대체결제수단	40.8	49.0	49.1	53.1	51.5
현금성결제 소계	88.1	95.2	92.8	91.7	92.2
어음	9.2	4.6	5.2	6.1	4.8
기타(대물변제 등)	2.7	0.2	2.0	2.2	3.0
합계	100.0	100.0	100.0	100.0	100.0

출처: 공정거래위원회
어음대체결제수단: 기업구매전용카드, 기업구매자금대출, 외상매출채권담보대출, 구매론, 네트워크론

현금성 결제란 현금과 수표는 물론, 어음대체결제수단(기업구매전용카드, 외상매출채권담보대출, 구매론 또는 네트워크론 등)을 포함하며, 어음과 비교해 구매기업이 부도가 나더라도 납품기업이 손실을 볼 염려가 적다. 하지만, 여전히 이를 현금화 하려면 기업 입장

에서는 금융수수료 등이 부담일 수밖에 없는데, 그마저도 2011년에는 2010년 대비 1.6%p 감소했다.

연도별 어음대체결제수단 지급 비율

(단위: %)

연도	2007	2008	2009	2010	2011
기업구매 전용카드	11.1	12.0	14.2	13.2	9.6
기업구매 자금대출	5.0	4.8	4.4	4.9	5.2
외상매출채권담보대출	23.1	30.6	29.4	33.2	33.7
구매론	1.1	1.2	0.8	0.7	2.2
네트워크론	0.5	0.4	0.3	1.1	0.8
합계	40.8	49.0	49.1	53.1	51.5

출처: 공정거래위원회

어음대체결제수단 중에서 외상매출담보채권의 비중이 가장 크고 증가세에 있으며, 기업구매 전용카드 등의 사용빈도는 감소 추세에 있다. 기업구매 전용카드는 한때 현금화가 쉽다는 이유로 인기가 높았지만, 카드사로서는 수익성이 좋은 편은 아니어서 취급이 제한적인 이유로 감소세로 돌아선 것으로 보인다.

외상매출담보채권의 경우는 최근 문제가 대두되고 있다. 하도급업체가 구매업체로부터 받아야 할 대금을 담보로 거래은행으로부터 대출을 받는 게 특징인데, 구매업체 부도 등이 발생했을 때 하도급업체에 상환책임이 고스란히 돌아가는 문제를 안고 있다. 실제로 지난해 4월, 법정관리를 신청했던 동양건설산업은 법정관리 신청 직전에 외상매출담보채권을 발행해, 하도급회사는 고스란히 수백억 원의 피해를 떠안았다. 결국 현금성 결제가 늘어나면서 자금유동성 문제로 인한 위험 등은 피할 수 있지만, 중소기업으로써는 또 다른 보이지 않는 위험을 안고 갈 수밖에 없는 셈이다.

한마디로 현금결제는 줄고 있는데 문제가 있는 현금성 결제가 늘고 있는데 대금결제방식이 크게 개선된 것처럼 홍보하는 것은 앞에서는 웃으면서 뒤로는 폭탄을 돌리는 격이었다. 겉으로는 동반성장을 외치면서 유럽 재정위기 이후 장기불황에 대비해 곳간에 현금을 쌓아두고, 제 식구만 챙기는 대기업을 보면서 중소기업은 상대적인 박탈감을 느낄 수밖에 없다. 진정한 동반성장을 위해서라도 이러한 불평등은 반드시 해소돼야 한다.

대금지급방식의 차별이 계열사에 대한 간접적인 지원이라면 일감 몰아주기로 이어지는 내부거래의 증가는 노골적인 지원방식이라고 할 수 있다. 국정감사 기간 중 살펴본 대기업 계열사 부당지원 과징금 부과와 관련된 자료에 따르면, 과징금이 부과된 건수는 12건이며 금액은 676억 원에 달하는 것으로 나타났다.

자료를 좀더 자세히 살펴본 결과, 대기업의 내부거래가 증가할수록 부당내부거래는 당연히 증가하는 것으로 나타났다. 공정위가 조사한 내부거래 현황을 살펴보면, 내부거래 비중은 지난해 비해 1.2%p 증가했다. 금액은 186.3조원으로 지난해(144.7조 원)보다 41.6조 원이 증가했다.

내부거래 비중 현황

(%, 조 원, 개사)

구 분		모든 계열사	
		내부거래비중 (금액)	회사수
전체 집단	'11년(43개)	12.04 (144.7)	1,083
	'12년(46개)	13.24 (186.3)	1,373
	증감(%p)	1.20 (41.6)	290
총수 있는 집단	'11년(35개)	12.48 (129.9)	975
	'12년(38개)	13.57 (165.0)	1,236
	증감(%p)	1.09 (35.1)	261
총수 없는 집단	'11년(8개)	9.18 (14.8)	108
	'12년(8개)	11.12 (21.2)	137
	증감(%p)	1.94 (6.4)	29

※ 대기업집단 소속회사는 연1회(매년 5월 말까지) 계열회사간 상품 및 용역거래현황 등을 금감원 전자공시시스템에 공시하여야 함. 본 자료는 대기업집단 소속회사의 기업집단 현황공시자료 및 공정위 추가제출자료를 분석한 것임.

※ 총수가 있는 집단: 삼성, 현대차, SK, LG, 롯데, 현대중공업, GS, 한진, 한화, 두산, STX, CJ, LS, 금호아시아나, 신세계, 동부, 대림, 현대, 부영, OCI, 효성, 동국제강, 현대백화점, 코오롱, 웅진, KCC, 영풍, 미래에셋, 한진중공업, 동양, 현대산업개발, 대성, 세아, 태광, 하이트진로, 한국투자금융, 대한전선, 유진(대성, 태광, 유진은 2012년 신규로 분석대상에 포함).

※ 총수가 없는 집단: 포스코, KT, 대우조선해양, S-Oil, 대우건설, 한국지엠, 홈플러스, KT&G.

총수가 있는 집단 중 상위 10대 집단의 내부거래평균 비중은 14.5%로 지난해(13.2%)에 비해 1.3%p 증가했다. 금액상으로 보면 총 139조 원으로 지난해보다 30.4조 원(28%) 증가했다.

올해 부당 내부거래로 과징금을 부과 받은 바 있는 SK의 경우, 내부거래 비중의 변동 폭이(6.55%p) 크고, 그 금액의 변동(16.76%p) 또한 매우 큰 것으로 나타났다. 특히 불필요한 계열사를 계약 과정에 끼워 넣고 통행료를 받아 챙기게 해서 논란이 된 롯데의 경우, 내부금액이 1조 8천억 원가량 더 늘었다.

총수가 있는 상위 10대 집단 내부거래 현황

(%, %p, 조 원)

집단명	내부거래 비중			내부거래 금액		
	'11년(A)	'12년(B)	변동(B-A)	'11년(C)	'12년(D)	변동(D-C)
삼성	13.68	13.01	△0.67	35.27	35.25	△0.02
현대자동차	21.05	20.68	△0.37	25.12	32.23	7.11
SK	15.55	22.09	6.55	17.43	34.20	16.76
LG	14.25	13.76	△0.48	15.17	15.39	0.22
롯데	12.71	14.19	1.48	6.05	7.82	1.77
현대중공업	7.01	11.57	4.56	3.48	7.12	3.64
GS	3.57	3.22	△0.35	1.86	2.17	0.31
한진	3.56	3.91	0.35	0.83	0.94	0.11
한화	6.84	7.82	0.98	2.31	2.72	0.41
두산	5.94	5.80	△0.14	1.11	1.20	0.09
계	13.23	14.53	1.30	108.64	139.04	30.40

대기업이 내부거래에 대해 보안이나 효율성 등을 예로 들면서 어쩔 수 없다고 강변하지만, 견물생심(見物生心)이다. 내부거래가 증가하면 소위 말하는 사익편취를 위한 일감 몰아주기 같은 불합리한 관행이 지속될 가능성이 클 수밖에 없기 때문에 당연히 개선되어야 한다.

그동안 크게 개선되지 않아온 대기업 계열사 간 일감 몰아주기에 대해 법으로써 반드시 규제할 필요가 있다. 하지만, 근본적으로는 대기업 스스로가 잘못된 관행을 고치고자 하는 노력을 더욱 기울여야 할 필요가 있다. 공정위도 처벌이 능사가 아니라는 점을 알아야 한다. 그러기 위해서는 기왕에 실시하고 있는 기업공시에 포함되는 정보의 범위를 확대하고, 좀더 적극적으로 내놓을 수 있도록 세밀한 공시 매뉴얼을 제시함으로써 기업들이 스스로가 일감 몰아주기에 대해 부담을 느끼고, 자제할 수 있도록 유도하는 것이 가장 좋은 방법 중 하나가 아닐까 본다.

3

—

제대군인

고등학교 때까지만 하더라도 육사에 들어가 월남에서 돌아가신 아버지의 뒤를 이어 군인이 되는 게 장래희망이었다. 그러다 평화 시에는 군인 대신에 외교관이 협상을 통해 더 큰 역할을 할 수 있다는 딱 고등학생 수준의 발상으로 외교관에 대한 동경심을 갖게 되었는데, 그게 바로 훗날 외무고시를 보게 된 이유가 됐다. 대학 재학 시절 가장 많이 흥얼거렸던 노래조차도 양희은의 「늙은 군인의 노래」였다니, 아버지에 대한 그리움과 동경심 때문인지 '군인'이라는 직업은 내 삶에서 큰 부분을 차지하고 있다.

그래서 그런지 지금도 수많은 현안들 중에서 군인, 경찰 등 국가와 국민을 위해 현장에서 헌신하고 계시는 분들에 대한 문제에 많은 관심을 갖고 있고, 그런 분들 가운데 희생당한 분들과 그 가족에게 걸맞은 대우를 해 드리자는 취지의 애국법을 만들고자 하는 계획을 가지고 있다.

사실 우리 사회는 특히 군인에 대한 대우와 배려가 매우 부족하다. 과거 군사정권의 악몽 때문인지, 남자라면 누구나 군대에

다녀오면서도 '군인' 하면 '군바리'라 칭하고 비하하는 사회분위기가 자리 잡혀 있다. 나아가 군인들에 대한 처우 특히 제대 군인에 대한 처우는 그야말로 열악하다.

　1999년 헌법재판소의 군가산점에 대한 위헌결정 이후 의무복무 제대군인에 대한 국가의 지원은 전무하다시피 거의 사라졌다. 물론 현행 제대군인지원법상에는 군에서의 근무경력을 인정할 수 있게끔 되어 있으나, 이건 어디까지나 권고적 조항에 불과해, 근무경력을 인정하는 곳은 70% 중반 대에 머물고 있는 실정이다.

제대군인 군 경력 인정 실태 현황

구 분	합 계 (A+B=C)	군 경력 인정 업체 수					군 경력 불인정 업체 수 (B)	군 경력 인정 비율 (A/C)
		소계 (A)	전부 인정	의무 병	하사 관	장교		
국가기관 등	2,215	2,090	2,016	65	6	3	125	94.4
공기업	1,811	1,696	1,583	90	10	13	115	93.6
일반기업체	8,825	6,129	4,904	571	126	528	2,696	69.5
합 계	12,851	9,915	8,503	726	142	544	2,936	77.2

출처: 국가보훈처

군가산점은 위헌이지만 우리 헌법은 누구든지 병역의무의 이행으로 불이익한 처우를 받지 아니한다고 규정하고 있다. 즉, 점수를 더 주는 건 안 되지만 그렇다고 해서 점수를 깎아서도 안 된다는 의미다. 하지만 현실은 어떤가. '무전(無錢) 현역 유전(有錢) 면제' '군 면제자는 신의 아들, 공익은 사람의 아들, 현역은 어둠의 자식들'이란 말이 나돌 정도다. 군대를 다녀오지 않은 사람은 입대를 전후해 대기하는 기간과 복무 기간 등을 합산한 것만큼 3년여 먼저 사회에 진출하거나 학업의 기회를 가지는 반면, 군복무자들은 군복무 기간 만큼 취업전선에서 사실상 불이익을 받아왔다고 볼 수 있다.

더불어 국가의 안전을 위해 헌신한 직업군인에 대한 지원 및 예우도 매우 열악하다. 보훈처 자료에 따르면 중장기 복무 제대군인의 경우에 한 해 약 6,000명이 자발, 비자발적으로 전역하고 있다. 전역은 곧 사회로의 복귀를 의미하는데, 이들의 취업률은 고작 40% 수준이다. 미국, 일본, 독일, 프랑스의 경우 제대군인의 평균 취업률이 90%대인 것에 반해 우리는 이에 절반도 못 미치는 상황이다.

최근 5년간(2007~2011) 전역 연차별 취업현황

(2011. 12. 31. 기준, 단위: 명)

전역 연도		계	2007년 전역자	2008년 전역자	2009년 전역자	2010년 전역자	2011년 전역자
전역자 수		29,090	5,331	5,414	5,959	6,248	6,138
취업자 수		16,269	3,446	3,298	3,555	3,435	2,535
비 율		55.9%	64.6%	60.9%	59.7%	55.0%	41.3%
장기 복무	전역자 수	19,171	3,411	3,611	4,230	4,235	3,684
	취업자 수	10,704	2,118	2,147	2,465	2,323	1,651
	비율	55.8%	62.1%	59.5%	58.3%	54.9%	44.8%
중기 복무	전역자 수	9,919	1,920	1,803	1,729	2,013	2,454
	취업자 수	5,565	1,328	1,151	1,090	1,112	884
	비율	56.1%	69.2%	63.8%	63.0%	55.2%	36.0%

출처 : 국가보훈처

외국의 제대군인 재취업률

국가별	재취업률	근거문헌
미국	95%	■ 이윤성 국회의원 정책보고서 * 제대군인의 국가적 활용방안 연구(2009년)
일본	98.3%	■ 일본 방위청 내부자료 * 2005년 연구논문(한국직업능력개발원)

프랑스	83%	■ 프랑스 국방부 전직지원국 자료 * '해외 선진 제대군인 지원기관 연구'(2011년, 보훈처)
독일	90%	■ 독일 국방부 전직지원실 자료 * '해외 선진 제대군인 지원기관 연구'(2011년, 보훈처)
영국	94%	■ 육군본부 내부자료 * '제대군인 지원 정책 국제비교 연구'

출처: 국가보훈처

'대한민국 남자라면 누구나'라는 미명아래 군복무자들의 국가에 대한 봉사와 희생은 그동안 역차별 받아왔다고 해도 과언이 아닌 셈이다. 사실 그 역할을 두고 보면 제대군인에 대한 예우와 지원은 곧 군인의 사기와 직결된 문제이고, 이는 또한 국가안보와 직결되는 문제이다. 아울러 국가의 품격과 관련된 문제인 만큼 제도개선이 필요하다고 느낀 바, 관련된 법을 발의하기에 이르렀다.

이 법의 요지는 정년의 3년 범위 내에서 연장, 근무경력을 의무로 인정해 준다는 것이다. 간단히 말하자면, 젊은 시절 3년이라는 시간을 국가를 위해 썼으니, 제대 후에 국가에서도 똑같이 3년이라는 시간을 보상해 주겠다는 것이다. 지난 1999년 헌법재판소에서 제대군인 가산점제가 위헌이 난 상태라 이 법의 위헌여부에 관심이 크다. 하지만 이전의 군가산제가 여성이나 장애인들에게서 기회 자체를 박탈하는 것임에 비해 이번 제대군

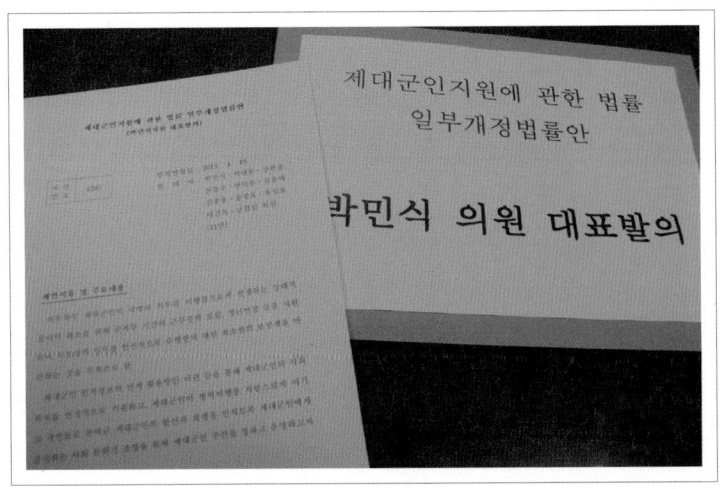

인에 대한 지원법 개정안은 경쟁에서 우위에 있도록 특정한 혜택을 주는 것이 아니다. 단지 헌법에서도 명시적으로 규정한 불이익한 처우를 받지 말아야 한다는 조항을 관련법으로 옮겨 병역의 의무를 수행함으로써 본인이 의도하지 않게 경쟁에서 시간적으로 뒤처져야만 했던 불이익을 보상받을 수 있도록 한 것이다. 그러므로 위헌의 소지가 전혀 없다고 자신하는 바이다.

● 조국은 당신을 잊지 않는다

2012년 5월, 북한 지역에서 발굴된 국군 전사자 12명의 유해가 62년 만에 고국으로 돌아왔다는 기사를 접했다. 기사에 따르면 유해가 반세기 만에 귀환할 수 있었던 것은 미국 국방부 산하 전쟁포로 및 실종자 확인 합동사령부(Joint Prisoners of war, Missing in Action Accounting Command · JPAC)가 북한 지역에서 조사 작업을 벌인 덕분이라고 한다. 당초 JPAC 측은 북한의 장진호전투 지역에서 발굴한 미군 유해를 본국으로 옮겨갔는데, 감식과정에서 한국군 전사자일 가능성이 높다고 판단되는 유해에 대해 양국 담당자가 추가 조사를 벌여 한국군 전사자들의 유해라고 결론 내렸고, 추가 정밀 감식작업을 통해 최종 신원이 확인되면서 유족까지 찾아냈다는 것이다.

4년 전에는 6 · 25 당시 한강에 추락했던 미군조종사 유해를 찾는다고 초음파탐지기 수중음파탐지기 등을 동원해서 한 달 동안 찾다가 실패하고 돌아간 적이 있는데, 그 사람들이 조사에 쓰고 간 돈만도 수억 원이었다.

JPAC가 내건 구호들은 '그들이 집으로 돌아올 때까지(Until they are home)' '조국은 당신을 잊지 않는다(You are not forgotten)'로 이 말처럼 JPAC의 임무는 제2차 세계대전과 6 · 25전쟁, 베트남전쟁 등에서 전사하거나 실종된 미군 유해를 찾아 유족에게 돌려보내는 것이라고 한다. '단 한 명의 병사도 적진에 내버려 두지 않는다(Leave no man behind)'는 구호처럼 JPAC은 단 한 명의 실종자를 찾

으려고 세계 어디든 달려간다고 한다. 적진에 포로로 붙잡혀서
도 미군이 '언젠가 조국이 나를 찾으러 올 것'이라고 믿을 수 있
는 원천이 바로 JPAC인 셈이다.

　　JPAC 사령관은 현역 육군 소장이 맡고, 미 국방부와 육·해·
공군 관계자, 민간 전문가 등 450여 명으로 이뤄진 18개 발굴팀
은 미군 전사 실종자의 유해를 찾아 매년 막대한 예산을 써가며
세계 각지를 샅샅이 훑는다. 세계 최대 규모를 자랑하는 JPAC
유해감식연구센터에는 석박사급 연구원 수십 명이 있어 최고 수
준의 전문성과 감식 기술을 갖춘 것으로 평가받는다. JPAC은 또
세계 각국에 흩어진 미군 유해를 찾아내려고 태국, 베트남, 라오
스, 유럽, 파푸아뉴기니 등에 분소를 운영하고 있다.

이러한 JPAC은 한국 국방부 유해발굴감식단의 롤모델이기도 하다. 국방부는 2000년 6·25전쟁 50주년 기념사업의 일환으로 3년 시한의 유해발굴사업에 착수했다. 이후 사업 지속 추진이 결정되면서 육군본부 내 전담조직이 편성됐고, 유해발굴사업에 대한 국민적 여론이 높아지면서 2007년 국방부 유해발굴감식단으로 공식 창설했다.

위와 같은 내용의 기사는 "국가에 헌신한 영웅들을 끝까지 챙기는 JPAC의 노력이야말로 미국을 떠받치는 강력한 힘의 원천"이라는 국방부 관계자의 멘트로 마무리 되는데, 가슴 속에 큰 울림으로 다가왔다.

국가를 위해 헌신한 분들에게 과연 이 나라는 합당한 대가를 치르고 있는가는 대정부 질문 때마다 내 단골 멘트였다.

안중근 의사는 우리나라 사람이면 누구나 존경하는 대상이다. 하지만 그의 작은아들은 아버지에 대한 일제의 미움으로 평생을 일제에게 쫓김과 협박당하기를 반복한 끝에 결국 친일의 길을 선택할 수밖에 없었다고 한다. 2002년 서해교전 당시 사망한 고(故) 한상국 중사의 부인은 2005년 외국으로 이민을 떠나면서 "이런 나라에서 어떤 병사가 목숨을 던지겠느냐?"라는 뼈아픈 말을 남겼다.

나라를 위해 희생한 분들의 자손들에게 남는 것이라곤 명예와 자부심 그리고 가난 밖에 없는 상황을 자주 목격한다. 일제시대, 6·25전쟁 같은 오래된 이야기가 아니다. 범죄와 싸우다 순직한 경찰관의 가족이 그렇고, 한 사람의 목숨이라도 더 구하려고 화마에 맞서다 목숨을 잃은 소방관의 가족들에게 과연 대한민국은 어떤 보답을 해 드렸는지 다시 한번 묻지 않을 수 없다.

여담이지만 정무위에 가장 많은 민원 중 하나가 바로 보훈 관련 민원이다. 그만큼 수혜 대상자가 많고, 전국적으로 존재한다. 또한 민원인들 대부분이 고령인 만큼 친절하고, 세심한 응대 또한 필요하다. 그럼에도 불구하고, 지금의 국가보훈처는 고유의 업무를 처리하기도 빠듯할 만큼 현재의 '처' 형태로는 과중한 면이 있다. 아울러 그 위상 또한 과거에는 장관급이던 것이 차관급으로 격하된 것도 선제적인 보훈사업을 추진해 나가는 데 걸림돌로 작용하고 있다.

국가에 대한 헌신이 숨기고 싶은 아픈 가족사가 아닌 자랑스러운 국가사가 되기 위해서는 지금과 같은 시혜적인 형태의 정책이 아닌 애국심을 이끌어낼 수 있는 보다 선제적이고 과감한 종합대책이 마련되어야 하는데, 그러기 위해서는 보훈처의 위상이 지금보다 더 높아져야 한다고 본다.

● 아비 잃은 어린아이의 마음

국회의원이 되어 아버지의 묘역을 찾기로 한 현충일 하루 전, 부산 경찰특공대원 한 명이 건물 옥상에서 자살소동을 벌이던 20대를 구하려 순직한 일이 발생했다. 안타까운 마음을 금할 길이 없어 영결식장을 찾아갔다.

고(故) 전성우 경사 영결식에 참석했습니다.
전 경사에게는 여섯 살 딸과 젊은 미망인이 있었습니다.
영결식장에서 그들을 보면서 전혀 낯설지가 않았습니다.

함께 울었습니다.
하지만 정말 중요한 것은 오늘만 함께 울고,
같이 있어 주는 것이 아니라
여섯 살 딸아이가 아버지의 고귀한 죽음을
이해할 수 있을 때까지 함께 해 주는 것입니다.

고(故) 전성우 경사는 지난 5일 투신 사하구 신평동에서
자살소동을 벌이던 20대 남성을 설득하며
구조작업을 벌이다
함께 떨어져 순직하였습니다.

아버지가 월남에서 군복무 중 유명을 달리하셨을 때
저는 일곱 살이었습니다.

우리 사회는 일곱 살에 아비 잃은 저를
외교관과 검사를 거쳐 이 나라의 국회의원으로
만들어 주었습니다.

우리는 이렇게 남겨진 이들에게
좀더 따뜻한 관심을 보여야 합니다.
삼가 고인의 명복을 빕니다.

어린아이를 안고 있는 미망인의 모습을 보고 있자니, 어린 시
절 나의 모습이 떠올라 나도 모르는 새 눈물이 흘렀다. 사실 나
같이 가족이 많은 사람들 같은 경우, 아버지를 잃은 슬픔을 가
족들과 함께 나눌 수 있었지만, 엄마와 딸 단 둘이 덩그러니 남
겨진 경우 둘이서 나눠야 할 상처는 너무나 크다. 또한 평생 '애
비 없는 자식'이라는 소리를 듣고 살아야 할 그 아이가 과연 미

래에 우리 사회에 대해 어떻게 생각할까를 고민하니, 마음이 갑갑하기만 했다.

세상에는 돈으로 할 수 있는 것과 돈으로 할 수 없는 것이 있다. 나라를 위해 헌신한 분들의 가족들에게 먹고 살 방도를 열어주는 건 국가가 해야 할 일이고, 할 수 있는 일이다. 하지만 상처받은 마음과 혼자라는 괴로움은 돈도 국가도 해결해 줄 수 없는 문제다.

그래서 늘 생각해 오는 것이 바로 그 아이들의 멘토를 찾아주는 것이다. 반드시 순직한 군인, 경찰관, 소방공무원 등의 유가족이 아니더라도 불의의 사고로 한 부모를 잃고 반 쪽짜리 관심만 받으면서 살아가야 할 어린 멘티들에게 "세상은 아직 내 편이다"라는 긍정적인 생각을 심어줄 수 있는 멘토들을 이어주는 네트워크 사업을 오랜 동안 구상 중인데, 아직은 많은 점에서 부족해서 실행에 옮기고 있지 못한 점이 늘 아쉽다. 그 모자람을 채워 실행에 옮기는 것이 어쩌면 국회의원으로서가 아니라 자연인 박민식의 큰 숙제일지도 모른다.

4

—

불러도 오지 않는 Royal Family

2012년 10월, 정무위원회 국정감사에 증인으로 채택된 대형 유통업체들의 총수 및 CEO들이 해외 출장 등을 이유로 대거 불참했다. 이전의 국정감사 때도 증인으로 채택된 대기업 총수 및 CEO 등이 이런저런 이유로 불참한 경우가 왕왕 있었지만, 이번만큼은 여야가 신중하게 머리를 맞대고 신중하게 고민한 끝에 선택한 증인이기 때문에 도저히 묵과할 수 없는 일이었다. 또한 예전처럼 단순히 겁을 주거나 무조건 비판하기 위함이 아닌, 골목상권 문제, 일감 몰아주기 문제 등에 대해 책임 있는 입장을 밝혀 줄 사람들을 부른 터라 더욱 이해할 수 없는 일이었다. 게다가 한 차례도 아니고 두 차례씩이나 요청을 했음에도 불구하고, 참석하지 않은 것은 그들의 이야기를 듣고자 하는 국회와 국민들의 마지막 기대마저도 무참히 짓밟는 일이었다.

함께 회의에 참석한 의원들은 제각각 불참한 재벌 2~3세 경영인에 대해 "재벌 2세들의 행태가 1세와 다를 바 없다. 영원히 안 나올 사람들이니 언제 나올 수 있는지 본인들에게 직접 물어

보자."는 등 비난의 말들을 쏟아냈다. 결국 정무위는 여야 만장일치의 합의 끝에 11월 6일 오전, '대형 유통업체의 불공정거래 실태확인 및 근절대책 마련 청문회'를 별도로 열기로 하고 신동빈 롯데그룹 회장, 정지선 현대백화점그룹 회장, 정용진 신세계그룹 부회장 및 이마트 대표, 정유경 신세계 부사장 등 4명을 증인으로 채택했다. 하지만 이마저도 그들은 불출석했다. 국정감사는 10월, 청문회는 11월에 열렸지만 그들의 불출석 사유는 한결같이 해외출장이었다.

세 번씩이나 국회의 출석요구에 불응하는 것은 비단 국회의 권위를 모독하는 것뿐만 아니라 국민의 기대를 깡그리 짓밟는 오만방자한 처사였다. 아울러 그냥 벌금이나 내고 때우지 하는 이른바, '무전출석 유전불출석'의 관행이 완전히 자리 잡는 게 아닌지 우려스러웠다. 청문회를 접고, 처리방안에 대해 논의하기 위해 야당 간사와 불출석 사유 등을 재차 확인해 본 결과, 증인 네 명 모두의 해외출장 사유가 정당하지 않은 것으로 판단했다. 그리하여 검찰에 이들을 고발하고 청문회를 다시 열기로 의결했다.

당초 고발을 접수한 검찰은 네 명 각각에게 벌금에 약식으로 기소했지만, 법원은 이례적으로 이들을 재판부 직권으로 정식재판에 회부했다. 상당히 놀랄만한 일이었다. 재계 입장에서도 마찬가지였다. 그동안 국정감사 불출석 등의 경우 별다른 조치 없이 넘어갔던 사례에 비춰볼 때 재벌 총수들이 국감 불출석으로 법정에까지 서는 것에 대해 재계는 관심을 집중했다.

재벌 총수를 법정으로 부른 것만으로도 사법부가 이전과는 다른 법집행 의지를 보였다고 판단됐다. 양형의 이유에서도 "대형마트의 골목상권 침해 문제와 관련한 국감에 출석해 기업인으로서 입장을 밝히는 것이 피고인의 의무임에도 피고인은 국민적 관심사인 골목상권과 관련한 사회적 합의를 이뤄내는 국감에 불출석해 국감 업무에 지장을 초래한 죄가 가볍다고 할 수 없다."고 밝히는 등 향후 엄중한 책임을 물을 것임을 직접적으로 시사했다.

비록 선고한 금액이 재벌 총수 입장에서는 별 문제 없는 작은 금액일지라도, 검찰의 구형보다 높은 벌금을 선고한 것은 향후 같은 행위를 저질렀을 때 더 큰 책임을 물을 수 있다는 단호한 경고로 재계는 받아들일 것이다.

다시 한번 말하지만, 국회가 재벌 총수 등에게 출석을 요구하는 것은 그들을 얼굴을 보고 공공연히 비난하기 위함이 아닌 그들이 생각하는 바를 듣기 위함이다.

경제민주화법안과 관련된 논의가 한창이다. 그들도 분명히 하고 싶은 말이 있을 것이다. 정말 그들이 우려하는 것처럼 경제민주화법안들이 대기업을 옥죄는 것들이라면 와서 그것이 무엇인지를 분명히 이야기하고 불합리한 바를 알릴 필요가 있다. 과거처럼 보이지 않는 손마냥 숨어서 모든 것을 움직이려 하지 말자. 말처럼 싼 값에 많은 것을 얻을 수 있는 것은 없다.

5
—

노블리스 오블리제

경제민주화로 떠들썩하던 5월, 한편에서는 재벌 2~3세에 대한 구설수가 사회를 떠들썩하게 했다. 비자금 조성, 조세피난처 법인설립, 국제중 입학 특혜, 원정출산 논란 등에 대해 사회적 비난 여론이 거세게 일고 있었다.

이와 더불어 늘 재벌과 사회 지도층에 대한 논란거리가 되는 것이 바로 병역특혜다. 지난 5월『세계일보』기사를 보면 소위 대한민국의 파워엘리트 2세 10명 중 6명의 근무지가 수도권에 편중된 것으로 나타났다. 또한 지난해 국방위 소속 새누리당 손인춘 의원이 내놓은 자료에 따르면 국내 11개 주요 재벌가 성인 남자 114명 중 면제자가 40명(전체의 약 35.1%)에 이른다고 한다. 이는 일반인 평균 29.3%보다 5.9%p 높은 수치다.

그에 비해 외국은 어떤가. 1차 세계대전과 2차 세계대전에서는 영국의 고위층 자제가 다니던 이튼 칼리지 출신 중 2,000여 명이 전사했다고 한다. 포클랜드전쟁 때는 영국 여왕의 둘째 아들 앤드류 왕자가 직접 전투기 조종사로 참전했고, 그 조카인

해리 왕자는 올해 초까지 아프가니스탄에서 공격용 아파치 헬기조종사로 대테러임무를 수행했다. 6·25전쟁 당시 미군 장성 아들 142명이 참전해 35명이 목숨을 잃거나 부상을 당했다. 그 중에는 야간 폭격 임무수행 중 전사한 당시 미8군 사령관 밴플리트 장군의 아들도 포함되어 있었다.

중동전쟁 당시 아랍인들은 전쟁을 피해 외국으로 도망했지만, 이스라엘 유학생들은 전쟁에 참여하러 귀국했다. 그 결과 수억의 인구를 가진 아랍연합군이 수백만 명의 인구를 가진 이스라엘에 무참히 패배했다는 사실은 널리 알려진 일화다.

물려받은 부(富)이든 상속받은 부이든 수단과 방법이 정당하다면 그것을 쓰는 것은 가진 자의 권리이다. 좋은 부모 만나 편안한 생활을 하는 것도 남들이 뭐라 할 수 없는 그들이 타고난 혜택일지 모른다. 하지만 자신에게 주어진 의무와 부담은 지려 하지 않고 피해가려고만 하는 모습을 우리는 소위 비뚤어진 특권의식이라고 부른다.

비뚤어진 특권의식이 빈익빈 부익부를 심화시켜 사회를 점점 병들게 하는 것이 문제다. 하지만 더 큰 문제는 소위 유전무죄 무전유죄라는 피해의식이 이 사회 전반에 대한 불신을 뿌리내리게 하고 결국 누구도 이 사회를 위해 자신의 의무와 책임을 다하려 하지 않는 의식이 사회 전반에 퍼지는 것이 더 큰 문제다.

2003년『문화일보』에 따르면 대학생 10명 중 4명이 전쟁이 나

가족명의 페이퍼컴퍼니 만든 3人, 자금 脫法거래 의혹

실명 공개된 재계 인사들

재계 유력 인사들의 조세 피난처의 역외탈세 비리의혹관련 페이퍼컴퍼니(유령회사)를 설립한 것으로 밝혀진 이들의 탈세 의혹이 주목받고 있다.

이수영 OCI 회장

조동만 한라건설 부회장

이수영 측 2008년 페이퍼컴퍼니 설립 전후 OCI주가 폭등 ··· 배당이익도 크게 늘어

조동건 측 1달러짜리 회사 세워 ··· 하와이서 콘도 구입하는 등 빈번한 부동산 거래

조욱래 측 처남에게 경영권 넘길때 페이퍼컴퍼니 설립 ··· 하와이서 주택 구입도

이수영 측 "버진아일랜드 계좌 폐쇄 후 美계좌로 옮겨 ··· 문제 있다면 세금 낼 것"

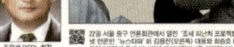
22일 서울 중구 언론회관에서 열린 '조세 피난처 프로젝트 공동 취재 기자회견'에서 독립 언론인 '뉴스타파'와 김용진(오른쪽) 대표와 최승호 PD(왼쪽). 국민 24%의 조세 피난처에 페이퍼컴퍼니를 설립했다고 발표했다.

김철현 기자

면 한국에 남지 않고 외국으로 떠나겠다고 한다. 그리고 모병제로 전환할 경우, 군대에 가지 않겠다는 학생도 10명 중 8명에 이른다고 한다. 그런 결과가 사회지도층의 노블리스 오블리제가 필요한 이유이고, 사회적 역할과 책임을 다한 사람에게 국가가 반드시 합당한 대우를 해 줘야 할 분명한 이유가 되는 셈이다.

우리가 재벌 2~3세에게 노블리스 오블리제를 바라는 것, 그리고 경제민주화에 동참하라는 것은 그들의 권리와 혜택을 빼앗으려는 것이 아니다. 권리와 혜택은 누리되, 비뚤어진 특권의식은 버리고 동등하게 의무와 부담에 동참하라는 이야기다.

6

돈 못 갚은 사람은 챙기면서,
돈 떼인 사람은 외면합니까?

정부에서 박근혜 대통령의 대선공약이었던 국민행복기금을 만들어 내놨다. 시중에서는 무임승차 문제 등의 우려 섞인 목소리가 많았지만, 빚더미에 신음하는 서민들이 재기할 수 있는 기회가 될 것이라 확신한다. 하지만 머릿속에는 '돈을 빌렸다가 못 갚은 사람과 돈을 예금했다가 은행이 망해서 떼인 사람 중 국가가 누굴 더 도와줘야 하는 것인가'라는 또 다른 고민이 들었다. 저축은행 피해자 이야기다. 부산저축은행 사태 비상대책위원장인 김옥주 회장과 저축은행 사태에 대해 다시 한번 듣고, 내 고민을 나누기 위해 대담을 마련했다. 그 대담을 싣는다.

 부산저축비대위 _ 김옥주 위원장 대담 _____

박민식(이하 박) 이미 언론에 많이 보도되기는 했지만, 부산저축은행 사태의 전후 사정에 대해서 다시 한번 더 설명해 준다면?

김옥주 위원장(이하 김) 부산저축은행은 영업정지 이전부터 이미 많은 문제를 안고 있었다. 2004년 2월, 상호저축법 위반으로 벌금 1,000만 원, 2004년 10월 증권거래법 위반으로 3,000만 원 벌금형으로 주주자격이 박탈되었으나, 특례법을 고쳐 주주자격을 다시 부여한 바 있다. 2008년 영남 알프스사건 때 울산지검에서 영업정지될 만큼 심각한 상황으로 선의의 피해자가 생길 수 있으니, 문제가 있는 사업에 투자한 것에 대한 금감원 감사를 권고하였으나, 관계당국은 시행하지 않은 것으로 알고 있다. 이후 문제가 많았음에도 시행령까지 개정해 대전저축은행을 인수가능하게 되었는데, 설상가상인 셈이다. 결국 이런 부실의 누적이 쌓이고 쌓여 결국 무너지는 과정에서 수많은 선량한 피해자를 양산하게 하는 시발점이 되었다고 볼 수 있다. 덧붙이자면, 2009년 감사원 감사 때 이미 부산저축은행은 영업정지를 해야 할 만큼 심각한 상황이었다. 저축은행의 설립취지에 맞도록 금융전문가들이 서민금융을 잘 관리 감독하지 못하고 부실을 눈 감아 주면서 오늘날과 같은 전국적인 저축은행 붕괴라는 대참사와 그에 따른 수많은 서민피해자를 양산한 것이다. 결국 정부의 관리 감독 실패로 인한 책임이 가장 크다고 할 수 있다.

박 사전에 낌새라고 할까, 은행에 어떤 문제가 생기겠구나, 느끼지 못했나? 일부 사람들에 의한 사전인출도 있었는데?

김 선혀 일 수 없있다. 부신저축은행 같은 경우 부산에서 오랫동안 영업을 해 왔다. 여러 곳의 지점도 운영하고 있었고 TV로 광고도 내 보낼 정도였다. 지역 행사들도 많이 지원했다. 최소한 지역에서는 다른 어느 저축은행보다 우량하고 전국 1등이라고 정평이 나 있던 곳이다. 따라서 작은 저축은행이면 모를까, 부산저축은행만큼은 튼튼한 줄만 알고 있었다. 사전 인출은 언론을 통해 알게 되었는데, 은행 관계자 등과 연고가 있거나, 특수 관계에 있는 사람들만 사전에 이렇게 특혜를 받고 인출한 사실을 알게 되었을 때, 정말 허탈하고 분개하지 않을 수 없었다.

박 그렇다면 일이 벌어진 것을 언제 처음 알게 되었나?

김 한밤중에 TV 자막을 보고 알게 되었다. 너무 놀라서 바로 거래 지점으로 가보니, 당연히 셔터가 내려져 있었다. 혹시나 하는 마음에 다른 지점으로 가보니 거기는 문이 열려 있었고, 예금자들이 돈을 인출하기 위해 인산인해를 이루고 있는 상황이었다. 너무 많은 사람들이 몰리다보니 은행관계자들이 직접 번호표를 나눠줄 정도였다. 지점장에게 어떻게 된 일인지를 물으니, 우리는 튼튼한데 왜 영업정지를 했는지 모른다고 했다.

박 개인적으로 부산저축은행과 얼마나 거래했나? 다른 사람들의 상황은?

김 개인적으로 6년 정도 거래를 했다. 다른 피해자들도 부산저축은행이 부산에서 오랜 기간 영업을 하다 보니, 일반 은행과 비슷하게 생각했는지 장기거래 고객이 많았다. 인근에 지점도 여러 곳 있다는 점 또한 그렇게 장기거래를 하게 된 이유였다.

박 처음 부산저축은행에 돈을 맡기게 된 계기는 뭔가?

김 시중 은행과 똑같이 정부에서 관리 감독하는 은행이어서 별 다른 고민 없이 거래하게 되었다. 시중 은행과의 이자 차이 때문에 맡긴 게 아니냐고 묻는 분들이 계시는데, 시중 은행과의 금리 차이는 0.1% 정도였다. 채권은 그 당시 일반 은행에서도 7~8%에 판매했다.

박 부산저축은행 사태 이후 다른 저축은행 사태들이 줄을 이었다. 전국적인 규모 혹시 파악하고 있는지?

김 2011년 영업정지된 부산저축은행 등 16개 영업정지 저축은행의 피해자는 약 7만 4,000여 명에 이르는 걸로 알려졌다. 금액으로는 무려 2조 6,000억 원을 상회한다. 피해자 중 5,000만 원 초과 예금자는 6만 3,000여 명에 금액은 2조 2천억 원가량이다. 후순위채권 투자자는 총 1만 1,000여 명에 금액은 3,800억 원가량 되는 것으로 알고 있다.

박 그동안 비대위원장으로서 관련된 이야기들을 많이 들으셨을 텐데, 연 이은 저축은행 사태의 원인은 무엇이라고 생각하는가?

김 2001년 상호신용금고에서 상호저축은행으로 명칭이 변경됐다. 저축은행은 굳이 분류하자면 본디 서민금융 쪽으로 특화된 것으로 알고 있는데, 사업영역을 확장하기 위해 원래의 목적보다 부동산 PF 대출 등에 주력했다. 정부는 BIS 비율이 8%이상이면서 고정이하여 신비율이 8% 미만인 저축은행들을 우량하다고 규정하고, 이런 우량한 저축은행들, 이른바 8.8클럽에 대한 신용공여한도를 2006년에 완화해 주었다. 그리고 2008년에는 자율적인 M&A 인센티브제도도 도입하는 등 여러 제도를 통해 저축은행이 사업을 확장할 수 있도록 지원해 주었다. 그러던 2008년 전 세계적인 금융위기가 일어나면서 부동산 경기가 침체됨에 따라 근본적인 부실로 드러나기 시작했다. 개인적으로 여러 가지 사실들을 종합해 볼 때, 저축은행 부실화의 원인은 외부환경 변화에 대한 미흡한 대응, 대주주 및 경영자들의 도덕적 해이로 인한 저축은행의 사금융화에 있다고 본다. 하지만 그보다 더 큰 책임은 금융당국의 부실감독이라고 할 수 있다.

박 저축은행 사태 이후 피해자들을 대표해 발 벗고 나서서 뛰고 있는 것으로 알고 있다. 성과는?

김 부산저축은행 영업정지 이후 2011년 2월 23일 동부경찰서에 금감위원장의 "저축은행 영업정지 없다" 언론 발표와 관련된 고발로 시작해서 지금까지 싸우고 있다. 금감원과 금융위의 감독부재는 이미 다 드러났지만 그 누구도 반성이 없고, 어떤 노력도 없으며, 또한 책임지는 사람 하나 없는 게 지금의 현실이다. 서민을 위한 법은 존재하지 않는다는 느낌이다. 높은 사람들이 저축은행으로부터 로비를 받아 부실을 눈 감아 주면서 저축은행 부실은 더욱 커졌고, 이 과정에서 더 많은 피해자가 발생하게 된 것이다. 특히 금융위원장의 "영업정지가 없다."는 말 때문에 많은 피해자가 발생하게 된 것인데, 한

나라의 금융수장이자 금융전문가로서 누구보다 저축은행의 심각한 사태를 잘 알텐데 서민을 기만하고 모든 책임을 전가하려고 한 것이다. 국회에서 청문회도 하고, 여야가 피해자 구제에 대한 특별법까지 합의를 다 해 놓고, 지역주의라는 색깔론을 이겨내지 못한 것으로 보고 국회의원들도 소신과 의지가 부족한 것처럼 보여, 우리 피해자들은 실망감을 느끼지 않을 수 없다. 2년이 지나 만 3년째 싸움을 계속해 오고 있지만 정부의 잘못이 명백하기 때문에 반드시 해결책이 있으리라는 기대를 가지고 있다.

박 피해자들이 '투자자인가, 피해자인가' 하는 논란이 있다. 이유인즉, "왜 안전한 제1금융권에 돈을 맡기지 않았느냐? 후순위 채권 같은 것에 왜 투자했느냐? 본인이 높은 수익을 기대하고 결정한 일이니 피해가 아닌 손실이다." 이런 주장인데?

김 정부에서 관리 감독하는 은행이고, 또한 부산저축은행은 전국에서도 1등 은행이라고 광고도 했다. BIS도 8% 이상으로 우량하다 이렇게 광고를 하고 있는데 누가 믿지를 않겠는가. 책임이 국민을 상대로 기만하고 있는 문제 많은 부실은행을 바로 잡아야 하는 금감원이나 금융위에 있는 것이지 피해자가 예금을 했다, 후순위 채권을 샀다는 것에 있는 것은 아니지 않나.

박 당연히 피해자라는 이야기인데, 구체적인 이유는?

김 금융권에서는 5,000만 원 이상은 예금자보호법 때문에 보호가 안 된다고 하고, 채권은 투자여서 안 된다고 하지만, 대한민국 금융권이 정상적인 정책을 펴고, 제대로 된 감독만 했다면 피해자들도 이 부분을 받아들일 것이다. 하지만 정관계 로비로 얼룩져 있다는 것을 뻔히 알고 있는데, 어떻게 받아들일 수가 있는가. 자신의 역할을 제대로 하지 않은 채, 모든 책임을 떠넘기고 있는 것이다. 게다가 영업 정지는 없다는 말로 피해자들을 우롱한 것은 어떤가?

박 그래도 사태 이후 여러 가지 조치들이 취해졌고, 대책들도 나왔다.

김 불만족스럽다. 왜냐하면 금감원의 조정위원회에서 채권자들에 게 42%를 보상해 주겠다고 신문에 공시를 했는데, 이 42%를 계산해 보면 실질적으로는 5% 정도밖에는 보상이 안 되는 것이다. 이 또한 금감원에서 피해자들을 우롱하는 처사다. 덧붙여 저축은행 피해자 를 위해 저축은행 자산을 공매하는 과정에서 제 값을 받도록 챙기겠 다고 하지만 이 또한 지켜지지 않고 있다. 예를 들어 예금보험공사의 저축은행 자산 매각과정에서 인천의 아파트 재개발사업은 허가가 나 도록 되어 있음에도 불구하고, 회계사들은 허가가 아직 나지 않았다 는 이유로 저평가해 버렸다. 이처럼 좋은 자산들은 모두 헐값으로 매 각되고 있다.

박 물론 만족스럽지 못하기 때문에 현재까지도 뛰고 있는 건데, 우 선 조치들, 예를 들어 수사를 통해 부실에 책임이 있는 저축은행 관 계자를 잡아들이고, 숨겨놓은 자산들을 찾아내고, 또 왜 이런 사태가 발생했는지도 조사했는데, 그 과정과 결과물들에 대해 어떻게 평가 하고 있는지?

김 불만족스러운 부분은 많지만, 검찰의 수사과정에서 많은 사실들 이 밝혀지면서 그나마 억울함은 다소 풀어졌다. 처음 영업정지 당시 는 우리 피해자들이 거리집회를 하게 되면 지나가는 일반 시민들이 '돈이 많아서 피해본 것 아니냐'는 차가운 시선이었고, '국민세금으로 해결하려고 한다'며 야유를 보냈다. 하지만 검찰의 수사가 진행되면서 정관계 로비 등의 여러 사실들이 밝혀지면서 지금은 우리의 억울함에 많이 공감해 주고 있다. 또한 국정조사와 국정감사에서도 저축은행과 관련된 정부의 정책실패, 감독실패가 지적되면서 다소 억울함이 풀렸다. 다만 아쉬운 부분은 많은 수인 24개 은행 등이 영업정지를 당하다 보니, 검찰의 원활한 수사가 제대로 이뤄졌느냐 하는 부분에 아쉬움이 있다. 또한 해결책을 찾아가는 방법에 있어서도 아쉬움이 남는다.

박 지나긴 했지만, 18대 국회에서 특별법도 만들었는데, 포퓰리즘이라는 비판에 부딪혀 통과가 안됐다.

김 18대 국회에서 특별법을 만들 당시는 저축은행 사태가 발생한 초기였다. 검찰의 수사결과도 발표되지 않은 상태여서 단순히 예금자보호법만 법적으로 따지다 보니 일부에서 포퓰리즘이라는 말이 나올 수밖에 없었다고 본다. 검찰수사가 진행되어 정관계 로비 등 여러 가지 문제의 사실들이 밝혀진 지금, 만일 당시의 특별법을 논의했다면 반드시 통과되지 않았을까 하는 생각이 든다. 따라서 특별법 논의가 조금 빠르지 않았나 하는 아쉬움이 있다. 당시는 부산저축은행만으로 초점이 맞춰져 있어 부산을 제외한 다른 지역 의원들은 상대적으로 무관심할 수밖에 없어 특별법 무산이 초래되지 않았나 본다. 이는 결론적으로 정치인들이 법으로만 해결하려고 했지 피해자들의 억울한 마음을 제대로 헤아려 주지 못했기 때문이다. 소신을 가지고, 마음속에서 우러나온 서민정치를 하는 분들이 많이 없는 게 아쉽다.

박 박근혜 정부가 출범하면서 국민행복기금이라는 게 만들어졌다. 빚에 시달리는 서민들 대다수에게는 희소식이다. 저축은행 피해자들 입장에서는 어떻게 받아들이는지?

김 국민행복기금을 만든다는 기사를 접하자마자, 머리에 폭탄을 맞는 기분이었다. 사업을 한다고 돈을 빌려 쓴 후, 열심히 빚을 갚는 사람이 대부분일 것이다. 하지만 개중에는 대출을 받아 본인이 흥청망청 쓰고 갚지 않는 사람도 있다. 그런데 이를 정부에서 갚아준다는 것은 저축은행 사태와 비교해 볼 때 형평성에 맞지 않는다. 정책실패, 감독실패가 명백한 저축은행 사태에 대해서는 책임지지 않으면서, 어떻든 자신의 책임으로 돈을 갚을 것을 국가가 대신 갚아준다는 건 말이 되지 않는다. 경제 전문가와 법률 전문가들이 말하는 형평성의 잣대로 이게 공평한 건지 묻지 않을 수 없다.

박 동감하는 내용을 금융위원장 인사청문회 때 지적한 바 있다. "돈을 빌렸다가 못 갚은 사람과 돈을 예금했다가 은행이 망해서 돈을 떼인 사람 중 국가가 누굴 더 도와줘야 하느냐?"는 것인데, 정답이 대한민국에서는 제대로 실현되고 있지 않는 것 같다.

김 가진 자들의 잣대로 모든 세상을 보기 때문이다. 우리 저축은행 피해자들도 대한민국 국민이 맞는지 묻고 싶다.

박 대담을 마무리할 시간이다. 앞으로의 계획, 그리고 마지막으로 하고 싶은 말이 있다면?

김 특별법 통과를 위해 노상에서 자면서까지 열심히 노력했지만, 결국 통과가 안 된다고 결론이 났다. 그 소리를 듣자마자 그때까지 열심히 하시던 분 중 한 분이 그 자리에서 쓰러져 병원에 입원한 지 이틀 만에 돌아가셨다. 돌아가시고 집에 가보니, 살림도 제대로 못할 정도의 편찮은 아주머니가 집을 지키고 계시는 모습을 보고 정말 가슴이 메었다. 개인적으로도 사람들을 대표하는 위원장이라고 하지만 처음에는 국회의원들조차 대화 같은 것도 안 해줬다. 사람인지라 마음도 다치고, 자존심도 상했다. 거리에 나갔을 때는 경찰들에게 폭도 취급을 당하면서 그 과정에서 다치기도 많이 다쳤다. 나야 그나마 젊어서 괜찮지만 연로하신 할아버지, 할머니들이 다치는 모습을 보고 있자니 죄송하기도 하고 한스럽기도 했다. 그래도 끝까지 할 수밖에 없었던 것은, 힘없는 할아버지 할머니들이 나 하나만 믿고 따라오는데 과연 내가 뒤로 물러날 수도 없는 그런 상황이었기 때문이다. 사람인지라 많은 생각을 했었다. 하지만 후회를 해 본 적은 없었다. 옳다고 믿었기 때문에 진짜 많은 끈기를 가지고 여기까지 왔다. 마지막으로 말하면, 우리 저축은행 피해자들도 같은 대한민국 국민이다. 이 땅에 사는 국민들 누구나가 정부로부터 억울한 일을 당할 수 있다. 이것을 남의 일이라고 생각하면 안 된다. 일어설 수 있고, 잘못이 바로 잡힐 수 있도록 도와주기를 바란다.

　김옥주 회장과의 대담은 눈물과 함께 마무리됐다. 그동안 소위 말해 깐깐하고 드센 여장부 이미지로 알려져 왔기 때문에 뜻밖이었다. 본인도 고생스럽고 마음아팠던 적이 많았을 텐데, 비대위를 이끄느라 숨겨왔던 눈물이 지난 시간을 되짚는 과정에서 터져버린 것 같다.

　금융이 발전해 오면서 비단 저축은행 사태뿐만 아니라 다양한 금융소비자 피해는 날로 증가해 가고 있는 상태다. 그럼에도 불구하고, 금융소비자 보호와 피해구제를 위한 대책을 마련해 가는데 정부는 아직까지 소극적인 입장을 취하고 있는 상태이다.

사실 금융당국의 주요 임무 중 하나는 '예금자 및 투자자 등의 금융 수요자 보호'이다. 2002년부터 2012년까지 10년 동안 우리나라 가계 금융자산 중 현금과 예금은 10%p 감소한 반면 주식, 채권과 같은 금융투자상품을 편입하는 보험·연금 비중이 각각 5.6%p, 5.1%p 증가했고, 앞으로는 이와 같은 비중이 더 커질 전망이다. 금융상품에 투자만 늘어나는 것이 아니라 상품도 다양해지고 있는데, 그런 다양한 상품이 출시될수록 금융시장 또한 점점 복잡해져 가고 있다. 그리고 그런 복잡한 상품들 대부분은 여러 가지 위험을 담보로 재구성되어 만들어지고 있다. 사실상 소비자들이 그런 위험들을 제대로 인식하지 못한 채 투자를 할 수밖에 없는 상황이 점점 더 심화되어 가는 것인데, 문제는 그럼에도 불구하고 금융회사의 부실, 상품의 위험도 등을 제대로 알지 못해 발생하는 손실에 대해서 금융소비자들이 제대로 보호받지 못하고 있다는 것이다.

현실만 보더라도 현재는 금융회사의 경영실패로 인한 부실 및 파산에 대비한 대책은 마련되어 있으나, 금융회사의 위법, 위규행위로 인한 손해를 배상하는 제도 혹은 기금 등은 제대로 마련되어 있지 않다. 이에 최근 예금뿐만 아니라 투자상품에 대해서도 금융회사의 부실이나 위법, 부당행위로 인한 투자자 손실을 보상하기 위한 금융소비자 보호기금을 도입하자는 주장이 제기되고 있다.

금융소비자는 금융회사의 과실로 인해 손실을 입은 경우 구속력을 가진 분쟁조정기구나 법적 소송을 통해 문제를 해결할 수 있다. 그러나 책임이 있는 금융회사가 파산상태인 경우 분쟁조정기구나 법적 소송의 실효성이 약화되며, 장기화될 경우 2중고를 겪을 수밖에 없다. 이와 같은 사각지대를 보완하기 위해 기금으로써 손실을 보상해 주자는 게 금융소비자보호기금의 개념인데, 영국은 부적절한 투자 조언, 설명의무 위반 등으로 인해 거래 상대방이 금전적 손실을 입는 경우까지 포함해 폭넓게 지원하고, 홍콩의 투자자보호기금은 증권회사의 청·파산 및 지급 불능, 임직원이나 관련자의 배임 등 불법행위로 인한 손실도 보호해 주고 있는 상태다.

　하지만 기금법의 제정이 쉬운 일이 아니다. 그나마도 범죄피해자보호기금법의 통과 당시 사회적으로 심각한 이슈로 제기된 문제들이 있었기 때문에 조속한 통과가 가능했지만, 박근혜 대통령이 의원 시절 발의했던 문화재보호기금법도 통과까지 4년이라는 시간이 걸렸을 정도로 쉽지 않은 것이 기금의 설립이다.

　그렇다고 외면할 수는 없다. 처음 국회의원이 되면서부터 늘 중점을 두어 왔던 것이 국민의 생명과 재산을 어떻게 지킬 것인가이다. 18대에 국민의 신체와 생명을 지키는 일에 노력을 경주해 왔다면, 19대 정무위를 맡게 되면서 방향은 과연 국민의 재산은 어떻게 지킬 것인가에 초점을 맞춰오고 있다. 현재까지는 구상단계이지만 조속한 시일 내에 입법을 추진할 계획이다.

잊혀지지 않는 **하나의 의미**

5

18대 대통령 선거

난생 처음 현장에서 직접 뛰어들어 치르는 대선이었다. 후보를 대신해 유세현장에서, 토론회에서 그리고 정치쇄신을 위한 공약을 만들어가는 과정에 참여했다. 여러 가지 느끼는 바도 많았고, 아쉬웠던 점도 많았고, 또 하고 싶은 말도 많다. 그런 만큼 대선과정에서의 모든 것들을 기록으로 남겨야 하겠지만, 이미 언론 등을 통해 많이 회자된 만큼 모두의 기억에 남아 있으리라 본다. 또 그렇지 않더라도 컴퓨터 자판만 몇 번 두드리면 나올 이야기를 구구절절 적는 것도 책을 든 분들에 대한 예의가 아닌 듯하다. 그래서 총선 때와 마찬가지로 SNS상에 기록했던 일기만 남긴다. 구구절절한 말들보다 최고의 증거는 바로 경험의 기록이기 때문이다.

1

—

대선일기

12/11/27 [대선일기 D-22] 새벽 찬바람 마시며 출정식. 덕천로터리 첫 유세에 참석해 주신 많은 분들께 감사의 큰절 올립니다. 목청을 약간 돋우어선지 칼칼하네요. ^^

12/11/27 [대선일기 D-22] 저녁 바람이 제법 쌀쌀합니다. 구포시장 쌈지공원, 신세계 약국 앞, 젊음의 거리, 덕천동 폴라렉스 앞 등 그야말로 요충지(?)를 돌아다니며 유세차에서 마이크 잡았더니 목이 벌써. ^^

12/11/29 [대선일기 D-20] 유세차 타고 구포·만덕·덕천을 한 세 시간 돌아다녔더니, 손도 시리고 허벅지도 뻐근, 특히 오른팔이 조금 저립니다. 목은 벌써 살짝 맛이 가는중. 엄살 부리는데 구포대교 끝자락에서 어둠이 내리는 걸 아는지 모르는지 아직도 열심히 선거운동하고 있는 구포 선거운동원들 보입니다. 정말 존경. ^^

12/11/30 [대선일기 D-19] 만덕사거리에서 아침 몸 풀기. 운전자 눈높이에 맞추는 것이 키포인트. ^^

12/11/30 [대선일기 D-19] 와~ 구포시장 굴 배추쌈 맛있네요. ^^

12/12/1 [대선일기 D-18] 범어사 아침 바람 어 추워. ^^ 내복 입고 다녀야 겠습니다.

12/12/1 [대선일기 D-18] 하루하루가 바쁘다 보니 오전에는 범어사 만덕 사 운수사로, 지금은 구포역 앞 크리스마스트리 문화축제 참석해서 목 사님들께 꾸벅. ^^

12/12/2 [대선일기 D-17] 고 이춘상 보좌관님! 부디 편안히 잠드소서. 그 대 꿈 반드시 이루어질 것입니다.

12/12/2 [대선일기 D-17] 시당회의가 이제 끝납니다. 눈이 약간 감기는 중.

12/12/3 [대선일기 D-16] 구정상님! 반녁 빙뚱 사 공중화장실 문짝 얼른 고쳐 주이소.

12/12/4 [대선일기 D-15] 덕천 지하철역 입구에 서 "박근혜 부탁합니다" 목소리 볼륨이 자꾸 높아집니다. 이어폰 끼고 출근하는 분들이 너 무 많아요. ㅠㅠ

12/12/5 [대선일기 D-14] 비가 갑자기 추적추적 내리는 퇴근길 유세차 마이크 잡고 좀 돌아다녔더니 손이 완전히 꽁꽁. 아 근데 유세차 손잡이가 너무 짧아. ㅠㅠ

12/12/6 [대선일기 D-13] 손이 꽁꽁꽁 발 이 꽁꽁꽁. ^^ 구포2동 현대아파트 삼 정그린코아 아파트 앞에서 출근 인사. 역시 겨울이야.

12/12/6 [대선일기 D-13] 김장 담그기에 서 가장 힘든 작업. 봉다리에 8킬로그 램씩 정확히 담아야 하는데 허리가 약 간 뻐근. ^^

12/12/6 [대선일기 D-13] 오늘 오후 북구 에 이준석 손수조 두 선수가 와서 분위 기 특히 20대들 사이에 업 많이 되었습 니다. ^^

12/12/7 [대선일기 D−12] 안철수 지원유세 크게 왈가왈부할 거 없어요. 자기계산에 따른 선택이니까요. 밀리는 쪽에서는 뭐 일이라도 할 수밖에 없죠. 그 정도 당연히 예상한 거잖아요. 신경 끄고 우리 할 일 열심히 하면 반드시 됩니다. 확실해요. ^^

D−12

12/12/7 [대선일기 D−12] 부산에 펑펑 눈이 내리는데, 유세차 마이크 잡고 돌아다니면서 목청을 돋우는데 묘한 카타르시스가. ^^ 나도 이제 그 병에 걸린 건가. ㅋㅋ

12/12/7 [대선일기 D−12] 오늘 구포시장서 다문화가정과 함께 김장 담그기. 제가 심혈을 기울인 작품. ^^

12/12/7 [대선일기 D−12] 저녁은 송년회의 바다에 빠집니다. ㅎㅎ 오랜만에 불러보는 제 모교 구포초등 교가. ^^

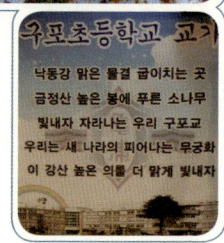

12/12/8 [대선일기 D−11] "이제 문재인은 안철수가 돕는 답니다. 그렇다면 박근혜는 국민 여러분이 지켜 주십시오." 어제 유세차 마이크 잡고 핏대 올린 멘트. ^^

12/12/9 [대선일기 D−10] 선팅한 창문을 뚫고 간절함의 레이저빔 발사하다 보면 요상한 포즈가 만들어지기도. ^^

D−10

12/12/10 [대선일기 D−9] 어 벌써 12시가 넘었네요. 시당 회의 열심히 하다 보니 너무 늦어버렸습니다. 아무튼 드디어 카운트다운 시작. ^^

12/12/10 [대선일기 D−9] 좀 춥긴 춥네. ^^ 그래도 신문 TV에 신경 쓰는 것보다 밖으로 돌아다니는 게 맘도 편하고, 믿음도 차곡차곡 쌓이는 것 같습니다.

12/12/11 [대선일기 D-8] 숙등지하철 역에서 바삐 출근하는 미모의 젊은 여성분에게 손 내밀며 "박민식 의원입니다. 이번에 박근혜 꼭 좀" 근데 손가락 끝에서 갑자기 찌지직 음에 전기통하네. ^^

12/12/11 [대선일기 D-8] 김우동 홍보팀장님 편히 잠드소서!

12/12/12 [대선일기 D-7] 오늘 아침은 만 덕지하철역에서. 이곳 대합실에서 저 엘리베이터 타고 승강장까지 지하 66미터 아파트 20층 높이. 우리나라 최고 깊은 지하철역!

12/12/12 [대선일기 D-7] 여러분 집에 쾅쾅쾅 문을 두드리며 "제보 받았다. 문 열어라" 하면서 카메라, 기자, 경찰, 선관위 그리고 정치 쪽 사람들이 떼로 몰려온다면 기분 어떨까요? 헌법상 프라이버시권은 그야말로 자유민주주의 문명국가의 양보할 수 없는 가치입니다. 그 정도로 소동을 피울 정도면 명백한 증거가 있든지 현행범이어야죠. 선거도 중요하지만 이건 아니죠. 이건 정말 큰 소송감입니다. 미국 같으면 몇 백억?

12/12/12 [대선일기 D-7] 제 생일이라고 사무실 직원들이 떡 케이크를. ^^ 생일 축하해 주신 모든 분들께 감사드립니다.

12/12/13 [대선일기 D-6] '대박'이란?

12/12/13 [대선일기 D-6] 내일은 부산 TV 토론에 두 번 연속 나가야 될 팔자라 일단 오늘 선거운동은 접고 공부를 열심히. ㅎㅎ

12/12/14 [대선일기 D-5] 민주통합당이 제기한 국정원 여직원 댓글의혹은 완전 황당 자살골 분위기네요. 그냥 깨끗이 사과하세요. 계속 우기면 스타일만 구기는데 웬 뜬금없는 국정

원 개혁?

12/12/16 [대선일기 D-3] 날짜가 다가올수록 목소리 볼륨이 높아지는 건 어쩔 수가 없네요. 두 시간 동안 마이크를 잡고 만덕동과 구포 일대를 돌아다녔더니 갑자기 잠이 스르르. ^^

12/12/18 [대선일기 D-1] "어느 어머니의 염원" 조금 전 부산역 수많은 인파 때문에 유세차 뒤편에서 하염없이 기도하시는 뭉클한 장면. ^^

12/12/19 [대선일기 D-day] 투표도 했습니다. 이젠 진인사대천명.

혹시 헷갈리실 분들이 있으실 것 같아 미리 말하면, 여기서 다룰 정치쇄신특위는 지금 논의가 진행되고 있는 정치쇄신특위가 아닌 대선 당시의 것을 말한다.

2012년 8월, 양당이 모두 본격적인 선거준비에 들어가는 가운데, 새누리당은 선대위 구성을 책임질 대선기획단, 공약수립을 맡을 국민행복특별위원회, 그리고 정치쇄신을 위한 정치쇄신특별위원회를 설치했다. 그 중 정치쇄신특위는 정치권의 부정부패를 척결하고 측근과 후보자 본인을 비롯한 친인척 관리 방안을 모색하고 새로운 정치비전을 제시하기 위한 기구로 만들어졌다.

위원장은 과거 새누리당의 전신인 한나라당의 이른바 차떼기 수사를 맡았던 안대희 전 대법관이 맡았으며, 현역의원 중에는 내가 유일하게 위원으로 참여했다. 대선 당시 정치쇄신특위에서는 정치권 전반에 걸쳐 문제시 되던 사안에 대해 대부분 다뤘으나, 특히 주목을 받았던 부분이 바로 측근비리 근절과 검찰개혁 그리고 국회의원의 특권 문제였다.

왜 정치, 포괄적인 의미로는 권력에 쇄신이 필요하다고 국민들은 말하고, 국회의원들

도 입만 열면 쇄신을 외치는 걸까? 권력은 늘 스스로를 경계하고 주의해야 한다. 하지만 안타깝게도 현실에서의 권력은 스스로 경계되지 못하고, 부여받지도 않은 권한을 남용함으로써 늘 외부로부터 견제를 받아왔다. 그러면서도 권력 기관끼리는 줄곧 권한의 범위를 가지고 갈등을 거듭해 왔는데, 이는 마치 자석의 같은 극은 서로를 밀어내고, 다른 극은 더 가까이 하려는 것과 같다.

즉 유사한 권력끼리는 범위를 가지고 갈등을 양산하고, 이질적인 권력끼리는 강한 쪽이 더 많이 가지려하는 것인데, 그 자체가 권력이 갖는 당연한 속성이라고도 할 수 있다. 하지만 본래 권력기관이라 함은 정권이나 특정인을 위함이 아니라 국민을 위한 조직, 국민의 위에 군림이 아닌 울타리가 되어 주고 봉사하는 조직이 되어야 한다. 그럼에도 불구하고 국민들은 보호받고 지켜지기는커녕 권력으로부터 피해를 입고, 또 권력 간의 밀고 당김 사이에서 보호받지 못하고 점점 사각지대로 밀려나는 일들이 자주 일어나고 있다. 물론 이는 어느 특정 정권만의 문제는 아니다.

그렇기 때문에 결국 국민들은 자신의 지켜주지 못하고 스스로의 몸집만 키워가려는 권력에 대해 따가운 눈초리를 보내고 지적을 쏟아내 왔고, 그런 국민적 요구가 극대화된 것이 2012년 대선의 주요 화두였던 권력기관에 대한 쇄신요구라고 볼 수 있다.

대한민국 국민 10명 중 8명은 정부 및 국회 등 공적기관을 신뢰하지 않는 것으로 나타났다. 대통령 직속 사회통합위원회가 대한민국 성인남녀 2,000명을 대상으로 정부 · 국회 · 법원 · 경찰 · 언론 · 금융기관 등 6개 주요 공적기관에 대한 신뢰도를 조사해 나온 결과다.

6개 주요 공적기관 신뢰도

공적 기관	사회통합국민의식조사 결과 '신뢰한다' 응답률(%, 성인남녀 2,000명 대상)
정부	15.8%
국회	5.6%
법원	15.7%
경찰	20%
언론	16.8(45.6)%
금융기관	28.5(26)%

출처: 대통령 직속 사회통합위원회, 2012년 연례보고서

조사결과, 국회를 신뢰한다는 대답은 5.6%뿐이고 72.8%가 신뢰하지 않는다는 반응을 보였다. 정부 역시 마찬가지다. 신뢰한다는 답변이 15.8%에 불과했고, 법원에 대한 신뢰도마저도 15.7%로 낮게 나왔다. 그나마 국회나 정부, 법원보다 낫다는 경찰, 언론, 금융기관에 대한 국민의 신뢰도 또한 각각 20%, 16.8%, 28.5%에 불과했다.

특히 국회에 대한 국민의 불신과 불만이 크다는 것은 알고 있다. 그럼에도 불구하고 국회의원은 국민적 국민들로부터 직접

선택받아 국민의 대표기관이라고 자부해 왔는데, 국회에 대한 불신이 이런 수준에 이를 줄은 아마 국회의원 누구도 상상조차 하지 못했을 것이다. 하지만 국민들 입장에서는 국회의원들은 이런 상상하기를 싫어한다는 표현이 더 맞을지도 모르겠다. 비단 이 조사의 대상이 된 기관들에 한정할 문제는 아니다. 조사에서는 제외되었지만 4대 권력기관 중 나머지 3개 기관, 즉 국세청, 검찰, 그리고 국정원에 대한 불신 또한 매우 높은데, 결국 그런 불신으로 인해 검찰의 경우에는 상징처럼 여겨지던 중수부를 잃고 만다.

1

측근비리

친인척, 측근비리 근절은 역대 어느 대통령 후보이든지 늘 써먹는 약속이다. 써먹는다는 표현이 별로 정중하지 못함에도 불구하고, 굳이 그렇게 말하는 이유는 그런 약속에도 불구하고 역대 정권에서 단 한 번도 예외 없이 친인척 측근비리가 발생했기 때문이다. 결국 국민의 질타 속에서 퇴장하는 악순환이 벌어지고 있는데, 대통령 개인에게나 국민들 모두에게 큰 비극이고 불행이다.

새누리당과 박근혜 후보가 선거대책기구를 구성하면서 그 한 축으로 정치쇄신특별위원회를 두게 된 까닭 중 하나도 역대 정권의 고질적인 병폐로 지목되어 온 대통령 친인척 및 권력 실세들의 비리와 부패를 원천적으로 근절시킬 수 있는 엄격한 제도적 장치를 이번에야 말로 반드시 마련하겠다는 의지가 강했기 때문이다.

이에 대통령의 친인척은 물론 권력실세 등을 특수관계인으로 지정하여 이들의 부정부패 근절을 위해 강력한 독립적 기관

으로 국회가 추천하는 특별감찰관제를 신설하는 안을 마련했다. 이 안에 따르면 임기 3년의 특별감찰관은 탄핵, 국회의 해임요구, 금고 이상의 형 선고가 아니면 면직을 불가능하도록 해신분을 보장하고, 아울러 퇴임 후 임명 대통령 재직기간 중 공직취임을 금지토록 하였다. 또한 감찰 결과 국회에 출석해 보고하고 답변하는 것을 의무로 정해 놓았다. 이는 타 권력으로부터 견제받지 않고 오로지 맡은 바 임무에만 전념하도록 하기 위함이다.

규제대상으로는 대통령의 배우자, 직계존비속을 포함한 일정 범위 내의 친인척과 특수 관계인은 국무위원 및 청와대수석비서관급 이상의 이른바 '권력기관'의 고위공직자를 비롯해 소위 권력실세 중 특별감찰관이 지정한 사람으로 하고 이들에 대해서는 모든 계약은 실명으로 하게 하며, 이들과 공기업이나 공직유관단체와의 수의계약을 금지키로 했다.

또한 경제적 이권에 관련된 것뿐만 아니라 인사에 관련된 청탁 등 일체의 청탁행위를 금지하고 금품을 제공하는 사람은 대가성 여부와 관계없이 엄벌에 처하기로 했다.

그 밖에도 대통령의 친인척은 대통령 재임기간 중 공개경쟁 임용 등 법령으로 정하는 공직 이외에는 선출직을 포함하여 신규 공직에 취임할 수 없고, 승진도 제한하기로 했으며, 친인척 및 특수관계인의 이 법 위반죄에 대해서는 대통령의 사면권 행사를 제안하기로 했다.

◆ 공직제한

– 대통령의 친인척은 대통령 재임기간 중 공개시험을 통한 임용 등 법령으로 정하는 공직 이외에는 신규 공직이나 공공기관 임직원으로 취임할 수 없고, 일괄 승진이나 정기 호봉승급의 경우를 제외하고는 원칙적으로 승진이나 승급을 제한하기로 함.
– 공직선거법의 적용을 받는 선거직 출마도 제한.
– 특수관계인이나 공직이나 공공기관 임직원으로 취임하려는 경우 특별감찰관의 승인을 받아야 함.

더불어 특별감찰관제의 실효성을 확보하기 위해 규제대상자들의 재산변동 내역을 검증하기 위한 현장조사, 계좌추적, 통신거래내역 조회 등 실질적인 조사권과 고발권을 특별감찰관에게 부여키로 했다.

사실 개인적으로도 법조인 출신이기 때문에, 이러한 안이 원안대로 시행된다고 하면 대상이 되는 사람들의 기본권을 침해하는 것이 아니냐는 물음에 충분히 그렇다고 공감한다. 나아가 당사자인 대통령 친인척과 측근들 중에서는 "너무나 가혹하다, 심한 역차별이다, 이래서는 대한민국 땅에서는 못 산다."고 반발할 사람도 있을 것이다. 친인척과 측근에 대한 관리는 대통령이 국민으로부터 부여받은 주요한 임무나 책임은 아니다. 객관적으로 봤을 때 개인으로서 지켜야 할 도덕적 책임일 뿐이다. 하지만 현실에서 보면 본말이 전도되었다고 할까. 개인의 도덕적 책임 때문에 정치적 곡해를 받고 마땅히 추진해야 하는 정책들이 길을 잃고 표류하는 경우를 왕왕 봐 왔고 그 과정에서 국민의 신뢰와 존경을 잃고 초라한, 결국은 비극적인 말로를 맞게 되는 경우를 왕왕 보게 된다. 결국 친인척과 측근들의 기본권보다는 부정부패의 예방과 척결이 대한민국을 위해서는 더 큰 가치를 가지기 때문에 반드시 필요하다고 믿기 때문이다.

솔직히 아직까지 측근비리 근절을 위해 내놓았던 안들이 실천되고 있지 않다. 사실상 논의조차 되고 있지 않은 상태다. 대선 때의 이러한 약속들이 아직까지 지켜지지 않고 있다. 당시 쇄신특위에 참여했던 사람으로서 논의만 진행해 놓고 현재까지 실천에 옮기지 못한 것에 막중한 책임감을 느낀다. 하지만 개인적으로는 이런 약속들이 사람들의 머릿속에서 잊혀질 만큼 현 정권이 측근비리와는 무관한 깨끗한 정권이 되었으면 하는 바람이다.

2
—
검찰개혁

　개인적으로는 검찰개혁에 대해 이야기하기가 쉽지 않다. 10여 년을 검찰에 몸담아 왔고, 솔직히 내 자신이 검사였다는 사실을 자랑스럽게 생각해 왔다. 그런 가운데 소위 친정을 향해 손가락질을 하는 게 마음 편할 리 없다. 그래도 할 수 없다. 검찰은 분명 개혁되어야만 하는 빌미를 제공했다. 그것도 결정적인 시기에 말이다. 비록 개인의 일탈이기는 했지만.

　사실상 권력기관 쇄신 논의에서 검찰개혁은 가장 중요한 핵심 중에 하나다. 정치검찰, 특권검찰, 비리검찰 등으로 대한민국에서 검찰만큼 욕을 많이 먹는 기관도 드물 것이다.
　그렇다면 왜 검찰은 욕을 먹을 수밖에 없을까. 우리나라는 국가소추주의로서 검사에게 독점적으로 기소권을 부여하고 있다. 물론 준기소절차와 즉결심판의 경우는 예외로 하고 있다. 그러한 예외를 제외하고는 검사는 단독으로 자기의 책임 하에서 검찰권을 행사하는 단독제의 관청으로 누구의 보조기관도

아니고 누구의 관여도 받지 않는 상태에서 기소여부를 결정함으로써 그 독립성을 보장받고 있다. 하지만 기소권이 검사에게만 부여됨으로써 기소권의 남용, 또 정당하게 기소되어야 할 사건에 대해 기소유예 등으로 처리하는 등의 오용에 대한 책임 또한 검찰 혼자 모두 짊어져야 한다는 단점을 가지고 있다.

검찰이 욕을 먹는 이유가 바로 여기에 있다. 중립성과 객관성의 유지를 위한 검찰의 독립성이 국민들에게 폐쇄성 강한 비밀주의, 순혈주의로 비춰지고, 이러한 의심들이 기소의 남용과 오용이라는 중대한 과실과 만났을 때 결국 정치검찰, 특권검찰, 비리검찰이라는 오명으로 나타나게 되는 것이다.

검찰개혁에 대한 논의가 한창이던 지난해 말, 검찰 사상 최악의 비리사건이 연이어 터졌다. 정치권, 언론, 심지어 검찰 내부에서도 비판의 목소리가 끊이지 않았다. 한마디로 타오르는 불씨에 기름을 부은 격이었다.

설상가상이라고나 할까. 잇따른 비리사건에 대응하는 검찰의 자세가 문제가 됐다. 검찰 내부망에 개혁을 요구하는 글을 올린 모 검사는 자신의 취지가 개혁을 하는 척하면 검찰에 유리한 방향으로 나갈 수 있다는 것이라는 문자메시지를 언론사 기자에게 잘못 보내고 말았다. 이 실수로 검찰 전체가 표리부동한 조직으로 매도됐다. 문제를 책임지고 해결해야 할 검찰총장과 대검 중수부장 등 검찰 지휘부는 중수부 폐지 등을 두고 오히려 갈등을 양산해내고 있었다.

한 마디로 당시 검찰은 지휘체계가 완전히 무너진 채 대혼란 상태에 빠져 버렸다. 결국 검찰총장과 중수부장을 비롯한 중수·특수부 검사들은 정면으로 충돌했다. 사태는 검찰총장이 백기를 들고 사퇴하면서 일단락됐다. 하지만 그 과정에서 개인적으로는 자부심을, 그리고 검찰로서는 명예를 잃었다.

 _____

친정집 기둥뿌리 하나가 기우뚱하는 소리가 들립니다.

저야 이미 친정을 떠난 지 수 년이 지났고, 지금 제 상황을 보면 하루 종일 우리 후보를 찍어달라고 목이 쉬도록 소리쳐도 모자랄 판에 친정 이야기를 하는 것이 뜬금없는 것 같기도 하고 또 어떤 분은 한가한 사람이라고 손가락질을 할지도 모르겠습니다. 그래도 가슴이 답답한 것은 어쩔 수 없습니다. 시집간 딸 마음을 대충은 알겠습니다.

"한상대 총장님! 최근 사태에 대하여 총장으로서 깨끗하게 사과하고, 총총히 물러남이 마땅합니다. 그것이 조직의 수장으로서 도리일 뿐만 아니라 또 국민들이 바라는 바입니다."

수사결과를 발표하고, 그때 개혁안도 발표한다고요? 아무리 제가 검찰 출신이지만 그때 발표할 개혁안은 내용 불문하고 불량품 공수표이고 코미디일 수밖에 없습니다. 지금은 무릎 꿇고 진심으로 백배사죄하는 것밖에 없어요. 근데 무슨 난데없는 개혁안?

벌써 10년도 넘었네요. 김태정 검찰총장이 옷 로비사건 면피하려고 심재륜 고검장 감찰조사하였던 항명파동이 갑자기 씁쓸하게 오버랩되는 건 왜 그럴까요. 통영 앞바다에서 비분강개하면서 검사들끼리 통음을 하였던 때가 아련합니다.

(2012년 12월 29일 페이스북에 올린 글 중)

검사의 비리는 개인적인 일탈행위다. 분명 일선의 수많은 검사들과는 무관한 일이다. 하지만 전체적인 검찰의 조직문화도 냉정하게 짚어볼 필요가 있다. 사법시험에 합격하고 30대 초중반만 되면 '센 사람을 손볼 수 있다'는 오만함으로 자기성찰이 부족해진다. 상대에게는 춘풍처럼, 스스로에게는 추상처럼 대해야 하는데, 검찰은 스스로에게 관대하다. 부여받은 권력에 대한 두려움과 무거움을 마음속에 각인시키고 있어야 하는 것이다.

검찰은 명예와 위신이 손상되고, 중수부라는 중요한 조직마저 잃었다. 그럼에도 불구하고 사회정의를 위해선 결국 검찰은 반드시 필요한 존재다. 검찰의 대부분은 묵묵히 자신의 맡은 바

임무에 충실한 사람들이다. 결국 지금의 위기에 직면하게 된 것은 시스템의 문제이다. 그동안 안팎으로 견제를 받으면서도 무조건 눈과 귀를 닫아서일까. 아니면 검찰이 가진 권력에 대한 시기와 질투 때문인 걸까. 이유가 무엇이 되었든지 변화와 개혁은 검찰이 살아남기 위한 필수조건이다. 그리고 그 변화와 개혁은 통렬한 자기반성을 통해 이뤄져야 하는 것이지, 새로운 조직을 만들어 내는 것이 능사가 아니다. 못하는 건 개선시키고 잘하도록 시스템을 만들어줘야 한다. 스스로의 자정노력 못지않게 우선 검사 자격을 강도 높게 심사하고 징계하는 시스템을 만들어야 한다. 중간에 평가받고 퇴출되는 검사가 나오게 하는 것이다. 또한 검찰은 특수기업이나 재벌, 공직자 수사에 집중하고, 경찰은 그 외에 사건을 맡기는 식의 선택과 집중의 업무 조정도 필요하다는 것이 내 생각이다.

3

국회의원의 특권 내려놓기

◆ **국회의원에게 주어진 주요 특혜·특권**

– 65세 이상 전직 의원 월 120만 원 연금

– 1인당 세비 1억 4,689만 원

– 가족수당 자녀학비 지급

– 의원 보좌진(9명) 운영비 연 3억 9,513만 원

– 차량, 사무실 유지비 연 5,179만 원

– 지나치게 넓은 의원회관 사무실 150㎡

– 출입국 절차 및 보안심사 간소화

– 공항 이용시 귀빈실, 귀빈주차장 이용

– 철도, 선박, 항공기 무료 이용

– 연 2회 이상 해외 시찰시 국고지원

– 골프장 이용시 VIP회원 대우

(2012년 7월 24일자 『한국일보』)

당사자인 국회의원 중 한 명의 입장에서야 할 말이 많지만, 국민들 입장에서 내용만 놓고 본다면 참 화낼 만도 하다. 일만 잘한다면 이런 게 무슨 혜택(?)이 될 수 있겠냐만, 가뜩이나 일도

하지 않고 싸우기만 한다고 손가락질 받아왔으니 말이다.

국회의원의 특권폐지에 대해서는 새누리당이 먼저 발 빠르게 움직였다. 19대 개원에 맞춰 국회의원들의 겸직 금지와 무노동 무임금 원칙 적용 등 특권폐지를 주요 내용으로 하는 '국회 쇄신 방안'의 입법화를 추진하기로 하고, 2012년 6월 초 열린 의원 연찬회에서 우리 당은 국회의 6대 쇄신안을 담은 결의문을 채택했다.

새누리당 6대 국회쇄신안

국회의원 불체포특권 포기	수사기관 소환요구에 성실히 출석, 방탄국회 열지 않기
의원 연금제도	65세 이상 전직 의원 매달 120만 원 받는 것 폐지. 생계 곤란한 전직 의원을 위한 보완책 수립
국회의원 겸직 원칙적 금지	변호사 사외이사 등 영리 목적의 공공 · 사적 단체 임직원 겸직 금지
무노동 무임금 원칙 적용	개원 지연, 의정활동 불가능한 기간(구속 등) 동안 세비 반납
국회 윤리특별위원회 기능 강화	특위에 외부인사 참여시키거나 윤리심사자문위를 조사위로 격상해 조사권과 보고권 부여
국회 폭력에 대한 처벌 강화	폭력행위 징계수준 강화

불체포특권 포기는 '현행범인 경우를 제외하고는 회기 중 국민의 동의 없이는 체포 · 구금되지 않는다'는 헌법 · 국회법상 국회의원의 특권을 내려놓자는 것으로 당시 김기현 원내수석부대표는 "당초 영국에서 국왕을 견제하기 위해 도입했으나, 우리나라에선 비리의원을 보호하는 수단으로 변질됐다."고 취지를 설명했다.

연금제도 개선은 국회의원을 하루만 하더라도 65세가 되면 월 120만 원을 받는 현행 의원 연금제도를 손질하겠다는 것이다. 국회의원 겸직금지는 변호사 사외이사 교수 등 영리 목적의 공 · 사단체 임직원 겸직을 원칙적으로 못하게 하는 것이 골자다.

무노동 · 무임금 적용은 국회 개원이 지연되거나 국회 장기 파행 시, 예산안을 법정기한까지 처리하지 못했을 때, 구속 · 출석정지 등으로 의정활동을 하지 않으면 세비를 받지 않는 것을 의미한다. 국회의원의 폭력과 폭언 등 사회적 문제를 일으켰을 때 처벌 기능을 높이기 위해 국회 내 윤리특위에 민간인을 포함시키고, '국회폭력가중처벌특별법'을 만들자는 내용도 쇄신안에 포함시켰다.

이에 민주당 역시 국회의원 특권폐지 방안을 발표했다. 민주통합당이 내놓은 국회의원 특권폐지 방안은 국회의원 연금제도 폐지, 영리목적의 겸직 전면 금지, 국민소환제 부작용 최소화 방향에서 도입 검토, 면책특권·불체포특권의 남용 방지 방안 강구 등이다. 발표 당시 이용섭 민주당 정책위의장은 "헌법이 부여한 국회의원으로서의 직무수행에 필요한 제도적 장치는 유지·보완하되 국회의원의 신분에 부여되는 특혜는 폐지해 헌신·봉사·절제하는 국회의원 상을 정립하겠다."고 취지를 밝혔다.

우선 국회의원 연금제도 폐지에 대해 민주통합당은 19대 국회의원에 대해서는 연금제를 전면 폐지하기로 하고, 18대 이전 의원에 대해서는 4년 이상 재직자, 소득 및 재산이 일정 금액 이하, 유죄 확정 판결 등 결격사유가 없을 경우로 제한하기로 했다. 이와 함께 민주통합당은 장기적으로 일반 공무원처럼 국가와 국회의원이 분담해 불입한 후 연금을 수령하는 국회의원 연금제도를 도입하겠다는 입장을 밝혔다.

다른 공무원들과는 달리 겸직 금지 대상 이외의 모든 직업을 겸직 가능한 국회의원에 대해서도 민주통합당은 국가공무원 수준으로 영리업무 및 겸직을 금지하겠다고 선언했다. 이용섭 정책위의장의 말을 빌리면 "영리적인 업무를 스스로 경영해 영리를 추구함이 뚜렷한 업무, 국회의원의 직무와 관련있는 타인의 기업에 대한 투자, 재산상 이득을 목적으로 하는 업무 등에 대한 업무를 금지하겠다."며 "법개정 전이라도 민주당 의원에 한해서는 영리업무를 그만두도록 독려하겠다."는 것이 민주당 입장이었다.

국민소환제 도입에 대해서는 "국민소환제가 폭넓게 허용될 경우 국회의원의 소신 활동에 대한 이해관계 단체나 정치권이 압박용으로 남용하게 되면 소신껏 일하는 분위기가 사라지고 정치권이 대혼란에 빠질 수 있다."며 "전문가 토론회와 당내 논의 등을 통해 소환요건 등 보완 장치를 확실하게 마련한 후 입법을 추진하겠다."고 밝혔다.

한편 민주당은 새누리당에서 논의되는 면책특권과 불체포특권 폐지에 대해서는 반대하면서도 보완책을 내놓겠다며 "면책특권과 불체포특권은 행정부의 권한 남용과 부정부패를 막고 정부가 의회를 부당하게 탄압하는 것을 차단하기 위해 헌법에서 부여한 장치고, 이는 의원 개인의 권리가 아니므로 포기의 대상이 될 수 없다."는 입장을 내놓았다. 다만 이에 대해서는 "국민 모두가 공분하는 범죄 사실이 있는 경우에도 과도한 동료 감싸기, 관용 등으로 면책특권 등이 남용되어 온 측면이 있어 이를 보완하겠다."고 밝혔다.

아울러 선언적인 국회의원 윤리강령과 실천규범을 의원 윤리규칙으로 통합해 실효성을 제고하고 징계 종류의 다양화로 징계의 실효성을 제고하는 안도 내놓았다. 현행 경고, 사과, 30일 이내 출석정지, 제명의 징계에 6개월 이내의 의정활동중지를 추가하는 안과 함께 국회상임위 과반수 이상을 이해관계 없는 의원으로 구성하고 국회의원의 외부 강의, 토론회 참여에 대한 보수의 상한선을 설정하기로 하는 안도 내놓았다.

당시 양당의 쇄신안을 두고 안팎에서 말이 많았다. 언론은 쇄신이라는 대의를 부각시키는 데만 치우쳐 구체적인 실천방법론이 잘 보이지 않는다는 지적과 함께, 헌법, 국회법, 헌정회법 등 법을 개정해야 하는데, 이를 위한 여야의 협의와 조율이 없었다는 점을 꼬집었고, 당내에서는 쇄신안을 내놓는 절차에 대해서도 말이 많았다. 개인적으로도 변화와 개혁에 대해서는 공감했지만, 무노동 무임금 원칙적용 등에 대해서는 당론과 다른 생각이 있었던 것이 사실이다. 그러나 지금 이미 지난 논의기 때문에 이 책에서는 그에 대한 구체적인 반론은 생략하기로 한다.

다시 국회쇄신 논의로 돌아와 보자. 여야의 이견이 있었음에도 쇄신의 필요성에 대해서는 의심할 여지가 없었던 터라 뒤늦게나마 국회 차원의 국회쇄신특별위원회가 2012년 8월 22일 출범했다. 새누리당 10명, 민주통합당 8명, 비교섭단체 2명 등 모두 20명으로 구성됐고, 여야가 19대 국회임기 시작 전부터 '특권을 내려놓겠다'며 공언한 지 석 달, 그리고 2012년 6월 29일, 여야가 특위구성을 합의한 지 55일 만에 출범이다.

그로부터 다시 석 달 뒤인 11월 22일, 국회쇄신특별위원회는 전체회의를 열고 국회쇄신과제 심사소위원회에서 보고한 국회쇄신과제 심사결과를 의결했다.

이날 의결된 국회쇄신과제는 국회의원의 겸직 및 영리업무 종사 금지, 헌정회 여로회원 지원제도(국회의원 연금제도) 개선, 국회 폭력예방 및 처벌강화, 인사청문회 제도개선 등이다.

국회의원 겸직 및 영리업무 종사 금지는 '공익 목적의 명예직'만 허용할 방침이다. 특히 대학교수를 겸한 의원은 교수직을 사직하는 것을 원칙으로 정했다. 다만 국회총리와 국무위원 겸직여부는 여·야간에 이견이 커 보류하기로 했다. 기존의 헌정회 연로회원 지원제도, 일명 연금의 개선은 지원금제도를 폐지하되 기존 수급자만 지급한다는 내용을 담고 있다. 만약 기존의 수급자도 의원 재직기간이 1년 미만인 경우나 금융·부동산 자산이 헌정회 정관으로 정하는 기준액 이상인 경우 등은 지원금 지급이 금지된다.

국회폭력 예방 및 처벌강화를 위해서는 국회법에 '국회회의 방해목적 폭력행위의 죄'를 신설한다는 방침이며, 이에 따라 500만 원 이상의 벌금형 이상 처벌을 받으면 피선거권을 제한하고, 보좌직원은 300만 원 이상의 벌금형 이상을 받으면 당연 퇴

직시키도록 할 계획이다. 국회 인사청문제도도 개선해 대통령
실장, 국무총리실장, 통상교섭본부장, 국민권익위원장, 처장(2
인), 청장(미실시 14인) 등 22개 장·차관급공직을 인사청문회 대상
에 새롭게 추가했다. 그리고 올해 1월, 이런 내용을 담은 관련법
안이 국회쇄신특별위원회 위원장을 맡은 정희수 의원의 대표발
의로 국회에 제출되었다. 하지만 소관 상임위에 회부된 채, 아
무런 진전이 없다가 그 공은 결국 또 다시 구성된 국회쇄신특위
로 넘어 왔다.

● 뺄셈의 쇄신책, 과연 옳은가

개인적으로 대선국면에서의 쇄신공약들, 특히 안철수 후보의 쇄신책을 한마디로 '뺄셈 쇄신책'이라고 말하고 싶다. 물론 잘못된 관행과 특권을 빼는 일은 마땅한 일이다. 하지만 과연 국회의원의 권한을 무조건 줄이고 보는 것이 좋을까.

2012년 10월 23일, 안철수 무소속 대선후보가 '정치가 바뀌어야 대한민국의 미래가 바뀐다'는 주제로 연 강연회 자리에서 "국회의원 수를 줄여 정치권이 먼저 변화의 의지를 보이고 국민들과 고통을 분담하고 (의회의) 효율성을 높여야 한다."고 주장했다. 국회의원들의 숫자를 줄인 만큼 예산이 절약되는데, 그 돈을 청년실업 등 사회문제 해결에 쓸 수도 있고, 국회의원들에게 정책개발비를 지원함으로써 민생에 훨씬 도움이 되는 정책을 내놓을 수 있을 거라는 논리였다.

이러한 안 후보의 주장은 곧장 많은 국민들의 호응을 얻어냈다. 국회의원들을 매일 싸움만 하고, 자기 잇속이나 챙기는 쓸모없는 사람들로 생각하고 가뜩이나 마땅치 않았던 터라 국민들 입장에서 얼마나 통쾌한 주장이었을까. 모르긴 해도 나 역시 국회의원이 아닌, 정치에 그다지 관심 없는 일반 사람이었다면 안 후보의 주장을 적극 환영했을지도 모를 일이다. 한마디로 불신이 초래한 결과였다.

하지만 과연 그게 옳은 일일까? 당장 안 후보 측의 의견에 대해 민주통합당 문재인 후보 측에서조차도 "국민들이 정치를 싫

어하고 불신하니까 (국회의원 축소) 안을 내놓은 것 같은데 이는 포
퓰리즘"이라고 평가했다. 나아가 "다른 나라에 비해 인구 대비
국회의원 숫자가 적다. 늘리는 게 맞다."라고까지 주장했다. 전
적으로 동감하는 바이다.

정치개혁의 최우선 과제는 대화와 타협, 관용의 정치가 다시
바로 서는 것이지, 하는 일이 마음에 들지 않으니 없애자는 것은
그야말로 어불성설이다. '학교폭력을 줄이기 위해 학생을 줄여
야 한다'는 노회찬 의원의 말이 딱 맞는 표현이다.

연간 국가예산은 약 340조 원에 이른다. 국회심의과정에서
삭감되는 예산이 연간 3~4조 원 규모다. 과연 이를 심의하고 의
결해야 하는 국회의원의 숫자를 줄인다면 제대로 된 심의가 가
능할까? 당장 국회의원 수를 줄여 1,000억 원을 남긴다고 해서
장기적으로 봤을 때 국민들에게 무슨 이득이 있는지 알고 싶다.

또한 국회는 어찌됐건 삼권분립에 있어 한 축이 된다. 또한
다양한 목소리를 듣고 전달하는 창구이며, 이를 통해 국정이 올
바른 방향으로 가도록 견제하는 것이 국회의 역할이다. 그런 점
에서 오히려 더욱 다양한 목소리를 반영하기 위해서는 국회의
원의 숫자를 늘리는 게 낫지 않나 하는 생각도 든다. 아마도 안
후보의 주장으로 인해 앞으로 국회에서 구태가 반복되고 그로
인해 쇄신이 논의될 때마다 약방의 감초처럼 국회의원 정수 축
소 또는 지역구의원의 수를 줄이고 비례대표를 늘리는 등 국회
의원의 숫자에 대한 논의는 꾸준히 제기되리라고 본다.

실제로 올 2월 국회 입법조사처에서는 국회의원선거에서 과다한 사표발생을 방지하기 위해 지역구의원을 축소하고 비례대표를 늘려야 한다는 연구결과를 내놓기도 했다. 이 연구결과에서 입법조사처는 "전체 의석에서 비례대표가 차지하는 비중이 적어 직능대표, 정치적 소수대표의 기능을 수행하기 어렵다."고 지적했다. 그러면서 의원정수는 유지하되 전국을 7개의 권역으로 나눠 비례의석을 100석으로 늘리는 방안을 제안시했다. 현재 국회의원 정수는 지역구 246석, 비례대표 54석이다. 특히 이번 조사에서 19대 총선을 기준으로 비례대표를 100석까지 늘릴 경우 새누리당은 호남에서 1석, 민주통합당은 영남에서 7석이 배분돼 "지역별 편중현상을 어느 정도 완화하는 것으로 나타났다."고 밝혔다.

  지역구의원을 줄이고 비례대표를 늘린다는 것은 충분히 생각해 볼 수 있는 문제다. 하지만, 과연 직접적인 국민의 선택이 아닌 정당이 선택한 인물을 제대로 들여다 볼 기회도 없이 뽑는 것이 정당한지 모르겠다. 현실정치에서 비례대표가 지역구의원보다 더 낫다는 연구결과 등은 본 적도 들은 적도 없다. 물론 비례대표로 나서는 분들을 보면 특정분야에 대해 분명히 전문성을 가지고 있다. 그리고 사실 지역구 눈치를 봐야만 하는 의원들보다 더 소신 있게 활동하는 모습도 자주 봐 왔다. 하지만 또 한편으로는 비례대표가 권력자의 전리품 또는 일부 단체들의 돌려먹는 일자리로 전락한 모습도 보여졌던 것이 사실 아닌가.

비례대표를 늘리는 일에 신중해야 하는 이유다.

국민이 정치에 대해 불신감을 가지고 있다고 해서 기존 정치 체제를 부정하고 무너뜨리겠다는 것은 국민들에게 당장은 쾌감을 가져다 줄지는 모르지만, 근본적인 해결책은 될 수 없다. 국회에 대해 국민들이 가장 염려하고 고쳐야 한다고 지적하는 것이 바로 증오와 분노의 정치이다. 정치문화를 바꾸지 않고 사람을 줄이는 것은 절대 근본적인 해결책이 될 수 없다. 국민들의 정치 불신이 정치에 대한 부정이 아니라 정치가 민의를 반영하지 못하는 데 이유가 있으니 해결책은 분명 사람을 줄이는 게 아닌 정치가 민의를 더욱 더 잘 반영할 수 있도록 제도를 개선해 나아가는 데 있다고 본다.

4

—

쇄신특위의 위기

선거 때가 되면 빠지지 않는 이슈가 '철새' 논란이다. 주로 당적을 바꾸는 건데, 소신이라고 보는 쪽도 있지만 배신이라고 비난받는 경우가 많아 주로 '철새'라는 부정적인 이름으로 불린다. 19대 대선에서도 어김없이 당을 바꾸는 사람들이 나타났다. 그런데 이전에 비해 윤여준 전 한나라당의원이라든지, 김대중 전 대통령의 측근이었던 한광옥·김경재 전 의원 등 거물급 인사의 이동이 많았다. 그분들의 위상을 고려한다면 '철새'라는 표현보다는 '월경(越境)'이라는 표현이 더 적당한데, 그래서인지 그 당시 철새라는 표현은 거의 쓰이지 않았다.

참고로 이렇게 거물급들의 월경이 있었던 배경에는 여야 할 것 없이 통합과 화합이라는 시대정신을 이야기하면서, 구체적인 실천의 연장선상에서 상대 진영의 인물들에 대한 영입이 국민들에게는 통합과 화합의 구체적인 성과로 비춰질 수 있다는 기대와 고려가 있었다고 본다. 실제로 박근혜 후보는 한광옥 전 의원의 입당에 대해 "시대가 요구하는 가장 중요한 과제가 통합과 화합이라고 생각한다. 이런 취지에 한광옥 전 의원이 동의하고 그분이 마지막으로 그런 시대적인 요구를 이루기 위해 기여하고 헌신해 보겠다고 해서 큰 결단을 한 것"이라고 영입한 입장을 밝혔고, 당시 공보단장이었던 이정현 전 의원 역시 "한광옥 전 의원이 국민대통합과 100% 대한민국을 위해 일익을 담당해 줄 것을 기대한다."는 논평을 내놨다.

그러나 이러한 영입전략은 뜻하지 않은 내부분란을 초래했다. 특히 안대희 정치쇄신특위위원장은 한광옥 전 의원의 영입에 대해 "무분별한 비리인사의 영입은 납득할 수 없다."는 입장을 표명했는데, 과거 한광옥 전 의원이 2003년 당시 보성그룹 회장으로부터 불법 정치자금을 받은 사건을 지휘했던 사람이 바로 안대희 정치쇄신특위 위원장이었기 때문이다. 안대희 위원장은 거취까지도 고민했고, 영입 발표 다음날인 2012년 10월 6일 정치쇄신특위는 모임을 가졌다. 당시 그 자리에서는 의견 조율과 대책 등이 논의되었는데 대부분의 특위위원들이 한광옥 전 의원의 영입에 대해 부적절하다는 안대희 위원장의 입장에 동의하는 분위기였다. 특히 개인적으로도 아무리 통합이 중요하다고 하지만 쇄신의 취지를 크게 거스르는 것은 옳지 않으며, 특히 국민대통합위원장이라는 상징적인 자리에 앉히는 것 또한 부적절하다는 안대희 위원장의 의견에 동의했다.

하지만 그렇다고 해서 국민적 기대가 큰 안대희 위원장이 당장 자리를 박차고 나가는 것에 대해서는 동의할 수 없었다. 특위 차원에서의 만류와 당 지도부의 설득에도 불구하고, 결국 안대희 위원장은 8일 기자회견을 열어 한광옥 전 의원의 국민대통합위원장 임명 시에는 본인은 물론 쇄신특위위원 대다수가 사퇴하겠다는 발표를 했다. 안대희 위원장이 사퇴할 경우, 쇄신의 의지가 크게 훼손되는 만큼 더 이상 존재의 이유가 없다고 생각한 쇄신특위위원 대부분도 뜻을 모은 것이다. 결국 함께 배수의 진을 친 셈이다.

논란은 박근혜 후보가 직접 국민대통합위원장을 맡기로 결정하고, 한광옥 전 의원, 안대희 위원장 모두 더 이상 이의를 제기하지 않으면서 일단락됐다. 결국 박근혜 후보가 한광옥, 안대희 두 사람을 모두 끌어안은 정치력을 보여준 셈이다. 자칫 선거 초반부터 큰 분란을 일으킬 뻔했던 내홍은 그렇게 사그라졌다.

5
—

2013 쇄신특위

2013년 4월, 또 다시 정치쇄신특위가 구성되었고, 새누리당 간사로 임명됐다. 여야가 한 자리에 모인 정치쇄신특위와 별개로 당에서는 그보다 한 달 앞선 3월, 숙명여대 박재창 교수를 위원장으로 한 정치쇄신특위를 구성했다. 6개월 간 한시적으로 당의 정치쇄신 자문기구로서 역할을 하게 될 위원회였다.

정치쇄신에 대한 논의를 끊임없이 이어가겠다는 당의 취지에는 전적으로 공감했다. 특히 국회 차원의 정치쇄신특위의 구성이 합의는 되었지만, 실천되지 않았던 상황이었기 때문에 더욱 그랬다.

그러나 위원회의 구성에 있어, 현역 국회의원이 단 한 명도 참여하지 않았다는 점은 이해가 되지 않았다. 그동안 여러 종류의 쇄신위원회가 있었지만 성과를 내지 못했던 것이 위원회의 궁극적 과제가 현역의원들과의 이해충돌이 있는 문제였기 때문이라는 지적과 국회의원들에 대한 불신의 정도가 높기 때문에 현역이 관여하지 않는 가운데 독자성을 가지고 접근하는 게 좋겠다

는 판단도 물론 있을 수 있다. 국회의원이 쇄신의 주 대상은 맞다. 하지만 다른 한편으로는 쇄신의 주체가 되어야 한다는 점에서 현역의원의 무조건적인 배제는 이해가 되지 않았다.

또한 당시 이미 국회의원의 특권 내려놓기를 비롯한 쇄신의 과제는 공약으로써, 그리고 법안으로써 구체적으로 제시되어 있던 상태였다. 그러므로 더 이상 어떤 대안을 새롭게 만들어 제시하기보다는 기왕에 내놓은 대안의 실천이 관건이었다. 그렇기 때문에 당내 자문기구로서의 쇄신특위는 진정성을 의심할 수밖에 없었다.

특히 대선 과정에서의 쇄신특위에 참여해 대안을 만들고 조속한 실천을 바랐던 내 입장에서는 당에서 새롭게 구성한 당내

정치쇄신특위가 사실은 정치쇄신저지특위는 아닌가라는 의구심을 떨칠 수 없었다.

다시 본론으로 돌아와, 이번 쇄신특위의 특징을 한마디로 표현하자면 '마무리', '실천'이었다. 논의 과제들 대부분이 지난 총선과 대선을 거쳐 나왔던 내용들을 결정짓는 것들이었다. 야구로 치자면 마무리 투수인 셈이다. 그만큼 부담되는 역할이다.

현재 쇄신특위 앞에 놓은 과제를 크게 나눠보면 국회의원의 겸직문제, 국회폭력 처벌문제, 인사청문회 대상문제, 국회의원 세비 및 연금제도 문제를 다루는 국회쇄신과제와 공천문제, 선거구 획정문제, 선거법 문제 등을 다루는 정치쇄신과제 두 가지이다. 이미 대부분의 내용이 법률로 제출된 바 있는 국회쇄신과제들의 경우는 여야가 상당부분 합의를 이뤄가고 있기 때문에 상대적으로 부담감이 덜하다. 하지만 후자인 정치쇄신과제의 경우 아직까지 구체적으로 논의된 바가 없고 또한 상당한 무게감이 있다.

특히 그 중 당장 목전에 다가온 지방선거 전에 합의가 이뤄져야 할 기초단체장 및 기초의원 정당 공천문제는 여야로 나뉘어 이견이 존재하기보다는 의원 개인의 소신에 따라 나눠지고 또 그 소신의 강도가 높아서 그 논의의 과정이 무척 정교해야 할 필요성이 있는데, 솔직히 그 과정을 이끌어가야 할 소위위원장으로서 부담감이 매우 크다.

선거구 획정문제도 마찬가지다. 정당 간 또는 지역별 이해관계의 대립으로 국회의원 선거구 획정이 매번 지연됨에 따라 지역주민의 반발 및 선거관리에 차질이 발생하는 일은 선거를 앞둔 때 매번 벌어지는 일이다. 특히 선거구 획정위원회가 마련한 안이 국회 논의과정에서 빈번하게 변경되는 것에 대한 비판 여론이 크게 일고 있어 개선이 시급하다.

지난 총선에서 내 지역구인 북구는 이런 비상식적인 선거구 획정의 대표적인 예로 거론되고 있다.

1996년 총선 당시 인접한 부산 강서구는 인구수의 부족으로 단독 선거구를 유지할 수 없는 상태였다. 결국 인접한 북구에서 덕천2동과 금곡동, 화명동을 내줌으로써 선거구를 유지하게 됐다. 그것이 바로 북강서(갑)과 북강서(을)이다. 그러나 시간이 흘러 이제는 북강서(을)의 인구가 북강서(갑)의 인구보다 오히려 늘어 다시 원상 복귀시켜야 할 때에 이르렀다. 특히 총선, 대선, 지방선거 때마다 다른 선거구에 대한 주민들의 혼선이 커져 결국 덕천동 주민들은 '덕천2동을 갑구로 이관하라'는 서명운동과 함께 선거구 조정을 촉구하는 청원서를 국회에 제출했다. 선거구 획정을 논의하는 국회정치개혁특별위원회도 이러한 내용이 타당하다고 인정, 법률안을 개정하는 등 모든 일은 순조롭게 흘러갔다.

하지만 의결되던 당일, 선거가 다시 원위치된 안이 의결되는 돌발상황이 발생했다. 직접 확인해 봤지만 회의록에 기재된 내용은 전혀 없었다. 결국 여러 곳에 수소문해 본 결과, 야당의 반

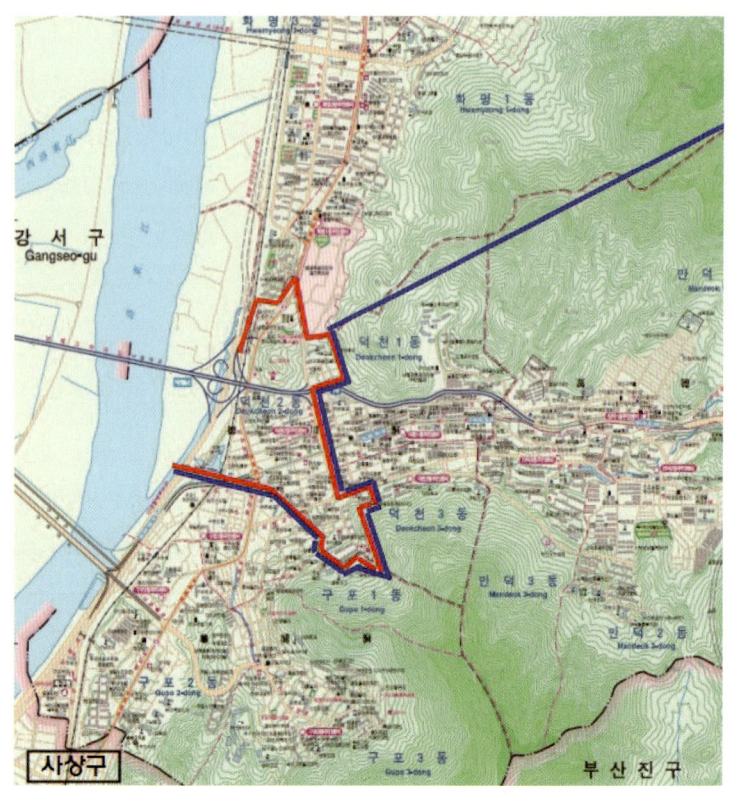

경계구분: ━━━ 덕천2동 권역, ━━━ 북·강서(갑)과 북·강서(을) 경계선
북·강서(갑)지역: 구포1·2·3동, 덕천1·3동, 만덕1·2·3동(총8개동)
북·강서(을)지역: 덕천2동, 화명123동, 금곡동 + 강서구 7개동(총12개동)
지도에서 덕천2동(붉은선 내부) 지역의 특징
- 법정동인 덕천동에서 분리되었고, 교통과 문화 등 북·강서(갑)과 생활권역 동일
- 구포동 권역에서 덕천1·3동으로 가려면 덕천2동을 거쳐야만 가능
- 덕천2동 주민 95% 이상 북·강서(갑) 선거구로 편입 요청 중(주민서명 有)
- 지난 4.11총선 직전 문성근 후보의 반대로 덕천2동 북·강서(갑) 선거구 편입 실패
개선사항: 대표적인 게리맨더링 지역인 덕천2동이 조속히 북·강서(갑)으로 편입 필요

대로 무산되었다는 이야기가 들려왔다. 당시 북강서(을)에 출마한 문성근 후보의 사무실이 덕천2동에 있어 선거구가 개정안대로 확정될 경우, 사무실을 옮겨야 하기 때문에 원안대로 통과시켜 줄 것을 요청했다는 것이다. 문성근 후보는 반대한 적이 없다고 했지만, 당시 위원장이었던 주성영 전 의원의 설명과는 달랐다.

결국 후부의 편의를 위해 주민들의 권리가 희생된 셈인데, 다시는 이런 일이 없도록 하고, 반드시 순리대로 돌려놓겠다고 굳게 약속한 바 있다.

이런 문제점을 개선하기 위해 국회의원의 선거구 획정위원회를 상시적으로 설치하고 독립성을 강화하는 안과 국회의장은 제출받은 선거구 획정안을 본회의에 법률안의 형태로 부의하고 수정하여 의결할 수 없도록 하며, 선거일 이전 특정일까지 국회에서 의결하도록 하는 안 등을 앞으로의 정치쇄신특위에서 논의할 예정이다.

책임 있는 정당으로서 그 정당의 후보가 대선에서 공약으로 내세운 것에 대해서는 반드시 지켜야 한다는 점에서 기초의원 등에 대한 정당공천은 폐지되어야 한다고 본다.

정당공천제는 폐지하자는 쪽과 유지하자는 큰 주장이 있는데, 폐지를 주장하는 쪽은 풀뿌리 민주주의를 살려야 한다, 중앙으로부터의 예속에서 벗어나야 한다는 것이고, 유지 쪽 주장은 정당이 필터로써 존재하는 것이 토호세력의 부정부패를 막

을 수 있고 신진 정치인이 계속 공급될 수 있다는 건데 사실상 양쪽의 주장이 모두 일리가 있다. 그렇기 때문에 일도양단(一刀兩斷)식의 결론보다는 절충점을 찾는 것이 현명하다고 본다. 결국 약속은 지키되 세부적으로는 현실에 맞는 방법을 찾아내는 게 중요한 임무라고 볼 수 있다.

선거구 획정문제도 마찬가지다. 여야 모두가 '게리멘더링'에 대해서는 문제의식을 공유하고 있고, 특히 개인적으로는 지역주민과의 약속이기도 하다. 후보 개인의 유불리, 일부 지역의 이해관계를 따지기보다는 국민의 편의와 권리가 우선되어야 할 것이다. 아울러 재발방지를 위해서는 이번에야 말로 원칙이 바로서야 한다는 점에서 선거구 획정위원회의 상설화와 독립성의 강화 그리고 조기획정은 이번 쇄신특위가 해결해야 할 필수 과제 중 하나다.

올해 9월 말까지로 한시적 운영이 되는 정치쇄신특위가 의미 있는 결과물을 내놓기 위해서는, 국민의 적극적인 요구가 필요하다. 만족하며 사는 사람은 가만히 앉아 아무것도 하지 않는다. 만족하지 못하는 사람이야말로 이 세상을 위해 기여한다. 국민의 관심이 필요한 이유다.

부산일보   2012년 03월 19일 월요일 005면 종합

N.I 이슈 파헤치기

같은 洞인데 후보는 제각각
희한한 덕천2동 '게리맨더링'

부산 북구 덕천2동에서 20년간 살아온 정 (57)모 씨는 국회의원 선거 때면 늘 혼란스럽다.

바로 이웃에 있는 덕천동 친구들과 선거 얘기를 하다보면 출마후보가 아예 달라져 헷갈리는 것이다.

이는 덕천 1,3동은 북·강서갑 선거구에, 2동은 북·강서을 선거구에 들어있기 때문에 생긴 일이다. 정씨는 "같은 덕천동인데 선거구는 왜 다를까"라며 의문을 품어왔다.

▲15대 총선부터 기형화=두 선거구가 기형적으로 쪼개진 것은 1996년 15대 총선 때 부터다. 강서구만으로 단독 선거구를 유지할 수 있는 인구가 모자라 덕천2동을 '빌려온' 것이다. 2000년 16대 총선에서는 북구의 금곡동·화명동까지 떼어내 현재의 북·강서을 선거구가 만들어졌다.

그러다 보니 강서구 선관위는 지방선거나 대통령선거 때도 강서구만을, 총선 때는 '강서+북구 일부'를 함께 관할해야 한다. 주민들도 혼란스럽기는 마찬가지다. 특히 이 구변동에 따라 을구의 인구가 오히려 갑구 보다 늘어나는 모순까지 생겼다.(표물참조)

덕천동 주민들은 지난 1월 '덕천2동을 갑구로 이관하라'는 서명운동과 함께 선거구 조정을 촉구하는 청원서를 국회에 제출했다. 국회

덕천 1·3동은 북강서갑
덕천 2동은 북강서을 속해
15대 총선 때부터 갈려

주민들 조정 촉구 청원
정개특위서 막판 원위치
2동에 문성근 선거사무소
여야 후보는 선거쟁점화

정치개혁특별위원회도 청원이 타당하다고 보고 지난 2월 개정법률안을 상정하는 등 일사천리로 풀려갔다.

▲청개특위 회의는 어땠나=정개특위에서 개정안이 의결되면 덕천2동의 B법당에 있는데 만일 덕천2동이 갑구로 이관되면 문 후보는 사무소를 옮겨야 차지나는 것이다.

본보가 확보한 그날짜 문서들을 보면 갑구의 '덕천제2동' 부분은 펜으로 지우고, 을구의 빈 부분에 수기(手記)로 '덕천제2동'이라고 써넣은 흔적이 뚜렷하다.

당일 정개특위 회의때에도 이 문제와 관련한 참석자들의 발언은 전혀 없었다. 막후에서 일이 벌어진 것이다.

새누리당 정개특위 간사인 주성영 의원은 최근 본보와의 통화에서 "당시 개정안 의결 직전에 민주통합당측 간사인 박기춘 의원의 요청

북강서갑-을 선거구 인구비교
(2011년 12월말 기준)

	덕천2동이 을구에 있을경우(현행)			선거구 인구	덕천2동이 갑구에 있을경우		
	갑구	을구			갑구	을구	
인구	16만5천840명	21만1709명			18만1천586명	19만4천963명	
해당지역	구포 1,2,3동 만덕 1,2,3동 덕천 1,3동	덕천2동 화명 1,2동 금곡동 강서구 일원			덕천 1,2,3동 만덕 1,2,3동 덕천 1,3동	화명 1,2동 금곡동 강서구 일원	
갑-을 간 인구편차		22%				7%	

때문에 바뀌었다"고 말했다. 주 의원은 "박 의원이 문성근 최고위원의 지역구(을구)라면서 손대지 말라고 했다. 다른 선거구 협의로 때문에 그 요구를 수용할 수밖에 없었다"고 덧붙였다.

문성근 후보의 선거사무소가 덕천2동의 B법당에 있는데 만일 덕천2동이 갑구로 이관되면 문 후보는 사무소를 옮겨야 차지나는 것이다.

이에 대해 문 후보는 "선거구 조정에 대해서 반대하지 않았다. 다만 조정여부에 관계없이 현재의 덕천2동 사무소를 이번 선거때 그대로 쓸 수 있게 해달라고 얘기한 적은 있다"고 말했다. 박기춘 의원은 "그 문제는 제가 전혀 관여한 바 없다고 밝혔다.

▲다음 선거에서는 바뀔까=여야의 해당 지역구 후보들은 본격 선거전에 들어가면 선거구 문제를 쟁점화하겠다고 전의를 불태우고 있다.

새누리당의 박민식(갑)·김도읍(을) 후보는 "야당이 지역 주민들의 의사를 무시한채 자신들의 편의에 따라 선거구 조정을 막았다"고 비판하고 있다. 반면 민주당 전재수(갑)·문성근(을)후보는 "새누리당 세력이 오래 전부터 지역을 독식하면서 생긴 문제"라며 각을 세우고 있다.

어쨌든 덕천2동 문제는 차기 총선에서는 제대로 조정될 것으로 본다.

박민식 후보는 "북구의 교통중심지인 덕천동이 강서구 쪽 선거구에 들어있는 것은 부담하다"며 "덕천동 주민들이 지난 16년 동안 겪어온 혼선을 반드시 바로잡겠다"고 말했다. 문성근 후보도 "덕천 1,3동과 2동이 각각 다른 선거구에 들어 있어 매우 어색한 상황"이라며 "당선돼 국회에 들어가면 선거법 개정을 다시 추진하겠다"고 말했다.

박석호 기자 psh21@busan.com

잊혀지지 않는 하나의 의미

7

—

경제민주화

—

* 대한민국 헌법 119조 2항 국가는 균형있는 국민경제의 성장 및 안정과 적정한 소득의 분배를 유지하고, 시장의 지배와 경제력의 남용을 방지하며, 경제주체간의 조화를 통한 경제의 민주화를 위하여 경제에 관한 규제와 조정을 할 수 있다.

1

—

HOT한 경제민주화

4월 한 달을 한마디로 표현해 본다면 이 말을 하고 싶다. "어느 날 자고 일어나니 스타가 되었더라." 경제민주화법이 정무위 법안소위에서 논의되기 시작한 4월부터 5월 말까지 내 이름이 거론된 신문기사만 해도 어림잡아 100개는 넘는 것 같았다. 오죽하면 어느 신문에서는 "국회 정무위원회 여당 간사를 맡고 있는 박 의원은 요새 300명의 국회의원 중 가장 '핫(hot)'한 인물 중 하나다."라고 써 놓기까지 했다. 사실 싫지 않은 말이다. 하지만 그만큼 부담이 되는 일이기도 하다.

경제민주화는 지난 대선국면에서 여야 할 것 없이 공약으로 내세웠던 이슈였다. 그만큼 중요하고 국민적 기대감 또한 큰 사안이었다. 대선은 끝났고, 그 실천만이 남아 있는데 결국 그 결과물의 성과는 법안으로써 평가된다. 지난 4월, 대기업 상장회사의 임원 연봉을 공개하는 것을 골자로 하는 일명 연봉공개법, 그리고 징벌적 손해배상의 범위의 강화를 골자로 하는 하도급법 개정안을 정무위 법안심사소위에서 통과시켰다.

아마도 국민들이 가장 관심을 가지는 내용은 아무래도 이해가 쉬운 연봉공개법일 것이다. 연봉공개법은 상장회사 등기임원의 연봉을 사업보고서에 공개하기로 하는 내용으로 이에 따라 5억 이상의 보수를 받는 등기임원의 경우 임원 개인별 보수와 구체적인 산정기준 등이 모두 드러나게 됐다. 현재까지는 임원 보수 총액만 공개된 데 반해 앞으로는 개개 임원의 보수내역이 공개된다는 점에서 차이가 있다

재계 등에서는 개인의 프라이버시가 침해되고 노사 갈등을 비롯해 상대적 박탈감을 키울 수 있다고 우려하고 있다.

하지만 내 생각은 다르다. 임원별 보수는 경영성과와 연계돼야 한다. 주주와 투자자들은 이에 대해 명확히 알고 보수 지급액을 판단하고 결정할 권리와 의무가 있다. 즉 임원의 보수 기준은 기업 경영주에 대한 충성도가 아닌 회사에 대한 객관적인 공헌도에 맞춰져야 한다. 이런 차원에서 미국 · 영국 · 일본 등에서는 이미 임원별 보수 공개가 이뤄지고 있다.

연봉공개보다도 더 큰 변화는 하도급법상, 징벌적 손해배상의 대상을 확대한 것이다. 경제민주화 상징이라고 할 수 있다. 우리 사회는 자본주의이기 때문에 자유, 경쟁 뭐 이런 논리가 지배한다. 그동안 대기업과 중소기업이든 누구 간의 거래든 손해가 100만큼 발생했다고 하면 100만 갚아주면 되는 것이다. 그런데 하도급에서 징벌적 손해배상의 범위를 확대한 것은 외형적

정당한 대가 받는 사회 선도할 것

2011년 초 이대호 선수의 연봉 협상을 놓고 야구팬들 사이에 갑론을박이 벌어졌다. 구단 측이 제시한 연봉이 사상 첫 타격 7관왕과 9경기 연속 홈런 세계신기록을 달성한 선수에게 걸맞지 않게 적다는 게 팬들의 주장이었다. 결국 연봉협상은 결렬됐고 조정신청을 받은 한국야구위원회(KBO)는 구단의 손을 들어줬지만 팬들이나 언론은 이대호 선수의 손을 들어줬다.

반면 LG 투수 박명환은 연봉 5억 원에서 5000만 원으로 대폭 삭감됐지만 곤두박질친 성적에 따른 연봉 삭감이었기 때문에 팬들도 언론도 이의를 제기하지 않았다.

같은 해 9월 미국의 금융중심가 월스트리트에서는 '월가를 점령하라' 시위가 연일 이어지고 있었다. 당시 시위대의 주장 중 대부분은 금융위기를 초래한 금융회사 임원들의 탐욕과 이를 대변하는 정치권에 대한 비난이었다. 실제 스탠리 오닐 전 메릴린치 회장은 대규모 손실책임을 지고 물러나면서도 1억6,000만 달러의 퇴직금을 챙겼다. 켄 루이스 BoA 최고경영자(CEO)도 재임기간에 정부 구제

금융을 지원받았지만 7,200만 달러의 보상을 받고 회사를 떠났다.

얼마 전 국회정무위에서 연봉 5억 원 범위 내 대통령령에서 정하는 금액 이상을 받는 등기임원별 보수를 공시항목에 포함시키는 것을 골자로 하는 자본시장법안이 통과됐다.

법이 통과되자마자 재계를 비롯한 일부에서 "왜 국가가 내 지갑을 들여다보나" "여론재판하는 거냐" 등 과도한 간섭이라는 우려의 목소리가 나오고 있다. 성과에 걸맞은 보수지급이 이뤄지지 않으면 기업이 정신을 위축시켜 기업 경쟁력이 약화될 수 있다거나 회사 내 위화감을 조성한다는 등이 주된 논리다. 일각에서는 정치권이 연봉 공개를 밀어붙이는 의도를 의심한다. 물론 유난히 평등의식이 강한 우리 사회에서 이런 우려를 기우라고 치부하기도 어려울 것이다.

법안을 심도 있게 검토하고 의결한 법안소위 위원장으로서 진정 안타까운 건 개정안의 핵심이 보수 산정의 방법과 기준을 공시하고 있음에도 불구하고 마치 보수 공개가 모든 것인 양 알려지고 있다는 점이다.

임원별 보수는 경영성과와 연계돼야 한다. 주주와 투자자들은 이에 대해 명확히 알고 보수 지급액을 판단하며 결정할 권리와 의무가 있다. 즉 임원의 보수 기준은 기업 경영주에 대한 충성도가 아닌, 회사에 대한 객관적인 공헌도에 맞춰져야 한다는 것이다. 이런 이유로 미국·영국·일본 등에서 이미 임원별 보수 공개가 이뤄지고 있다. 물론 각 나라의 특성에 따라 제도적 절차 등에 차이는 있지만 그 의의는 다를 바 없다.

이대호 선수의 사례와 같이 우리 국민의 수준이 단지 임원 보수의 규모만 따질 정도로 낮지 않다. 얼마가 됐든 그 보수를 지급한 사유가 정당하다면 비난의 목소리가 크지 않을 것이다. 연봉 규모보다 그에 부합한 경영능력이 있느냐가 더 중요하기 때문이다.

어느 정책이든 순기능과 역기능이 상존한다. 특히 임원 보수 공개는 이제 시작이다. 해 보지도 않고 막연한 반대논리만을 내세우기보다 임원 스스로가 회사에 기여한 바를 제시하고 정당한 대가를 요구하는 게 당당한 모습 아닌가. 있는 자가 베푸는 시혜적 사회공헌보다는 정당한 능력에 대해 정당한 대가가 보장된다는 것을 보여주는 게 이제 막 사회에 나온 젊은이들에게 꿈과 희망을 심어 주리라고 생각한다.

(2013년 4월 27일 『중앙일보』 기고문 중)

측면에서는 100의 손해를 입혔지만 겉만 봐서는 안 된다. 힘의 차이가 큰 상태에서 발생한 것이기 때문에 이 경우에는 페널티, 일종의 징벌을 부여해야 한다. 단순한 손해배상에 최대 3배까지의 징벌적 비용을 추가해야 한다는 것이 징벌적 손해배상이라는 것이다. 보통 당연히 그게 무슨 대수냐고 생각할 수 있지만, 법적으로 봐서는 우리 민법체계, 아까 말씀드린 자유, 자본주의만 관철하는 민법체계에서는 중대한 수정이라고 할 수 있다. 그런 것은 제가 볼 때는 앞으로 우리 기업의 거래문화에 상당한 변화를 야기시킬 수 있는 시초가 될 수 있을 거라고 생각한다.

지난 4월에 그렇게 통과시킨 연봉공개법, 하도급법, 그리고 24시간 편의점의 영업시간 강요를 금지시킨 프랜차이즈법은 어떻게 보면 본격적인 경제민주화법들을 통과시키기 시작에 불과하다. 정작 중요한 일감 몰아주기라는 내부거래의 개선, 그리고 지배와 소유구조의 문제, 이 두 가지가 경제민주화의 성패를 좌우하는 것이라고 볼 수 있다.

경제민주화법안들이 처리되기 시작하면서 재계를 비롯한 사회 여러 곳에서 논란이 일어나기 시작했다. 그 시작은 박 대통령이 회의석상에서 "경제민주화 관련해서 상임위 차원이기는 하겠지만 공약 내용이 아닌 것도 포함돼 있다."며 "여야 간에 주고받는 과정에서 그렇게 된 것 같은데, 무리한 것은 아닌지 걱정이 된다."고 말한 것에서 출발했다. 일각에서는 이를 속도조절론으로 해석했지만, 동의하지 않는다.

공약에 포함됐다고 해서 또 국민한테 100% 다 실천해야 된다고 하는 것은 당위적인 것이고 정치현실을 고려한다면 상황이 더 진척되어 바뀔 수도 있는 것이다. 물론 당연히 공약을 무겁게 받아들이고 그 부분에 대해서 특별한 사정 변경이 없는 한 실천하도록 노력한다. 하지만 공약에 포함되지 않았다고 해서 그것을 남겨두고 있어야 하느냐, 그건 아니라고 본다. 국민들의 갈증이 남아있다면, 그 당시 상황에서 공약에 포함되지 않았다고 해도 추구해야 할 가치만 일맥상통한다면 당연히 그것은 해야 한다. 다시 말하지만, 공약이라는 것이 집권당 소속 국회의원이므로 중요한 참고사항임에는 맞다. 그러나 그것이 마치 뭔가 바뀔 수 없는 가이드라인이다, 넘어서도 안 되고 바뀌어서도 안 된다는 것에는 동의할 수 없는 것이다.

물론 문제를 바라보는 시각이 다를 수 있다. 또 같은 당이라고 해서 쟁점에 대해서 같은 생각을 가질 수는 없다. 다양한 의견이 있는 것은 자연스러운 것이고, 또 여야를 떠나 이견에 대해서 충분하게 토의하는 것이 민주적인 법안심사 과정이다. 다만 제대로 논의가 되지 않은 내용들을 미리 예단하고 몰아가는 것은 단순한 해석을 넘어선 특정한 의도를 가진 왜곡과 호도로밖에 볼 수 없다. 있지도 않은 사실을 덧칠해서 과장된 공포를 조성하는 것은 법안을 심사하는 데 압력을 행사하는 것으로밖에 볼 수 없는 것이다.

그 대표적인 예가 바로 자기책임입증과 30% 룰이다. 법안발의는 개별 국회의원의 고유권한이다. 그렇기 때문에 다양한 법안들이 쏟아져 나오고 있고, 그 내용이 무엇인지는 심사에 들어가 봐야 정확히 알 수 있는 게 대부분이다. 그런 여러 가지 내용 중에서 핀셋으로 뽑아내듯이 뽑아낸 게 자기책임입증과 30% 룰이고 그것을 마치 그렇게 되는 것처럼 문제 삼은 것이다. 법치주의 원리에 따르면 그 입증은 검찰이든 공정위든 수사기관이든 집행기관 행정기관에서 해야 하는 것이고, 못하면 무죄추정이다. 사실상 자기책임입증은 법치원리에 맞지 않기 때문에 법안으로 발의되었어도 반영하기가 어려운 것이다. 또한 30% 룰의 경우, 일감 몰아주기 규제에 대해 강한 찬성의 입장을 밝혀온 김상조 한성대 교수조차도 법안 심사과정에서 30% 룰은 자기가 볼 때도 과잉이라고 피력한 바 있어, 물론 법안 심사과정에서 모든 법안은 공정하게 검토되어야 하겠지만, 반영하기에 부적절하다고도 볼 수 있다.

이렇듯 일감 몰아주기가 상당히 관심이 쏠리는 이유는 바로 국민들이 경제민주화에서 가장 핵심적으로 바라보는 부분이기 때문이라고 풀이된다. 일감 몰아주기는 경제학적인 용어로 말하면 내부거래인데, 내부거래가 무조건 악(惡)은 아니다. 분명 정당한 내부거래와 부당한 내부거래를 구분해서 처리해야 하는데, 부당한 내부거래를 개선하는 것이 경제민주화 차원에서의 일감 몰아주기 관련 법 개정의 핵심이다.

대통령도 회의석상에서 언급한 바 있는데, 일감 몰아주기를 이야기할 때 단골처럼 나오는 회사가 바로 정몽구 회장의 아들 정의선 씨가 세운 '글로비스'라는 물류회사이다. 자본금 몇 십억 원에 불과한 이 회사에 현대자동차 전 계열에 운송물량을 모두 몰아줬고, 그 결과 몇 년 만에 엄청난 성장을 거둘 수 있게 됐다. 이를 보는 국민의 시선, 그리고 기존의 물류회사의 입장은 안 봐도 뻔하다. 이것이 바로 '땅 짚고 헤엄치기'라고 생각할 수밖에 없었을 것이다.

정몽구 회장이 아들에게 부를 넘겨주고 싶은데 세금 등 여러 가지 제약이 있기 때문에 뭔가 물려주기 위해서 짜낸 아이디어라고 생각할 수밖에 없는 것이다. 이게 바로 부당한 내부거래로 볼 수 있는 예이다. 그에 반해 현대 자동차의 계열사이면서 자동차에 들어가는 핵심 비밀이 숨어 있는 부품을 생산하는 곳, 이런 곳에 일감을 몰아주는 것은 비록 같은 일감 몰아주기이지만 정당한 일감 몰아주기인 것이다.

　개인적인 관점에서 봤을 때, 지금 우리 사회를 관통하고 있는 경제민주화의 논의에는 두 축이 있다. 하나는 재벌을 개혁하고 해체하는 것이 경제민주화라고 보는 시각이고, 또 다른 하나는 재벌의 장점은 놔두고 잘못된 행태를 바로 잡는 것이 경제민주화라는 것인데, 후자 쪽이 소신이다. 단언컨대 재벌 문제 해소만이 경제민주화의 모든 것이 될 수는 없다.

　과하면 초가삼간을 태우는 우를 범할 수도, 모자라면 강자의 이익독식에 수수방관하는 것이 될 수도 있다. 이 두 부분에서 균형을 잡는 것, 그리고 소신, 그것이 바로 경제민주화를 실현해 가는데 금과옥조(金科玉條)로 여겨야 할 기준이 된다.

2
—

여의도 갑을관계

정무위 법안심사소위와 전체회의를 통과한 경제민주화 법안들 중 일부가 법사위에 발이 묶여 버리는 일이 벌어졌다. 내용을 문제 삼은 것이다. 이는 법안의 체계와 자구에 대해 심사하도록 규정되어 있는 법사위의 권한을 넘어선 월권에 해당하는 것이다.

국회법상 법사위의 기본 권한은 일반 법안상임위에서 올라온 법안에 대해서는 체계와 자구에 대해서 심사하도록 규정되어 있다. 이 말은 쉽게 말해 법안의 형식적인 부분, 즉 헌법에 위배되었다든지 또는 다른 법안과 저촉이 된다든지 이런 것을 심사하도록 되어 있는 것이다. 그런데 다른 소관 상임위에서 올라온 법안에 대해서 본질적인 내용까지 법사위에서 속된 말로 칼질을 하고 마음대로 보류를 시키는 것은 오래전부터 지적되어 온 법사위 권한의 남용이다.

사실 과거 법사위는 여야 간 쟁점이 있는 법안들에 대해 법사위원장을 맡고 있는 측에서 그것을 막아내거나 통과시키는 관문의 역할을 해왔던 것이 사실이다. 하지만 18대 국회에서 소위 몸싸움, 그리고 직권상정 문제를 해소하기 위해 여야가 합의해 국회선진화법을 통과시킨 마당에 아직도 그런 역할을 하려고 한다면 온당치 않은 것이고 그것 또한 과거의 구태를 벗지 못한 것이다.

물론 소속 상임위를 거칠 때 충분히 논의되지 못하고 성숙되지 못한 경우가 분명히 있다. 예컨대 상임위 이기주의로 상임위 간의 법안이 충돌이 있음에도 불구하고 눈을 감고 올린 법안에 대해서는 법사위에서 적절하게 조정되어야 하는 것이다. 그러나 법사위에서 계류시킨 경제민주화 법안들의 경우는 상임위 이기주의 차원 또는 어느 한쪽 정당의 이익에 따라 숫자로 밀어붙여 일방적으로 통과된 것이 아니라 여야가 머리를 맞대고 의원들이 정말 머리를 맞대고 서로 설득하고 양보해서 만든 안이다. 게다가 서로가 자기의 공이라고 플래카드까지 걸어가면서 대국민 홍보에 나서고 있는 마당에 법사위에서 본질의 문제까지 마음대로 수정하려 들고, 내키지 않으면 만연히 보류를 시키는 것은 결코 온당치 못한 일이다.

법사위원에게 체계와 자구수정에 관여할 권한을 부여한 것은 과거 법률적 전문가가 드물었던 시기에 법률체계구성 등에 대해 전문적인 지식을 갖춘 법사위에서 조정, 수정할 수 있도록 권한을 준 것이다. 그러나 지금의 경우는 국회 내의 전문적인 입법 지원 조직, 예를 들어 입법조사처나 법제실 등에서 성안의 초기단계부터 도움을 주고, 그에 따라 법안을 만들어가기 때문에, 사실상 법사위가 그런 권한을 가질 이유는 사라졌다고 봐도 무방하다. 더불어 여·야간 쟁점문제에 있어 관문역할을 해야 할 필요성 또한 일명 국회선진화법이 통과된 이후에는 사라졌다고 봐야 할 것이다.

결국 법사위는 법무부·법원·감사원 등과 같은 소관기관의 사무에 대한 논의만을 전문적으로 담당하고, 법안의 체계, 자구 심사는 법률 전문가가 있는 법제실, 입법조사처에 맡기는 것이 옳은 방향이라고 개인적으로 생각한다. 법사위와 타 상임위 간의 갑을 관계, 이제는 사라질 때가 됐다.

3

—

경제민주화 어디로

이 책을 쓰면서 아쉬운 점이 경제민주화에 대한 내 개인적 의견을 적극적으로 피력하지 못한 점이다. 특히 금산분리, 순환출자 문제 등은 법안심사소위위원장으로서 아직 논의되지 않은 법안의 내용에 대해 개인의 의견을 내놓는 것이 자칫 중립성을 잃었다는 지적을 받을 수 있기 때문이다. 그런 점이 이해되어 부디 내용의 부실이 양해되었으면 하는 바람이다.

지난 4월 국회까지 전체 경제민주화 관련 법안 중 20% 정도가 입법이 이뤄졌다. 법안의 처리는 다른 일들과 달리 시한을 정해 놓기가 매우 어렵다. 법안의 내용을 글자 그대로 들여다보는 것도 중요하지만, 법안에 찬성 또는 반대하는 양측의 의견을 듣고, 여론 또한 확인해야 하는 소위 숙성과정 또한 반드시 필요하다. 그럼에도 불구하고 상반기 중에 의미 있는 성과를 거두지 못하면 국민에 대한 책임을 다하지 못하는 것이기 때문에 신중한 검토와 조속한 처리 사이에서 나름의 고민이 상당하다.

경제민주화에 대한 또 다른 고민은 경제민주화의 범주와 법안의 남발이다. 본디 경제민주화 법안의 내용은 일감 몰아주기, 금산분리, 순환 출자 문제 등으로 상당히 제한적이었다. 하지만 경제민주화가 일종의 흐름이 되면서 경제민주화라는 이름만을 가져다 붙인 갖가지 법안들이 우후죽순 쏟아져 나오기 시작했다.

우선 경제민주화의 범위는 반드시 준별이 필요하다. 경제민주화가 반(反) 기업이라는 극단적 논리는 옳지 않다. 헌법 119조 2항은 국가는 균형 있는 국민경제의 성장 및 안정과 적정한 소득의 분배를 유지하고, 시장의 지배와 경제력의 남용을 방지하며, 경제주체간의 조화를 통한 경제의 민주화를 위하여 경제에 관한 규제와 조정을 할 수 있다. 즉 경제민주화는 대기업과 중소기업 그리고 대기업과 일반 서민경제 관계에서 발생하는 우월적인 힘의 차이로 인한 양극화를 시정해 주자는 취지이다. 다시 말해 대기업의 역할에서 잘하는 부분은 박수쳐 주되, 일탈된 부분은 교정하자는 것이 경제민주화이다.

하지만 경제민주화 법안이라고 분류되고 있는 법안 중 유해화학물질 관리법, 정년 연장법, 대체 휴일제의 경우, 그 개별 내용이 충분히 의미가 있다고 치더라도, 단지 기업들이 거부감을 갖는다는 이유로 경제민주화의 범주에 넣는 것이 섣부른 것이 아닌가 하는 우려가 든다. 그것이 바로 경제민주화가 반(反) 기업이라는 일각의 잘못된 논리를 뒷받침할 수 있기 때문이다. 그리고 그것이 오히려 반(反) 기업정서에 대한 우려를 증폭시켜 꼭 필요한 법안심사의 예봉을 무디게 하려는 대기업들의 의도에 말려드는 빌미를 제공할 수도 있기 때문이다.

이른 바 '남양유업' 사태로 촉발된 '을 지키기' 입법경쟁 또한 우려스러운 부분이다. 현안이 생기니 정치권에서 선명성 경쟁하듯이 입법 경쟁을 벌이고 있다. 법안은 국민들의 생활에 직접적인 영향을 주기 때문에 신중할 필요가 있다. 물론 '을 지키기' 법안 모두가 포퓰리즘적이고 과도한 규제라는 의미는 아니다. 하지만 '을'만을 위한 경제민주화는 안 된다. 진정한 경제민주화는 '갑·을·병' 관계를 놓고 고민해야 한다. 가령 대기업과 중소기업 사이에선 '을'이 중소기업이지만, 또 다른 하도급 업체와의 관계에서는 '을'이 '갑'이 될 수 있다. '을'만을 위한 제도나 입법은 부작용을 일으킬 수도 있다는 점이 신중해야 하는 이유다.

특히 '징벌적 손해배상제'의 경우 민법상 손해배상책임 원칙에 중대한 수정을 가해야 하는 특별한 제도이다. 현행 민법에서는 100만 원의 손해를 입었다면 상대방이 배상해야 할 금액은 100만 원이다. 이것이 현재 우리 민법의 대원칙이다. 지난 4월, 일단 하도급거래법에서 납품단가 후려치기 등에 대해 징벌적 손해배상을 적용하기로 한만큼 경과를 신중하게 지켜보면서 확대해 나가야 할 필요성이 있다. 여론에 떠밀려 즉흥적으로 법을 개정하는 것보다 민법 체계 전반에 대한 진지한 검토가 선행되어야 한다. 사회적 공감대 없이 무차별적으로 확대하는 것은 바람직하지 않을 뿐만 아니라, 입법권이라는 무거운 권한을 가진 국회의원으로서 책임을 너무 가벼이 여기는 것이다.

경제민주화에 대한 논의가 이 책이 나올 무렵 어디까지 진전되어 있을지는 모를 일이다. 하지만 두 가지 바람이 있다. 하나는 용두사미(龍頭蛇尾)로 끝나지 않기를 바라는 마음이고, 또 다른 하나는 흔들리지 않고 바른길로 나아갔으면 하는 바람이다.

눈길을 걸을 때
눈 덮인 들길을 걸어갈 때
모름지기 아무렇게나 걷지 마라
오늘 내가 남긴 발자국은
뒤에 오는 이에게는 이정표가 되리니

8

—

인사란
무엇일까

—

팔은 안으로 굽는 법이다. 여당의원으로서 정부가 하는 일에 대해 때로는 관대할 수밖에 없다. 하지만 2013년 1월에 정부가 지명한 이동흡 헌법재판소 소장 후보자의 임명에 대해선 앞장 서 반대할 수밖에 없는 분명한 이유가 있었다.

이 후보자는 내정부터 과거의 보수성향 판결로 인해 야당으로부터 우려스럽다는 말을 들어왔다. 하지만 정작 문제가 된 것은 후보의 성향이 아니라 자질과 도덕성이었다. 여직원에게 법복을 벗기게 했다, 삼성전자로부터 법원 행사의 경품을 후원받으려 했다, 업무추진비를 유용했다 등 도저히 그 법관이 행했다고는 믿어지지 않는 내용들이 대부분이었다. 그럼에도 불구하고 어떤 것 하나 명확히 해명되지 못하고, 오히려 의혹만 가중되고 뒷받침하는 이야기들이 쏟아져 나왔다. 그리고 비난은 정부와 임명안을 처리하려는 당을 넘어 당선된 지 한 달여 된 박근혜 대통령에게까지 번져나갔다.

당에는 두 가지 기류가 존재했다. 한 측은 정부에서 임명한 인사이고, 임명을 철회할 경우 향후 정국의 주도권을 야당에게 줄 수 있으니 임명을 강행하자는 쪽과 또 다른 한 쪽은 국민의 의혹을 해소시키지 못할 만큼 자격이 없으니 임명철회를 요구하자는 쪽이었다.

1월 23일, 이 후보자에 대한 의원들의 의견을 듣기 위한 의총이 열렸다. 이 자리에서 발언을 통해 인준 반대 입장을 명확히 했는데, 그 이유는 제기되고 있는 모든 의혹이 사실이 아닐지라도 이미 적극적인 통합의 리더십을 보여주고, 나아가 사회적 갈등을 마지막으로 치유해야 할 권한과 의무를 가진 헌재소장으로서의 위신 등을 청문회 과정에서 단 한 번도 보여주지 못했기 때문이다. 혹여나 당 일각의 주장처럼 "결격 사유가 없기 때문에 적격"이라는 말로 임명해 버리면, 소장으로서의 위신은 물론 헌법재판소의 위상 자체가 흔들릴 수 있음이 불을 보듯 뻔했다. 결국 당내의 의견이 인준반대로 모아지면서, 41일 만에 이동흡 후보자는 자진 사퇴하고 말았다. 개인적으로는 사법연수원 시절 교수님이었던 분이 불명예스럽게 후보직을 사퇴하는 데 앞장 선

것이 죄송스럽지만, 개인이 아닌 공익을 생각함이 마땅했다.

박근혜 정부를 만드는 데 일조한 사람 중 한 명으로서 박근혜 정부의 성공은 정파와 이념을 떠나 대한민국 역사의 큰 흐름에서 반드시 이뤄져야 한다고 생각한다.

그렇다면 정부가 성공하기 위한 필수조건은 무엇일까? 외교·안보·경제 모두 중요하고 잘 되어야 하지만, 국민들이 생각하는 필수조건은 아마도 인사(人事)일 것이다. 그것은 일반 장삼이사(張三李四)의 눈높이에서 볼 때 대통령의 메시지가 담겨 있는 가장 간결하고 쉬우면서도 임팩트 있는 정치행위이기 때문이다. 일반 사람들에게 남북관계, 경제민주화 같은 것을 물어보면 아는 듯하면서도 실제 그 내용에 대해서는 선뜻 대화가 이뤄지지 못한다.

하지만 인사에 대해서는 어떤가. 가까이는 윤창중 사건, 한만수 공정거래위원장 내정자의 낙마 그리고 윤진숙 장관까지

인사와 관련된 내용에 대해 지역에서 실제로 이 사람, 저 사람에게 물어본 적이 있는데 기다렸다는 듯이 "생긴 건 어떻더라, 말을 어떻게 하더라, 신문에서 이 사람을 어떻게 평가하더라."며 한 마디씩 한다. 꼭 아침마다 신문을 챙겨보는 회사원뿐만 아니라

시장 좌판에서 나물을 파는 할머니도 제 각각 한마디 할 수 있는 게 인사다. 그러므로 대통령은 사람을 쓸 때는 무겁게, 이 사람을 임명하는 행위를 국민들이 어떻게 바라볼지를 항상 생각해야 한다.

당도 마찬가지다. 사실 이동흡 후보자의 경우처럼 집권당에서 뒷받침해야 한다는 논리는 옳지 않다. 단추를 잘못 꿰었다면 처음부터 다시 꿰는 게 옳다. 청와대에서 원안을 만들고 나면 여당이니까 그대로 통과시켜 주는 것이 돕는 길이라는 생각을 바꿔야 한다. 무조건 "예스"만 하면 존재의 이유가 없다. 당내에서 다양한 목소리를 내고, 필요할 때는 냉정하게 질책하는 것이 바로 진정한 여당의 역할이다.

야당도 마찬가지다. 청문회는 말 그대로 국민들을 대신해 듣고 묻는 과정이다. 국민의 대표기관으로서 공직 후보자의 도덕성과 자질, 능력을 살펴보고 충분히 검증해 본 뒤 적절과 부적절을 판단하면 되는 것이다. 무조건 맘에 들지 않는다고 해서 피하거나 막아서는 안 된다. 절차 자체를 포기하는 것은 국회의 책무를 방기하는 것이고 국민의 알 권리에 손상을 줄 수 있다는 점을 알아줬으면 한다.

1
—

관치금융 논란

집권이라는 게 인사권을 갖는 것이라는 말이 있다. 법으로 임기가 정해진 자리임에도 불구하고, 실제로는 정권이 바뀔 때마다 사람이 바뀌는 경우가 종종 있다. 법을 지켜야 하지만 그렇다고 무조건 비판할 일만은 아니다. 여러 가지 '현실'을 고려해 볼 때 함께 최소한 새로운 정권에서 손발을 맞춰 일할 사람은 직접 골라 쓸 수 있게끔 해 주자는 공감대가 있기 때문이다.

하지만 이는 어디까지나 '합리적인 명분과 권한 내에서'라는 부분이 전제되어야 받아들일 수 있는 문제다. 윤창중 전 대변인, 한만수 전 공정위원장 후보 등은 비록 결과적으로는 실패한 인사이기는 하지만, 그런 전제조건은 최소한 지켜졌다.

인사와 관련해 논란이 되고 있는 오랜 관행 중에는 관치금융(官治金融)이 있다. 관치금융은 글자 그대로 정부가 금융을 다스리는 것을 뜻한다. 과거 우리나라는 국가 주도의 경제 성장을 위해 정부가 효율성이라는 명목 하에 금리의 결정, 신용의 배분, 예산, 인사, 조직 등 금융기관의 전반적인 운영과정에 적극

적으로 개입해 왔다. 사실상 실물경제의 빠른 성장을 위해 금융을 산업을 지원하는 정책 도구로 이용한 셈이다.

당시의 이러한 정책은 공과(功過)가 분명히 있다. 하지만 개인적으로는 과연 그 당시 그런 정책들이 이뤄지지 않았다면 '한강의 기적'이라고 일컬어지는 비약적인 경제발전은 불가능했을 것이라고 본다. 당연히 지금 우리가 누리고 있는 이런 경제적 혜택도 없었을 것이다.

변하지 않는 것은 변해야 한다는 사실밖에 없다. 시대가 변하고, 상황이 변하면 정책도 변해야 한다. 하지만 우리나라는 변화에 적응하고 체질을 개선하기도 전에 IMF사태를 맞았다. 본격적인 관치금융에 대한 비판은 IMF사태 이후부터 크게 부각되기 시작했다. 외환위기로 시작된 금융시장의 혼란이 발단이 된 것이다. 그동안 성장의 촉진책으로 쓰이던 금융산업에 대한 정부의 적극적인 개입이 정경유착과 과도한 간섭으로 변질되면서, 오히려 경제회생의 걸림돌로 바뀌게 된 게 원인이었다. 이에 정부는 은행의 인사와 대출 등에 관련된 사항을 자율화하는 등 시장경제원리에 입각한 금융정책으로 전환해 감으로써 관치금융의 폐해를 없애기로 했다.

그럼에도 불구하고 관치금융 논란은 여전하다. 금융의 공익성을 유독 강조하면서 금산분리를 통해 금융회사 소유지배구조를 분산시키고 있는 우리나라로서는 관치금융논란은 어쩌면 피할 수 없는 것이다. 개인적인 의견임을 전제해 말하면, 우리나라에서 관치는 여전히 산업의 성장을 위해 유용한 수단이다. 또한 공익성 측면에서도 필요하다. 결국 필요악이다.

하지만 그렇다고 하더라도 인사문제에 대해서만큼은 분명한 원칙이 필요하며, '합리적인 명분과 권한 내에서'가 바로 그 원칙이다.

지난 6월 부산은행으로 대표되는 BS금융지주에 대한 금융당국의 인사권 개입문제 논란으로 관치금융문제가 다시 불거져 나왔다. 과거의 사례를 보면 금융기관의 수장에 대한 물갈이 방식은 최소한 경영방식이나 성과를 문제 삼음으로써 바꾸는 것이었는데, BS금융지주의 경우는 여러 가지 데이터나 조사결과를 보더라도 크게 문제되지 않는 상황이었다. 또한 정부가 BS금융지주의 지분을 단 1%도 가지고 있지 않다는 점에서 소위 찍어 누르기식의 방식도 맞지 않는 것이다. 이 부분이 '합리적인 명분과 권한 내'라는 원칙에 반하는 것이다. 결국 이를 선한 의미의 관치를 넘어 인사권의 남용이라고 볼 수밖에 없는 이유도 여기에 있다.

BS금융지주 문제와 함께 불거진 또 하나의 문제가 경제관료 출신 인사, 즉 모피아의 금융사업 낙하산 인사문제였다. 능력과 무관한 보은성 인사라면 분명 경계되어야 한다. 하지만 경력이나 능력 등을 제대로 평가하기도 전에 모피아라는 명찰만 보고 무조건 안 된다고 하는 것 또한 일종의 차별이다. '합리적인 명분과 권한 내'라는 원칙만 지켜진다면 능력있는 사람이 금융기관 혹은 금융회사에 진출하는 것을 막을 수는 없는 일이다. BS금융지주 회장의 사퇴 논란과 모피아 문제를 구분해서 봐야 할 이유다.

어느 은행의 회장이 누가 되는 일이 과연 대통령이 나설만한 일일까. 그렇지 않다고 단언한다. 차기 회장 등으로 거론되는 사람들과 대통령과의 관계만 봐도 그렇다. 그렇다면 지금의 관치금융을 둘러싼 논란은 결국 금융당국 관계자이든 청와대 인사이든 대통령을 보필하는 사람들의 잘못일 가능성이 크다. 앞서도 말했지만 인사란 메시지가 담겨 있는 가장 간결하고 쉬우면서도 임펙트 있는 정치행위다. 그런 점에서 지록위마(指鹿爲馬)의 의미, 다시 한 번 무겁게 생각해 볼 필요가 있지 않을까 본다.

잊혀지지 않는 **하나의 의미**

9

—

지묵살

—

　흔히 부산을 제2의 도시라고 부른다. 서울로 유학을 와서 학교 다닐 때, '부산 촌놈'이라고 누군가가 불러도 괘념치 않았다. 누가 뭐래도 서울을 제외한 대한민국 제2의 도시였기 때문이다. 최소한 내가 어릴 적의 부산의 위상은 그랬다.

　지묵살 토론회를 기획하면서, 오래전에 호기심 삼아 여기저기서 발췌해 정리해 둔 부산의 현황자료를 다시 들춰봤다.

◆ 부산의 경제 및 사회 현황

- 2008년 세계 도시경쟁력 평가순위(『부산일보』 2009. 09. 11. 중국사회과학원)
- 서울 12위/ 울산 163위/ 대전 203위/ 인천 221위/ 부산 242위

- 부산의 주거환경지수(『부산일보』 2009. 09. 11. 인제대 동남권발전연구소)
- 광주 1위/ 울산 2위/ 부산 3위(경제환경지수는 꼴찌, 전체적으론 5위)

- 16개 시도별 경제비중(『부산일보』 2009. 09. 11.)
- 부산(2000년 5.7% → 2007년 5.4%)/ 인천(2000년 4.5% → 2007년 4.9%)

- 2007년 기준 지역내 총생산(『부산일보』 2009. 09. 11.)
- 울산(1,151만 원)/ 서울(2,359만 원)/ 인천(1,829만 원)/ 부산(1,494만 원)

- 2008년 경제활동 참가율(『부산일보』 2009. 09. 25. 통계청)
- 부산 57.3%(16개 시도 중 꼴찌)/ 경남 62.2%(5위)/ 인천 61.4%(9위)
- ※ 2008년 부산의 고용률 또한 55.1%로 16개 시도 중 가장 낮았음

- 인구수: 07년 말 360만 5,000명 → 08년 말 359만 6,000명 → 09년 말 357만 4,340명
- ※ 광역시 중 인구가 감소하는 유일한 도시(노령인구, 전체의 약 10%)

- 인구 10만 명당 체육시설 수(『부산일보』 2009. 09. 25. 통계청)
- 부산 82.45개(16개 시도 중 꼴찌)/ 경남 98.53개(11위)/ 인천 100.57개(10위)
- ※ 인구 10만 명당 문화기반시설(박물관, 미술관 등) 1.53개(16개 시도 중 최하위)
- 2007년 부산시민 여가활용 만족도 조사결과, 80.8%가 불만족 표시

- 인천과의 비교(『부산일보』 2009. 09. 11.)
- 예산규모: 인천 6조 5,583억 원 Vs. 부산 7조 1,000억 원 (6,000억 원 차이)

- 2006년 OECD 발표 세계도시 비교 연구결과, 부산을 '전환기 도시'로 분류.
- 기존 도시발전 동력이 쇠퇴해 새로운 성장동력을 찾아야 하는 도시란 의미

- "전국에서 교통사정이 가장 심각하고 시민소득은 가장 떨어지며 지역경제가 가장 침체되어 있는 도시. 더 이상 방치하면 다시는 일어서지 못하고 그야말로 형편없는 3류로 영영 전락하고 말 도시" (김홍구, 『부산 빵빠레』, 1994)

자료를 보듯이 대한민국 제2의 도시, 부산이 아닌 그야말로 쇠락의 도시 부산이라고 표현하는 편이 맞을 정도로 부산의 위상은 점점 떨어져 왔다.

전체 산업에서 서비스업이 차지하는 비중이 53.6%로 높고, 지역을 연고로 하는 대기업도 거의 전무한 상태이다. 부산만 하더라도 해운대와 광안리에 있는 대부분의 으리으리한 곳들이 서비스업 위주의 상점들이다. 겉보기는 화려하나, 실상은 보잘 것 없다. 결국 소득 없는 소비만 촉진되고 있는 곳이 부산이다.

서울-부산 간 KTX가 연결되면서, 너나 할 것 없이 이제는 서울과 부산이 일일생활권이 됐다며 자축했다. 하지만 극단적으로 표현해서 경부선 KTX는 돈이면 돈, 사람이면 사람을 다 서울로 실어 올리는 통로가 되었다. 즉 수도권 1극 체제를 가속화시키는 계기가 된 것이다.

부산의 예만 들었지만 정도의 차이가 있을 뿐, 비단 부산만의 문제는 아니라 모르긴 해도 수도권을 제외한 모든 지방이 공통적으로 가지고 있는 문제일 것이다.

행정적으로 지방자치는 시행되고 있지만, 재정적인 뒷받침이 되지 않는 지방의 발전계획은 자주적이기보다 중앙의존적이 될 수밖에 없다. 그러다 보니 시혜적 정책에 기대게 되고, 결국 자립의 기반은 점점 사라져가고 있는 실정이다. 그 자립의 기반을 다시 한번 다져가 보자라는 취지로 시작하게 된 것이 바로 '지방도 묵고 살자' 즉, 일명 '지묵살' 토론회시리즈다.

1

지묵살 그 첫 번째
[지방은행]

    2011년 국내총생산(GDP) 중 수도권이 차지하는 비중은 47.1% 인 586조 원, 지방은 52.9%인 656조 9,000억 원이다. 그에 비해 지방은행의 예금과 대출금 비중은 전체의 29%, 31.7%에 지나 지 않는다.

수도권과 지방의 지역내생산량(GRDP) 및 비중

(단위: 조 원, %)

	2006	2007	2008	2009	2010	2011
전국	912.9	983.0	1,028.5	1,065.7	1,172.7	1,242.9
	(100.0)	(100.0)	(100.0)	(100.0)	(100.0)	(100.0)
수도권	444.3	478.0	495.2	516.1	560.9	586.0
	(48.7)	(48.6)	(48.1)	(48.4)	(47.8)	(47.1)
지방	468.6	505.1	533.3	549.5	611.8	656.9
	(51.3)	(51.4)	(51.9)	(51.6)	(52.2)	(52.9)

주: ( ) 내는 전국 대비 비중임. 자료: 통계청

지방지역 은행의 예금 및 대출금 추이

(단위: 개, 조 원, %)

	2006	2007	2008	2009	2010	2011	2012
지점수	2,900	3,018	3,119	3,077	3,111	3,184	3,268
	(41.4)	(41.5)	(41.4)	(41.5)	(41.5)	(41.8)	(42.2)
예금	185.4	187.4	207.9	217.7	244.4	274.3	287.1
	(31.3)	(31.6)	(30.8)	(29.0)	(28.0)	(28.9)	(29.0)
대출금	230.1	254.7	278.9	286.1	294.9	320.8	349.0
	(32.9)	(31.7)	(30.4)	(30.0)	(29.9)	(30.2)	(31.7)

전국망을 갖춘 대형 시중은행들과의 경쟁은 지역적 제한 때문에 영업활동에 제약이 있는 지방은행들의 입장에서는 한마디로 한쪽 다리를 묶어 놓고 달리기 시합을 시키는 것과 다를 바 없다. 지금과 같이 알아서 경쟁하라는 식으로 수수방관할 경우, 버티다 결국 고사할 수밖에 없는 것이 지방은행의 숙명이고, 지방의 산업 생태계도 결국 지방은행과 운명을 같이 할 수밖에 없을 것이다. 그런 점에서 지방금융의 강화는 지방의 실물경제 촉진과도 직결된 문제이다.

그렇다고 지방은행의 생존을 위해 지역적 제한을 풀고 시중은행과 경쟁시켜야 한다는 의미는 아니다. 최초 지방은행을 설립했던 목적, '금융의 지역적 분산과 지역경제의 균형발전'에 부응하기 위해서, 국민주택기금 분배, 지자체 금고 입찰, 법원 공탁금 지정, 예대율 등에서 지방은행에게 기회를 더 줌으로써 지역 내에서 성장할 수 있게 만드는 것이 필요하다.

그러기 위해서는 장기적으로는 시중은행과 지방은행의 역할을 구분하는 구조적인 개편 또한 필요하다. 시중은행은 지역이 아닌 광역으로, 나아가 글로벌경쟁에 나서도록 해야 하며, 지방은행은 지방의 산업생태계를 책임지는 형태가 되는 것이 바람직하다.

지방이 먹고 살기 위해서는 서울 등 수도권에 종속되지 않는 독립적인 산업생태계를 만들고 공고히 하는 것이 중요하다. 금융은 산업의 피다. 지역의 금융이 살아나야 그 지역의 산업도 살아날 것이다.

2

—

부산도 묵고 살자
[부산 오페라하우스 따라하기]

분명 지방도 먹고살자 이야기를 하면서 웬 뜬금없는 오페라하우스 이야기인가 하는 분들이 계실 터다. 하지만 문화만큼 먹고 사는 문제를 제외하고, 사람들의 삶에 큰 영향을 미치는 요소도 없다. 그만큼 중요한 문제지만, 정작 지방이나 중앙이나 정책당국의 문화에 대한 고민은 규모와 외형에만 있을 뿐 실속은 중요치 않게 여기는 듯하다. 이는 문화시설뿐만이 아니다. 재정난에 허덕이는 지방자치단체의 초호화 청사건립, 400억짜리 텅 빈 박물관 등 일단 앞뒤 가리지 않고 겉만 번듯하게 짓고 보자는 게 습관처럼 배어 있다.

또 하나의 잘못된 관행 중 하나는 무조건 따라하기다. 제주도 올레길의 성공 이후 모르긴 해도 둘레길 갈맷길 등 ○○길이 꽤나 생겨났다. 영화제는 어떤가. 부산국제영화제의 성공 이후 영화제는 붐처럼 생겨났다. 물론 그 중에는 성공한 사례도 있고, 원래 있던 것보다 더 나은 평가를 받는 것도 있을 것이다.

　문화라는 것은 어느 한 순간에 만들어지고 정착되는 것이 아니다. 새로운 것을 찾아내고, 고유한 것을 살릴 노력 없이 남의 것만 가져다 놓는 것은 단지 다양성의 상실, 몰개성, 고유문화의 실종만의 문제가 아니다. 단기적으로는 즐기지도 못할 것을 만드느라 들어가야 할 돈의 문제 그리고 장기적으로는 우리만의 것, 그 지방만의 고유한 문화를 널리 알리기는커녕 오히려 없애버리는 게 더 큰 문제라고 봐야 할 것이다.

　그런 측면에서 부산 오페라하우스의 건립을 무조건 환영하기가 떨떠름한 것이다.

　작년 6월경 확인해 본 바로 부산시가 계획하고 있는 오페라하우스 소요예산은 약 3,500~4,000억 원이다. 전체 예산 중 1,000억 원은 롯데그룹에서 기부키로 했지만, 나머지는 부산시와 정부가 부담을 책임져야 한다. 예산만 충분하다면 오페라하

우스를 마다할 리 없다. 그러나 부산시 살림이 부채 규모만 2조 원이 넘는 등 좋지 않다고 한다. 정부예산 확보가 녹록치 않다 는 것은 이미 영화의 전당 국비예산 확보과정에서도 확인했다. 경기상황이 그다지 좋지 않은 마당에 정부가 신규 사업지원, 그 것도 문화사업 지원에 부정적 입장을 나타낼 것은 어느 정도 예 측 가능하다. 건립에 신중해야 하는 첫 번째 이유다.

그런 측면에서 치밀한 사업계획수립이 반드시 필요하다. 시 드니 오페라하우스의 예를 살펴보자. 1억 200만 달러를 들여서 지어놓은 명실상부한 호주의 국가적 랜드마크임에도 불구하고 제대로 된 오페라공연을 올리려면 8억 달러란 돈을 들여 새로 고쳐야 한다는데, 차라리 놔두고 새로 짓자는 말까지 나온다. 멋진 '하우스'임에는 틀림없지만, '오페라'는 빠져 있는 셈이다.

부산 오페라하우스 자료를 보면 '세계적 규모, 랜드마크적 상징성' 등의 수식어가 유독 눈에 띈다. 목적이 '오페라'인지, '하우스'인지 모호하다. 신중해야 하는 두 번째 이유다.

세 번째는 운영에 대한 고민에서 시작한다. 영화의 전당만 하더라도 한 해 적자가 40여억 원, 부산 오페라하우스보다 규모가 작은 대구 오페라하우스도 운영에만 50억 원가량이 쓰인다고 한다. 밑 빠진 독에 물 붓기라는 말까지 나올 수 있다. 부대시설의 이용 활성화를 통한 수익극대화, 오페라 외에 뮤지컬 및 대중문화공연 등을 통한 수익창출 등이 대안이라지만, 분위기 있는 레스토랑, 오페라가 아닌 공연에 초점을 맞출 거라면 굳이 엄청난 적자를 감수하면서까지 비싼 돈을 들여 이름값도 못하는 공연장을 지을 필요가 없다.

콘텐츠는 충분할까? 신중해야 할 마지막 이유다. '오페라 없는 오페라극장' 어느 일간지 기사 제목이자, 국내 오페라계의 현실이다. 작품의 제작여건을 감안하지 않고 건물부터 짓기 때문인데, "학교 건물만 좋다고 곧바로 명문이 아니다."라는 전문가의 지적이 적절하다.

턱없이 부족한 제작예산도 걸림돌이다. 예술의 전당 오페라하우스의 기획사업비는 10억 원에 불과하고, 대구 오페라하우스는 4~5억 원 정도이다. 그에 비해 미국의 메트로폴리탄 오페라극장은 자체 기획예산이 2,245억 원에 이르고 공연 횟수만 197회에 이른다고 한다. 세계적 수준의 오페라하우스는 '하우스'가 아닌 '오페라'에 방점을 찍는다. 대관사업을 위한 4,000억 원 투자는 과하다고 말할 수밖에 없다.

결론짓자면, 오페라하우스가 있었으면 좋겠다. 기왕이면 오페라가 있었으면 좋겠다. 그러기 위해서는 확실한 콘셉트와 운영계획을 미리 정하는 것이 제일 중요하다. 중식당을 지어 놓고 일식조리사를 데려와서 퓨전요리를 만들라고 시키는 우(愚)를 범하지 않기 위해서라도 짓기 전에 운영계획부터 먼저 세우는 것이 반드시 필요하다고 전문가들은 강조한다. 또한 전문가들은 외형은 축소될지 몰라도 1,000~1,500석 정도가 공연에 더 적합하다고 한다. 오페라하우스를 짓자. 대신 내실 있는 오페라하우스를 짓자. 그래야 보는 사람이 즐거워지고, 진짜 오페라를 찾는 사람들이 올 수 있다.

3
—

북구의 어제 오늘 내일 1
[구포나루터]

　지리적으로 낙동강 하류에 속하는 북구는 수로교통의 요지라는 여건을 바탕으로 오래전부터 구포나루터를 중심으로 한 상권이 발달해 왔다. 조선시대에는 감동진나루터 언덕 위에 한양으로 보낼 공물세인 대동미 등을 저장하기 위한 조창이 설치되어 있었다고 한다. 구포가 일찌감치 상권이 형성되어 발달하게 된 것도 조창이 설치되어 있었기 때문이다. 상권이 발달하니 항상 객주가 들끓었고, 구포장은 부산은 물론 전국에서도 손꼽힐 정도로 큰 시장으로 발전해 갔다. 지금도 그 규모는 여전해 전국에서도 손꼽힐 정도인 우리나라를 대표하는 전통시장으로 인정받고 있다.

　상업이 발달함에 따라 1903년 초량-구포 간 철도의 개통으로 구포역이 세워졌다. 인구가 늘어감에 따라 우체국도 생겨났다. 구포우체국은 부산지역에서 부산과 동래에 이어 세 번째로 문을 연 우체국이었다. 1912년에는 은행도 생겼다. 1909년에 지방

유지들에 의해 설립된 구포저축주식회사가 1912년 구포은행으로 발전하게 되는데, 이는 서울을 포함한 전국에서 세 번째로 세워진 은행이자, 지방에서는 첫 번째로 설립된 은행이었다.

구포장을 배경으로 크고 작은 일들이 많았는데, 그 중 대표적인 사건이 1919년 3월 29일에 있었던 독립만세의거다. 3·1 독립만세 직후, 전국적으로 독립만세의거가 번져갔다. 구포도 예외는 아니었다. 당시 서울에서 학교를 다니던 화명 출신 양봉근 선생은 독립선언서를 가지고 구포로 돌아와 친분이 있었던 구포면 서기 임봉래 선생을 찾아와 거사를 종용, 함께 모의하고 동지를 규합했다. 처음 주동 청년들이 장꾼들에게 독립선언서를 나눠주며 대한독립만세를 외치자 장꾼들도 이에 가세하여 만세를 부르며 시위를 벌였다. 지금도 3월이 되면 구포시장에서 이 날을 기념하고자 재현행사가 열린다.

5일장인 구포장은 매달 3, 8, 13, 18, 23, 28일에 장이 선다. 장날이 되면 구포시장은 부산 경남뿐만 아니라 전국 방방곡곡에서 7만 명 정도의 사람이 모여든다고 한다. 어린 시절 장날이면 사람이 하도 많아서 앞을 볼 수 없을 정도였고, 명절을 앞두고 강정을 만들기 위한 뻥튀기를 사러 가면 한두 시간쯤은 기다리는 게 능사였던 기억이 생생하다.

그럼 과거에 이렇게 흥했던 북구가 현재는 전국에서도 손꼽을 정도로 재정자립도가 낮고, 서부산이 해운대나 광안리보다 못사는 동네가 된 이유는 무엇일까?

우선 뱃길이 끊긴데서 이유를 찾을 수 있다. 과거 같으면 뱃길을 따라 물건과 사람이 움직이고, 나루터는 중요한 상권 역할을 했다. 서울을 보자. 지금도 과거 서울의 주요 나루터였던 마포와 영등포는 중요한 상업지구로서의 역할을 해 가고 있다. 그

에 비해 북구는 발전하지 못하고 있다. 북구가 다시 발전할 수 있는 가능성이 높고, 낙동강 살리기 프로젝트가 반드시 추진되어야 한다고 믿는 이유다. 뒤에서도 말하겠지만, 대한민국의 발전을 한강의 기적이라고 표현하듯이 서부산을 비롯한 부산 전체의 중흥의 시작은 낙동강의 기적이 되어야 한다.

두 번째 이유는 상업이 아닌 주거 위주의 지역으로 발전되어 왔기 때문이다. 부산시는 1976년 만덕동 동쪽 산허리를 깎아 연립주택을 지어 영도구와 중구 등의 고지대 철거민을 위한 정책 이주촌을 조성했다. 지금 특히나 만덕동에 주택이 많은 이유가 바로 이런 사연 때문이다. 이후 1978년경에는 덕천천 하류지역에 시영아파트 20개 동이 건설되는 등 북구 전역에 주택건설이 상당히 많이 이뤄졌다. 상업지구가 제대로 조성되지 않은 채, 부산시의 정책적인 결정에 의해 주택만 많이 생기다 보니, 구의

재정이 부족할 수밖에 없는 것은 당연한 일이다. 게다가 한꺼번에 급속한 개발이 이뤄지다 보니, 재개발 시점도 거의 동시에 도래하게 되는데, 이 또한 부담일 수밖에 없다.

재차 이야기하지만 서민에게 집은 단순한 잠자리가 아닌 인생이자 마지막 기댈 수 있는 재산이다. 사실상 북구가 난개발지역이 되고, 지금의 재건축, 재개발문제가 불거져 나오는 배경에는 부산시의 책임도 있다고 할 수 있다. 그러므로 부산시에서 북구 관내의 재건축, 재개발에 있어서 다른 지역에 비해 좀더 적극적으로 나서야 할 필요성이 있다. 개인적으로는 북구지역에 대해서는 재건축, 재개발의 패러다임을 바꿔 편의와 재산가치를 따진 아파트 위주의 재건축보다는 한 번 이웃이 영원한 이웃이 되는 그런 사람 사는 맛이 나는 공간으로 재구성하는 재개발, 재건축 방안이 강구되었으면 한다.

4

북구의 어제 오늘 내일 2
[전국의 사람들은 서울로, 부산 사람은 동부산으로?]

옛말에 말(馬)이 나면 제주도로 보내고 사람이 나면 서울로 보
낸다고 했다. 지금도 서울을 비롯한 수도권으로 사람의 이동은
계속되고 있다. 서울을 중심으로 하는 국가발전전략이 수도권
과 비수도권 사이의 불균형이 심화되어 부산이 낙후되고 있다
는 볼멘소리를 할 때 부산에는 해운대를 중심으로 하는 동부산
과 북구를 중심으로 하는 서부산의 동서 격차가 매우 심각한 문
제로 고착화되고 있다.

해운대의 전경을 보면 해운대는 대한민국의 부산에 있는 도
시가 아니라 홍콩이나 싱가폴 같다는 말을 한다. 대한민국의 사
람들이 서울로 가려고 하듯이 부산에서는 서부산에서 동부산으
로 가고 싶어 한다.

지난 2008년부터 2011년까지 4년간 부산 인구는 부산의 쇠락
으로 사람들이 수도권을 비롯한 부산 이외의 지역으로 떠나면
서 전체적으로는 평균 0.2% 감소했다. 그러나 더 심각한 것은

부산 내에서는 지역별 이동의 차이가 더 심했다.

서부산권은 1.3% 감소하여 부산 평균보다 6배가 넘게 감소를 기록하여 서부산권을 떠난 사람들이 많았다. 특히 북구는 3.5%나 감소를 했고, 사하구 2.6%, 사상구 2.3%나 감소를 했다. 이러한 동서 지역 간 인구이동으로 해운대구에는 고등학교 수가 14개나 되지만 강서구에는 6개, 사상구에는 5개밖에 없다. 교육부문의 격차가 발생한 것은 부산의 택지개발과 공동주택이 해운대지역을 중심으로 대단위로 이루어지면서 사람들이 해운대로 몰려들면서 발생한 현상이다.

동서 격차의 심화는 영화관 미술관 박물관 등 각종 시설물 숫자만 비교해 봐도 알 수 있다. 부산시에는 25개의 공공 공연장과 15개의 박물관, 5개의 미술관이 있지만 이러한 문화시설에 있어서도 지역적 차이는 심하다. 세계적인 국제영화제인 부산국제영화제가 열리는 영화의 전당인 두레리움과 벡스코에 있는 오디토리움과 같은 대규모 공연장은 해운대에만 있고 서부산권에는 북구에 문화빙상센터, 을숙도 문화회관, 사상에 위치한 다누림홀이 전부이다. 부산을 대표하는 랜드마크 공연장은 해운대구에만 있다.

보다 충격적인 것은 민간에서 운영하는 공연장과 소극장 49개 중 서부산권에는 하나도 없다는 것이다. 부산시에 등록된 박물관 15개 중 서부산권에 있는 박물관은 신라대학교 박물관과 강서구에 있는 록봉민속교육박물관을 제외하면 서부산권에는

하나도 없다. 부산에 5개가 있는 미술관도 해운대에는 2곳이 있지만 서부산권에는 한 곳도 없다. 강서구에는 공연장과 영화관이 하나도 없으며 북구, 사상구, 사하구를 다 합쳐도 공공 공연장은 3개에 불과하다. 부산국제영화제, 부산국제무용제, 부산불꽃축제와 같은 부산을 대표하는 문화상품들은 모두가 해운대에서만 개최되고 있다.

사람이 떠나니 관심도 줄어들고 결국은 문화에서도 소외가 되고 다시 이것이 사람을 떠나게 만드는 잘못된 순환구조가 수도권과 비수도권에만 존재하는 것이 아니라 지역 간 차별해소를 주장하는 부산에도 존재하고 있다는 것은 아이러니가 아닐수 없다.

부산의 현재와 미래를 책임지는 부산시의 공무원, 경제계 인사들 대부분이 동부산권에 거주하는 현실에서는 서부산권에 거

주하는 120만 시민들은 부산의 서자에 불과한 것인가?

시인 이상은 문화가 사람을 배불리 할 수는 없어도 마음을 위로할 수는 있다고 했는데 현실은 그렇지 않다. 경제적으로 낙후된 서부산이 교육과 문화에는 보다 더 많은 배려와 혜택이 가야 한다. 부와 권력이 세습되는 것을 막는 유일한 방법은 교육을 통해 개천에서 용이 날 수 있도록 국가가 배려하는 것이다. 지금과 같이 교육과 문화까지 편중된다면 빈익빈 부익부가 심화되고 시민들 간의 간극은 점점 더 벌어져만 갈 것이다.

부산이 수도권에 대고 지역 균형발전을 외치는 목소리가 진정성을 가지기 위해서 서부산에서 들려오는 시민들의 요구를 들어야 한다.

동서 격차를 해소하고 동부산과 서부산이 균형발전하기 위해서는 낙동강의 동안과 서안이 부산 발전의 축이 되어야 한다.

　부산시는 낙동강의 동쪽에 위치한 사상공업지역에 대해 스마트벨리 조성사업, 낙동강의 삼각지에 위치한 에코델타시티 사업, 낙동강의 서쪽에 부산·진해 경제자유구역 조성, 첨단물류단지 건설사업들을 추진하고 있다. 여기에 추가되어야 할 또 하나의 과제는 낙동강 본류에 대한 역할 재정립이다.

　대한민국의 기적을 '한강의 기적'이라고 하고 독일의 기적을 '라인강의 기적'이라고 한다. 영국 런던, 프랑스 파리와 같은 세계적인 도시들도 모두가 강을 중심으로 발전해 왔으며 강은 도시발전의 상징으로 자리매김하고 있다. 그러나 부산의 낙동강은 한국전쟁에서 전장의 최후 보루이자 최대 격전지로 역사 질곡의 중심에 위치하며 성장의 동력이 되기보다는 한국 현대사의 아픈 상처로 방치되어 왔다.

　부산이 가지고 있는 현대사의 아픔을 딛고 재도약하기 위한

모멘텀은 낙동강이 되어야 한다. 낙동강의 동쪽과 서쪽에서 진행되고 있는 사업들의 진행사업과 발맞추어 낙동강 자체에 대한 자리매김도 이루어져야 한다.

낙동강의 자연 생태환경을 잘 보전 활용함과 아울러 수상관광이 가능하도록 하여 시민들이 찾아와 자연을 즐기고 휴식을 가질 수 있도록 해야 한다. 해운대를 중심으로 이루어지고 있는 해양관광 및 해양레포츠를 낙동강에서도 즐길 수 있도록 해야 한다. 낙동강에는 을숙도, 맥도, 삼락, 대저, 화명 생태공원 등 5개의 생태공원이 있다. 그러나 이들 공원들은 유기적으로 연결되어 있지 못하고 따로 따로 분리되어 있다. 을숙도 생태공원에서 맥도 생태공원까지 강을 가로질러 갈 수도 없고, 낙동강의 상류와 하류를 오가며 낙동강의 절경인 낙조를 볼 수도 없다.

낙동강에는 철새 도래지, 갈대밭, 낙조와 같은 자연경관뿐만

아니라 구포장터의 3 · 1만세운동, 치열했던 낙동강전투와 같
은 역사가 흐르고 있고, 을숙도 갈대밭과 연인들의 이야기, 낙
동강 오리알의 유래와 같은 의미 있고 즐거운 볼거리와 들을 거
리가 많다. 유람선을 타고 한강과 세느강, 라인강에서 보고 듣
는 이야기들보다 훨씬 더 많은 사연들이 낙동강에는 있지만 낙
동강에서는 강 위에서 들을 수 있는 정작 유람선이 없다. 한강
위를 떠다니는 윈드서핑과 유람선을 낙동강에서도 즐길 수 있
어야 한다.

　해운대에서 낙동강을 건너 일터로 가는 부산시민들이 낙동
강을 오고 갈 때 해운대 앞바다에서 즐기는 해양관광과 해양레
포츠를 낙동강에서 볼 수 있어야 한다. 해운대 해수욕장에서 시

민들이 휴식을 즐기듯이 낙동강의 생태공원에서도 시민들이 즐길 수 있어야 한다. 부산의 어디를 가든 살기 좋다는 생각을 가질 수 있을 때 부산은 하나된 부산, 새롭게 도약하는 부산이 될 수 있다.

　부산의 동진(東進)정책에서 서진(西進)정책으로 전환되어야 하는 이유가 여기에 있다.